Die Menschen müssen begreifen, dass sie das gefährlichste Ungeziefer sind, das je die Erde bevölkert hat.

Friedensreich Hundertwasser (Österreichischer Maler und Graphiker)

Anmerkung des Autors:

Dieser Roman ist der vierte Band meiner Eifelkrimireihe und beginnt unmittelbar nach „Der Eifel-Yeti". Es handelt sich bei RESTRICTED AREA um einen eigenständigen Roman, in dem allerdings einige der Charaktere aus Band 1-3 auftauchen. Für optimalen Lesegenuss empfehle ich die Bände „SOKO Totenmaar"; „Die Jünger Jesu" und „Der Eifel Yeti" vorab zu lesen.
Diese können unter folgender Email-Adresse bestellt werden:

urlaub@ferienhof-feinen.de

Ich wünsche spannende Unterhaltung.

RESTRICTED
AREA

Herstellung und Verlag:
BoD - Books on Demand, Norderstedt
ISBN 978-3-7322-5105-6

1. Abschnitt:

Quarantäne

Kapitel 1:

Das Fieber wird immer schlimmer. Schweißausbrüche und Schüttelfrostattacken wechseln sich ab. Ich huste Schleim und Blut.

Schon bald werde ich meine Innereien auskotzen und aus allen Körperöffnungen bluten. Mein Kreislauf wird zusammenbrechen und ich werde elendig und qualvoll verrecken.

Ich bin infiziert, mit einem Virus, das tödlicher und ansteckender nicht sein könnte. Mir bleiben nur noch wenige Stunden, bis das Unwiderrufliche seinen Lauf nimmt und meinem Leben ein qualvolles Ende bereiten wird. Ich will mich meinem Schicksal aber nicht tatenlos ergeben. Die Vorbereitungen sind getroffen. Ich muss dieses verdammte Virus vernichten. Ein Übergreifen auf Nagetiere, Rehe oder Füchse oder auch auf Menschen, die meinen infizierten Leichnam irgendwann hier in der verlassen Angelhütte mitten im Eifelwald finden werden, muss ich unter allen Umständen verhindern.

Das Benzin ist in der alten Holzhütte verteilt. Vorsichtig übergieße ich nun meinen Körper mit dem Brandbeschleuniger. Nur durch Feuer kann ich den REX Virus vernichten und eine Übertragung auf andere Lebewesen ausschließen.

In wenigen Minuten werde ich mich selbst entzünden. Zur Rettung meiner Familie, zur Rettung meiner Freunde, zur Rettung der gesamten Menschheit.

Für das REX-V gibt es kein Heilmittel, keinen Impfstoff und keine Therapie. Das Virus ist die größte Bedrohung, vor der die Menschen jemals gestanden haben.

Dagegen wirken die Pest-Epidemien des 14. Jahrhunderts oder auch die spanische Grippe, die zwischen 1918 und 1920 mindestens 25 Millionen Menschen das Leben kostete, nahezu harmlos.

Ich greife nach dem Streichholz. Angst und Zweifel kommen in mir auf. Ist der Suizid tatsächlich die einzige Lösung? Muss ich mich wirklich selbst entzünden?
Verbrennen gehört zu den grausamsten und schmerzvollsten Todesuraschen.
Die Haut löst sich wie die Pelle einer Brühwurst, die Gliedmaßen ziehen sich zusammen, das Wasser im Körper beginnt zu verdampfen und die Muskeln werden gebraten wie ein Schnitzel in der Pfanne. Mir wird kotzübel bei dieser Vorstellung.
Das Schlimmste aber ist, dass der Tod sehr langsam eintritt und man manchmal minutenlang bei vollem Bewusstsein auf das erlösende Ende warten muss.

Wie wird man mich in Erinnerung behalten? Als durchgeknallten Choleriker, der sich nach seiner Entlassung aus dem Polizeidienst mit einer zum Scheitern verurteilten Detektei über Wasser hielt, als Feigling, der sich, nachdem sich seine Frau eine Auszeit erbeten hat, in einer einsamen Angelhütte das Leben nahm oder als Mörder, der seinen Freund Holger Rößler kaltblütig erschossen hat. Wenn ich mich jetzt verbrenne, wird niemand die Wahrheit erfahren. Es wird nur wenige geben, die meinen Selbstmord hinterfragen. Allen voran mein Freund Chippy. Er weiß, wie sehr ich das Leben mag und dass ich es niemals freiwillig beenden würde. Chippy wird sich fragen, warum ich mich nicht einfach erschossen habe, sondern mit der Selbstentzündung den qualvollsten aller Freitode gewählt habe.
Aber irgendwann werden auch seine Nachforschungen im Sande verlaufen.

Dieser scheiß Husten. Grüner Schleim. Mir wird schwindelig. Ich sacke in die Knie. Ich habe keine Kraft mehr. Mir bleibt nicht mehr viel Zeit.

Kann ich mir überhaupt sicher sein, dass ich der einzige noch lebende Träger des Virus bin? Was wenn es noch mehr Infizierte gibt? Bevor ich mich und damit den Virus verbrenne, muss ich die Menschen warnen. Unsere Spezies steht am Abgrund und droht in die größte Katastrophe ihrer Geschichte zu rutschen.

Mein Smartphone, schießt es mir in den Kopf! Es liegt auf der Küchenzeile! Telefonieren ist hier im Tal nicht möglich. Kein Netz! Aber wofür hab' ich dieses scheißteure Teil denn? Für irgendwas muss das Ding doch gut sein. Ich könnte eine Videobotschaft aufnehmen.

REC:
Mein Name ist Dieter Schulz. Ich bin Privatdetektiv und mit einem tödlichen Virus infiziert.
Angefangen hat alles vor fünf Tagen.
Ich wurde mit leichten Unterkühlungen, einer Schusswunde im Schulterbereich und einer Stichverletzung im Bauch ins Krankenhaus Gerolstein eingeliefert. Nur mit viel Glück war ich den Attacken eines geistesgestörten Kannibalen entkommen, der die Eifel in den vergangenen Wochen in Angst und Schrecken versetzt hatte.
Meine langjährige Freundin und ehemalige Kollegin, die Kriminalbeamtin Beate Fuxen, war seinem perfiden Spiel zum Opfer gefallen und auf bestialische Weise abgeschlachtet worden. Beinahe hätte auch ich mich in die Liste seiner Opfer einreihen können, war aber durch das Wohlwollen des Schicksals vom sicheren Tod bewahrt worden.
Mit fürchterlichen Unterleibsschmerzen lag ich, meiner privaten Krankenversicherung sei Dank, in einem Einzelzimmer und dachte über die Geschehnisse und Entwicklungen des Falles nach.
Mein Freund, der Polizeihauptkommissar Winfried Schäfer, genannt Chippy, und ich waren dem Psychopathen wie zwei Anfänger in die Falle gegangen.

„Wenn man vom Teufel spricht, beziehungsweise dran denkt!", begrüßte ich Chippy, der gerade in diesem Moment mein Krankenzimmer betrat.

„Wie geht es dir, Dieter?", fragte er. Der übergewichtige Polizeibeamte nahm auf einem Klappstuhl neben meinem Bett Platz und begann mit den Fingern in seinem Schnauzbart zu zwirbeln.

„Ging schon besser, aber Unkraut vergeht nicht", grinste ich.

„Stell dich nicht so an. Du hast doch nur einen Kratzer. Ich war eine Woche in einer Höhle eingeschlossen, ohne Essen, ohne Bier", lachte Chippy.

Ich war froh, dass mein Freund seinen Humor nicht verloren hatte. Er war von dem Kannibalen in einem unbekannten Höhlenarm der Birresborner Eishöhlen lebendig begraben worden und man konnte von Glück sprechen, dass man ihn überhaupt gefunden hatte.

„Die paar Kilos weniger schaden dir aber nicht", flachste ich.

Chippy schien meine Bemerkung zu amüsieren. Zuerst lächelte er, dann steigerte sich das Grinsen in ein herzhaftes, körperbetontes Lachen. Der Klappstuhl begann unter seinem Gewicht bedrohlich zu wackeln und ich fragte mich, wie lange es wohl dauern würde, bis der Kunststoffstuhl dem Gewicht meines Freundes nachgab.

Als Chippy sich wieder gefangen hatte, sagte er: „Dieter, lass uns versuchen die Geschehnisse zu vergessen. Du konntest unmöglich allen helfen. Auch wenn du das nicht immer wahrhaben willst. Manchmal sind uns einfach die Hände gebunden und wir müssen uns an bestehende Regeln und Vorschriften halten. Auch du musst das einsehen. Deine Alleingänge und Eskapaden haben dich letztlich den Job gekostet."

Ich wusste, dass mein Freund mit seiner Bemerkung auf den Kistenmörderfall anspielte.

Vor zwei Jahren war ich als stellvertretender Leiter der Trierer Mordkommission auf dem Höhepunkt meiner polizeilichen Karriere angekommen und hatte beste Chancen, meinen Vorgesetzten Johann Hauser nach dessen Pensionierung als Leiter der Mordkommission abzulösen. Aber es kam alles anders.

Zu jener Zeit bereitete uns die Suche nach einem pädophilen Kindermörder Kopfzerbrechen. Der Killer hatte mehrere Kinder sexuell missbraucht und anschließend getötet. Ihre Leichen hatte er mit einer Axt zerstückelt, in kleine Metallkisten gepackt und im Totenmaar versenkt.

Im Laufe der Ermittlungen hatte sich ein dringender Tatverdacht gegen den Polizeipräsidenten ergeben. Als dann zwei weitere Kinder spurlos verschwanden, platzte mir der Kragen und ich überschritt die Schwelle der Legalität. Im Gegensatz zu Daschner, der dem Entführer von Jakob von Metzler nur mit Folter drohte, wendete ich körperliche Gewalt gegen unseren Hauptverdächtigen an, um ihn zur Preisgabe des Festhalteortes der Kinder zu nötigen. In der Folge wurde ich wegen Körperverletzung im Amt und Nötigung aus dem Polizeidienst entlassen.

Ich ließ den Kopf aber nicht hängen und gründete in Prüm eine Detektei, was sich in den ersten Monaten allerdings als Fehlentscheidung zu entpuppen schien. Aufgrund mangelnder Auftragslage hatte ich zwischenzeitlich kurz vor dem Bankrott gestanden.

Als aber eines Morgens die aus Gerolstein stammende Rentnerin Magdalena Büsch in meinem Büro erschien und behauptete, ihr Dackel sei von einem Affenmenschen entführt worden, wendete sich das Blatt.

Schon bald häuften sich Berichte von Wanderern, die den Affenmenschen angeblich in der Nähe des Eifelsteigs gesehen hatten und die Meldungen verbreiteten sich wie ein Lauffeuer.

Kurz darauf wurden dann in einem abgelegenen Waldgebiet nahe dem Eifelsteig, die Knochen mehrerer Frauen gefunden und plötzlich waren meine Dienste gefragter als je zuvor.

„Woran denkst du?", fragte Chippy, als ich nicht auf seine Anmerkung einging. Mein Freund kannte mich besser, als ich dachte. Ich versuchte auszuweichen und antwortete: „Ich hasse

Krankenhäuser. Es riecht nach Desinfektionsmitteln, das Essen schmeckt beschissen und für die meisten Ärzte ist man nur eine Nummer. Hier interessiert es doch keinen, wie es einem geht."

Chippy schüttelte den Kopf und widersprach:

„Das gilt vielleicht für gesetzlich Versicherte. Du bist Privatpatient. Auch wenn die Ärzteschaft dem widerspricht, haben wir im Gesundheitssystem eine Zweiklassengesellschaft."

„Rede mir den Krankenhausaufenthalt bitte nicht schön. Ich will und muss dringend hier raus."

„Was gibt es denn Wichtiges für dich zu tun? Hast du etwa wieder einen Fall?"

„Nein. Franz wird in Kürze aus der Untersuchungshaft entlassen. Ich würde ihn gerne selbst in Trier abholen. Das bin ich meinem Mitarbeiter schuldig."

„Ich kann das für dich machen."

„Danke, ich weiß dein Angebot zu schätzen, aber das ist meine Aufgabe."

Chippy erhob sich schnaufend.

„Dieter, du bist und bleibst ein Dickkopf. Letztlich entscheiden aber die Ärzte, wann du entlassen wirst. Mein Angebot steht. Ich hole Franz gerne ab."

Chippy gab mir die Hand und sagte: „Ich mach mich auf den Weg. In einer halben Stunde habe ich einen Termin beim Polizeipsychologen."

Er ging mit betrübtem Gesicht zur Tür. Die Geschehnisse in der Höhle schienen ihn mehr zu belasten, als er zugab.

„Hab keine Angst. Ich kenne Dr. Hallenbach. Er ist ein guter Psychologe. Die Sitzungen werden dir helfen", rief ich meinem Freund hinterher, als er das Krankenzimmer verließ.

Ich wuchtete mich aus dem Bett und ging ins Bad. Glücklicherweise konnte ich mich einigermaßen bewegen und die Schwester hatte mir keinen Katheter angehangen, was mich bei meiner Bauchverletzung durchaus wunderte.

Vorsichtig versuchte ich mein Schlafanzugoberteil auszuziehen. Die Schussverletzung in der Schulter bereite dem Versuch ein vorzeitiges Ende. Mit schmerzverzerrtem Gesicht stand ich vor dem Spiegel und fluchte. Ich konnte unmöglich in diesem hässlich-babyblauen Schlafanzug das Krankenhaus verlassen.

Das hatte nichts mit Eitelkeit zu tun. Normalerweise trug ich in den Sommermonaten diese bunten Hawaiihemden, die in den Achtzigern modern gewesen waren. Das hatte mir bei Freunden und Mitarbeitern den Spitznamen „Magnum" eingebracht.

Leider waren Berufsstand und Hawaiihemden die einzigen Gemeinsamkeiten, die mich mit dem Fernsehdetektiv verbanden. Ich besaß weder Ferrari noch Schnauzbart. Eine Schilddrüsenüberfunktion sorgte dafür, dass meine Augäpfel leicht aus dem Schädel hervorstanden und ich konnte eine gewisse Ähnlichkeit mit dem Nationalspieler Mesut Özil nicht abstreiten. Nur war ich fast doppelt so alt und blond.

Ich ließ mir kaltes Wasser über das Gesicht laufen und schlurfte zurück zum Krankenbett. Chippy hatte Recht. Ich war zu schwach um das Krankenhaus heute schon zu verlassen. Erschöpft ließ ich mich zurück ins Bett fallen, griff nach der Fernbedienung und schaltete das Fernsehen ein. Ich zappte lustlos die Sender rauf und runter und blieb schließlich bei einem Regionalsender hängen, der die Pressekonferenz der SOKO Yeti übertrug. Mein Freund, der Leiter der Trierer Mordkommission, Kriminalhauptkommissar Frank Schneider, stellte sich den Fragen der Journalisten und berichtete ausgiebig über die Geschehnisse der letzten Tage. Als er auf mich und meine Arbeit zu sprechen kam, erfüllten mich seine Worte mit Stolz und ich fragte mich, wie lange es dauern würde, bis die ersten Journalisten hier im Krankenhaus auftauchen würden.

Frank Schneider war vor zwei Jahren vom Spezialeinsatzkommando Koblenz als Sachbearbeiter zur Mordkommission nach Trier versetzt worden. Nach meinem Ausscheiden aus dem Polizeidienst und dem überraschenden Tod des Kommissaritslseiter Johann Hauser, war Frank völlig überraschend zum neuen Chef der Mordkommission ernannt worden. Ich zweifelte allerdings daran, dass er seinen Posten nach dem „Eifel-Yeti-Fall" noch lange behalten würde.

Er hatte in den Augen der Polizeiführung zu viele taktische Fehler gemacht und dadurch den Tod von zwei MEK-Kollegen verschuldet.

Nach Ende der Übertragung zappte ich weiter durch die Programme und wurde schon bald von der Müdigkeit in einen wilden Traum gezerrt, aus dem ich erst am kommenden Morgen schweißnass erwachte.

Die Schusswunde im Schulterbereich hatte den Ärzten keine Probleme bereitet und war, nachdem man die Kugel entfernt hatte, relativ einfach wieder zugenäht worden. Die Stichverletzung im Bauch hingegen drohte sich zu entzünden, weil das Messer einen Teil meines Darms durchstoßen hatte und dadurch Verdauungsreste in den Bauchinnenraum gelangt waren. Meine Entlassung rückte vorerst in weite Ferne.

Trotz des Einzelzimmers, einer netten gutaussehenden Schwester, einiger interessanter Romane und der regelmäßigen Besuche meines schnauzbärtigen Freundes hielt ich es nach drei Tagen endgültig nicht mehr im Krankenhaus aus. Ich verließ es trotz heftigem Protest der Ärzte auf eigene Verantwortung. Mein Unterleib schmerzte bei jedem Schritt. Es kam mir so vor, als würden meine Innereien eine Achterbahnfahrt durch meine Bauchhöhle veranstalten.

Das war in Anbetracht der tiefen Stichwunde kein Wunder.

Die Jagd nach dem sogenannten Eifel-Yeti hatte mich auf die Spur eines Serienmörders geführt, der seine überwiegend aus jungen Frauen bestehenden Opfer bei lebendigem Leib aufgegessen hatte. Der Kannibale hatte mich durch gezielte Messerstiche in den Bauch töten wollen. Glücklicherweise hatte er aber keine lebenswichtigen Organe getroffen.

Ich war mir darüber im Klaren, dass meine vorzeitige Flucht aus dem Krankenhaus einem Drahtseilakt glich. Frühzeitige Belastung könnte zu einem Aufbrechen der Naht oder sonstigen ungewünschten Komplikationen führen.

Die Warnungen und Vorhalte der Ärzte ließen mich kalt. Ich musste unbedingt mit meinem Mitarbeiter Franz sprechen, der heute aus der Untersuchungshaft entlassen werden sollte.

Die Ermittlungen gegen Franz, der aufgrund eines Missverständnisses unter Mordverdacht gestanden hatte, waren eingestellt und die Haftanordnung mit dem heutigen Tag aufgehoben worden.

+++

Ungeduldig wartete ich eine geschlagene Stunde vor dem Knast. Dann endlich öffnete sich die Schleuse. Mein treuer Freund und Mitarbeiter trat langsam, beinahe ängstlich auf die Straße, während sich das gewaltige Schiebetor hinter ihm schloss.

„Was machst du für ein betrübtes Gesicht? Du bist frei! Freu dich!", rief ich ihm zu.

Er schüttelte den Kopf und fuhr mich in verärgerter Tonlage an:

„Es gibt keinen Grund zur Freude. Ich habe dir doch erzählt, dass die Eifel vor der größten Katastrophe ihrer Geschichte steht. Hier in unserer schönen Heimat soll der größte Terrorakt seit dem 11. September seinen Anfang finden."

„Ich hab mich erst mal darum gekümmert, dich aus dem Knast zu holen. Jetzt ist die Rettung der Welt dran", scherzte ich.

Zu diesem Zeitpunkt war ich mir nicht sicher, was ich von seiner Aussage halten sollte. Franz hatte mir, als ich ihn letzte Woche in der U-Haft besuchte, von einem bevorstehenden Terrorakt hier in der Eifel erzählt. Leider neigte er häufig zu Übertreibungen, was es für mich schwierig machte, die wichtigen von den unbedeutenden Aussagen zu unterscheiden. Trotzdem wurde ich das Gefühl nicht los, dass er auf eine ganz große Sache gestoßen war. Es gab kein Passwort und keine Firewall, die er mit seinen Computerkenntnissen nicht hacken konnte. Vielleicht war er während seiner unzähligen Stunden, die er im Internet surfte, tatsächlich auf eine bevorstehende terroristische Bedrohung gestoßen.

Andererseits hatte er seit Wochen nur noch von der bevorstehenden Apokalypse gesprochen und ständig die gleichen Bibelzitate aus der Offenbarung des Johannes wiederholt:

„Ich sah ein fahles Pferd; und der der auf ihm saß, heißt Tod und die Unterwelt zog hinter ihm her. Die Köpfe der Pferde glichen Löwenköpfen und aus ihren Mäulern schlug Feuer, Rauch und Schwefel. Dann sah ich eine weiße Wolke. Auf der Wolke thronte einer, der wie ein Menschensohn aussah."

Immer wenn Franz die Zitate runterleierte, musste ich an einen meiner letzten Fälle als Ermittler in der Trierer Mordkommission denken. Damals hatte eine Sekte, die sich die Jünger Jesu nannte, in einer Villa in der Eifel schwarze Messen gehalten. In der Hoffnung auf das ewige Leben waren die Sektenanhänger von ihrem Guru in den Massenselbstmord getrieben worden. Trotz der apokalyptischen Prophezeiungen konnte man Franz aber nicht als Spinner bezeichnen. Ganz im Gegenteil. Er war ein Genie. Mein Freund besaß ein fotographisches Gedächtnis und konnte sich an alles, und ich meine wirklich an alles, erinnern, was er irgendwo gesehen oder gelesen hatte. Er war kein Anhänger der Endzeitfanatiker, die das vermeintliche Ende des Maya-Kalenders zur Wintersonnenwende am 21.12.2012 als Ende der Zivilisation betitelt hatten, auch war er kein gläubiger Mensch, obwohl er in letzter Zeit ständig die Offenbarung zitierte. Franz orientierte sich an wissenschaftlichen Fakten und Prognosen. Er hielt ein Aussterben der menschlichen Spezies in den nächsten hundert Jahren für sehr wahrscheinlich. Die Ursache würde allerdings nicht durch einen Asteroideneinschlag, der vor 65 Millionen Jahren das Ende der Dinosaurier-Ära einleitete, gesetzt werden, sondern durch uns selbst. So sei ein Atomkrieg oder eine Pandemie die wahrscheinlichste Variante für die Vernichtung allen menschlichen Lebens.

Ich schüttelte meinem Freund zur Begrüßung die Hand und sagte:

„Lass uns nach Prüm ins Büro fahren. Im Auto haben wir genügend Zeit über alles zu sprechen."

Franz nickte, schien der Ernsthaftigkeit meines Interesses allerdings zu misstrauen und meinte: „Dieter, ich habe mich in einen verschlüsselten Chatroom eingehakt. Du weißt, dass ich es nicht lassen kann, mich in solche Dinger einzuhacken…."

Mitten im Satz riss Franz plötzlich die Augen weit auf und deutete auf einen bärtigen Mann, der trotz der sommerlichen Außentemperaturen einen langen schwarzen Mantel und eine dunkle Wollmütze trug. Der Mann kam im Laufschritt auf uns zu und zog als er sich bis auf wenige Meter genähert hatte, völlig unerwartet eine Pistole aus seiner Tasche, richtete sie auf Franz und drückte ab, bevor einer von uns überhaupt reagieren konnte.

Die Kugel traf meinen Mitarbeiter mitten ins Herz. Durch die Wucht des Aufpralls wurde er nach hinten geschleudert und fiel auf den Rücken. Er riss den Mund auf und stammelte einige kaum verständliche Worte. Seine Beine zuckten kurz, dann fuhr ein Ruck durch den Körper und sein Herz hörte auf zu schlagen. Franz war tot.

Wie versteinert hatte ich das Geschehen beobachtet. Was für ein scheiß Film lief hier gerade ab?

Der Schütze hatte die Pistole zwischenzeitlich auf mich gerichtet und fragte in gebrochenem Deutsch:

„Du…wer bist du?"

Ich blickte ihn an. Sein Gesicht kam mir bekannt vor. Irgendwo hatte ich diesen dunklen Vollbart und die Ölaugen schon einmal gesehen. Mit hasserfüllter Stimme fragte er erneut:

„Rede…Wer bist du? Was hat der Computerhacker dir gesagt? Bist du ein Bulle?"

Plötzlich fiel es mir wie Schuppen von den Augen. Vor mir stand Abu Shabal. Noch vor wenigen Tagen hatte ich im Rahmen der Ermittlungen im Eifel-Yeti-Fall die DNS des Iraners von dessen Briefkasten gesichert. Wir hatten auf der Suche nach dem Serienmörder alle vorbestraften Gewalttäter in der Region überprüft und ihre DNS als Abgleichproben genommen. Letztlich hatten diese Überprüfungen aber nicht zum gewünschten Erfolg geführt. Trotz allem war ich das Gefühl nicht losgeworden, dass Abu Shabal, der bis zu seiner Entlastung durch den DNS-Abgleich, zu den Hauptverdächtigen gehörte, irgendetwas zu verbergen hatte.

Ich war fassungslos und verwundert zugleich. Trotz der Lebensgefahr, in der ich mich zweifelsohne befand, verspürte ich keine Angst. Im Gegenteil. Selbstsicher blufte ich:

„Mein Name ist Dieter Schulz. Kriminaloberkommissar. Wir sind Ihnen bereits seit längerem auf der Spur. Der Mann, den Sie gerade erschossen haben, Sie bezeichnen ihn als Hacker, hat uns sämtliche Daten von Ihrem Computer besorgt. Machen Sie es sich und uns nicht unnötig schwer. Legen Sie die Waffe auf den Boden und ergeben Sie sich."

Abu Shabal sah sich nach allen Seiten um. Sein aggressives Verhalten war einer deutlich erkennbaren Nervosität gewichen.

Scheinbar hatte mein Bluff gewirkt. Ich hatte keinen Plan, was tatsächlich Grund oder Ursache für sein Handeln war, aber er wurde unsicher.

„Abu Shabal, ich bitte Sie. Sie werden bereits seit Monaten observiert. Die Kollegen des Einsatzkommandos werden in wenigen Minuten hier sein. Es gibt für Sie kein Entkommen. Machen Sie es nicht noch schlimmer. Legen Sie die Pistole auf den Boden."

Der Iraner sah mich nachdenklich an, senkte die Pistole und rief:

„Allahu Akbar"

Unmittelbar nach dem Aufruf riss er die Pistole nach oben, steckte den Lauf in seinen Mund und drückte ab.

Die Gehirnmasse spritze aus dem aufplatzenden Hinterkopf mehrere Meter in die Luft, während der sterbende Körper des Iraners schlaff zu Boden fiel.

Aus den Augenwinkeln sah ich zwei Justizvollzugsbeamte, die mit gezogenen Waffen aus der Haftanstalt stürmten.

„Hände hoch! Hände hoch!", schrien sie mich an. Die Beiden hatten definitiv die Hosen voll und versuchten ihre Angst und Unsicherheit mit den lauten Rufen zu verbergen.

Um die Situation nicht unnötig zu verschlimmern, hob ich die Arme und kniete mich. Sekunden später hatten die Beiden mich in Bauchlage am Boden fixiert und meine Hände auf dem Rücken mit einer Schließacht gefesselt.

„Was ist passiert? Wer hat die Männer erschossen? Waren Sie das?", fragte einer der Wärter.

Ich schüttelte den Kopf und sagte:

„Was geht das euch an? Ruft die Bullen! Der Tatort muss gesichert werden. Euch hirnlosen Amateuren sag ich nix."

Der dickere der Beiden stieß mir sein Knie in die Rippen.

„Na warte, du Fettsack. Das bekommst du zurück", fluchte ich.

Der Dicke ignorierte die Drohung und kniete sich stattdessen mit seinem gesamten Körpergewicht auf meinen Rücken.

Während ich in dieser unbequemen und schmerzhaften Position das Eintreffen der Polizeikräfte abwartete, musste ich an Franz Franzens letzte Worte denken, die er im Todeskampf gestammelt hatte.

Globale Pandemie! Verhindern…Apokalypse…Johann…

+++

Seit fast zwei Stunden befand ich mich schon in einem Vernehmungsraum, ohne dass mich ein Kriminalbeamter zu dem

Vorfall an der Haftanstalt befragt hatte. Der Raum war nur ca. fünf Quadratmeter groß und besaß keine Fenster. In der Mitte stand ein Tisch mit zwei Stühlen. Eine flackernde Neonröhre warf ein mattes Licht auf den Fußboden. Die Wände waren kahl. Lediglich in eine Wand war ein großer Spiegel eingelassen.

Ich lehnte gelangweilt an der Tür und starrte auf den Spiegel. Früher hatte ich selbst oft auf der anderen Seite des Venezianischen Spiegels gestanden und meinen Mentor Johann Hauser bei der Vernehmung von Tatverdächtigen und Schwerverbrechern beobachtet.

Wer mochte jetzt wohl auf der anderen Seite stehen und mich beobachten?

Nach einer weiteren halben Stunde öffnete sich endlich die Tür und ein humpelnder Kriminalbeamter, den ich auf Ende Fünfzig schätzte, betrat den Raum.

Mit verzerrter Mine hinkte er zum Tisch und ließ sich auf einem der Stühle nieder.

„Nehmen Sie bitte Platz, Herr Schulz", sagte er und deutete auf den freien Stuhl.

„Was soll der Scheiß hier? Warum werde ich fast zwei Stunden hier festgehalten? Ich will sofort Ihren Vorgesetzten sprechen!", forderte ich wütend.

Der leicht übergewichtige Ermittler begann zu grinsen und meinte:

„Ich habe mir Ihre Akte durchgelesen. Sie sind ein ehemaliger Kollege und guter Freund von Frank Schneider. Leider muss ich Sie aber enttäuschen. Ihrem Freund wurde die Leitung der Mordkommission bis auf weiteres aberkannt. Bis zum Abschluss des Disziplinarverfahrens ist KHK Schneider vom Dienst suspendiert."

Ich zeigte mich überraschter, als ich es tatsächlich war, und fragte:

„Oh! Wer wurde denn zum neuen Leiter der Mordkommission ernannt?"

„Die Stelle wird neu ausgeschrieben, landesweit. Bis ein Nachfolger gefunden ist, hat man mir die Leitung anvertraut. Da fällt mir ein, ich habe mich noch gar nicht vorgestellt. Mein Name ist Wolfgang Klein, Kriminalhauptkommissar. Ich bin, äh, war bis vorgestern stellvertretender Leiter der Mordkommission in Ludwigshafen."

Ich schluckte. Wolfgang Klein war mir durchaus ein Begriff. Was hatte er sich im Laufe der Jahre verändert. Auch wenn er sich nicht mehr an mich erinnern konnte, wusste ich sehr wohl, wer er war. In meiner Ausbildungszeit, die schon eine Ewigkeit zurücklag, hatte er mich in Kriminalistik geschult. Aufgrund der Vielzahl an Polizisten, die er im Laufe der Jahre unterrichtet hatte, war es verständlich, dass er sich nicht mehr an jeden erinnern konnte. Mir waren in meiner Zeit bei der Mordkommission einige seiner Fälle und vor allem sein Spitzname, den man ihm bei der Kripo in Ludwigshafen gab, mehrfach zu Ohren gekommen. Man nannte ihn „den Terrier". Ähnlich wie Berti Vogts ließ auch Wolfgang Klein seine Gegner nicht mehr los und verbiss sich so tief in einen Fall, bis auch der letzte Zweifel an der Schuld oder Unschuld eines Verdächtigen ausgeräumt war.

„Wie ich an Ihrem Gesichtsausdruck erkennen kann, haben Sie schon von mir gehört"

Ich nickte ohne zu erwähnen, dass er einst mein Dozent gewesen war.

„Nun gut. Kommen wir zur Sache, Herr Schulz. Woran haben Sie und Ihr Mitarbeiter gearbeitet?"

„Ich weiß es nicht!"

„Wollen Sie mich verarschen?"

„Nein. Wirklich! Ich weiß nicht, woran Franz gearbeitet hat. Er muss im Internet auf irgendetwas gestoßen sein. Das hatte aber nichts mit unserem Fall zu tun."

Der Terrier fuhr sich mit der Hand ans Ohr.

„Hat er Ihnen gegenüber angedeutet, worauf er gestoßen ist?"

„Franz sprach davon, dass er in einem Internetforum Hinweise auf einen bevorstehenden Terroranschlag gefunden habe."

Klein sah zum Venezianischen Spiegel und nickte.

„Er muss Ihnen doch noch mehr erzählt haben? Kommen Sie, Herr Schulz! Ich will Einzelheiten."

„Glauben Sie mir! Ich weiß auch nicht mehr. War dieser Abu Shabal ein Terrorist?"

Der Terrier sah erneut zum Venezianischen Spiegel, so als müsste er sich die Antwort auf meine Frage genehmigen lassen und sagte schließlich:

„Ich bin nicht befugt, auf diese Frage zu antworten."

Ich sprang auf, zog blitzschnell an dem elektronischen Hörstöpsel, der in Kleins Ohr steckte und schrie:

„Bullshit! Wer steht dort hinter der Scheibe? Glauben Sie, ich hätte nicht bemerkt, wie sie ständig mit der Hand an ihr Ohr fassen. Ich bin doch kein Idiot. Sie hingegen sind nur eine Marionette, die die Befehle eines anderen ausführt. Ich will mit dem sprechen, der hier das Sagen hat!"

Wütend warf ich den Empfänger auf den Boden und zertrat ihn.

„Das ist aber nicht nett. Ich sollte Sie wegen Beschädigung von Staatseigentum anzeigen", keuchte Klein, obwohl er wusste, dass seine Drohung mich nicht beeindrucken würde.

„Sie wollen Antworten von mir? Nur wenn ich mit dem Arschloch hinter dem Spiegel sprechen kann", forderte ich außer mir vor Wut. „Ich dachte, Sie seien ein Ermittler mit Rückgrat und Erfahrung. Ein bissiger Terrier und nicht der Handlanger eines anderen. Ein armseliger Taschenhund, das sind Sie."

Plötzlich ertönte eine bedrohlich wirkende Männerstimme durch den Lautsprecher: „Herr Klein, lassen Sie Schulz laufen. Er hat keine Ahnung, worum es hier eigentlich geht."

Wolfgang Klein erhob sich und hinkte zur Tür, die er mit einem heftigen Ruck öffnete.

„Schulz, Sie können gehen", sagte er und deutete in den Flur.

Verwundert verließ ich das Vernehmungszimmer.

„Ich begleite Sie nach draußen", sagte Klein und führte mich zum Fahrstuhl.

„Ich bevorzuge die Treppe, hinken Sie doch zu Ihrem Vorgesetzten zurück. In seinem Arsch ist sicherlich noch genügend Platz zum Reinkriechen“, meinte ich spöttisch, als sich die Fahrstuhltür öffnete. Meine Verärgerung stand mir ins Gesicht geschrieben. Warum zum Teufel hatte sich ein so erfahrener Beamter durch Funkanweisungen lenken lassen?

„Der Befehl kam von ganz oben. Der Fall übersteigt unsere Befugnisse bei Weitem. Ihr Freund ist da auf eine ganz große Sache gestoßen“, versuchte er, sich zu rechtfertigen.

Wir betraten den Fahrstuhl.

Während sich die Tür hinter uns schloss, flüsterte Klein, so als müsste er befürchten, abgehört zu werden: „Wir wollten vor einer Stunde Franzens Wohnung nach Hinweisen durchsuchen. Irgendjemand ist uns zuvorgekommen und hatte bereits alles auf den Kopf gestellt. Können Sie sich vorstellen, wonach der oder die Täter gesucht haben?“

„Fragen Sie doch Ihren neuen Freund. Von welcher Organisation ist das Arschloch? BKA? Verfassungsschutz? BND? Ich wette, der weiß viel mehr als er Ihnen gegenüber zugibt.“

An Kleins Gesichtsausdruck konnte ich erkennen, dass ich mit meiner Vermutung richtig lag. Die Vernehmung war ihm von einer Bundesbehörde aufdiktiert worden.

Als sich die Fahrstuhltür im Erdgeschoss öffnete, reichte Klein mir zur Verabschiedung die Hand und sagte: „Sie kennen doch meinen Spitznamen…“, dann zog er mich an der Hand zu sich, beugte sich nach vorne und flüsterte in mein Ohr:

„Ich bleibe am Ball. Glauben Sie wirklich, ich lasse mir vom BKA vorschreiben, wie ich zu ermitteln habe?“

+++

Holger Rößler war eine imposante Erscheinung. Er maß mehr als zwei Meter und seine Hände erinnerten mich an die Schaufeln eines großen Kettenbaggers.

Mein Freund hatte einen nahezu perfekten Lebenslauf für die Arbeit in der Detektei. Holger hatte drei Jahre bei den Fallschirmjägern gedient, besaß eine Nahkampfausbildung und war ein Meister im Umgang mit Messern und Schusswaffen. Ganz zu schweigen von seiner hünenhaften und äußerst muskulösen Statur, die manchen Gegner bereits beim bloßen Anblick in die Flucht schlug.

Er hatte sich einen dunklen Dreitagebart wachsen lassen, trug eine schwarze Jeans, ein weißes T-Shirt und darüber eine ebenfalls schwarze Sommerweste. Er besaß weder Schmuck noch teure Kleidung. Geld hatte ihn nie interessiert. Holger war einer jener Menschen, die für Werte wie Ehre, Menschlichkeit und Liebe einstanden. Und das Beste war, er arbeitete für mich völlig kostenfrei. Ein Glücksgriff.

Trotzdem ließ ich es mir nicht nehmen, mich gelegentlich für seine Dienste zu revanchieren. Meist lud ich ihn dann zum Essen in „Die alte Abtei" in Prüm ein. In dem bürgerlichen Gasthaus machten sie die besten Schnitzel der Eifel und für Holger gab es diese auch passend in XXL. Ein Genuss.

„Du glaubst, Franz wurde ermordet, weil er einem geplanten Terroranschlag auf die Schliche kam?", fragte Holger, während er ein Stück von dem Riesenschnitzel abschnitt.

„Ganz genau! Irgendetwas Großes ist im Busch. Ich will wissen, was Franz herausgefunden hat und warum er sterben musste", antwortete ich.

Mein Schnitzel hatte ich bereits komplett vertilgt und für einen kurzen Moment dachte ich darüber nach, mir eine zweite Portion zu bestellen, verwarf den Gedanken aber, als Holger mir einen Vorschlag machte:

„Ich kenne jemand beim BKA, der mir noch einen Gefallen schuldig ist."

„Gute Idee! Sieh dich vorher aber noch in Franz` Wohnung um. Vielleicht hat der Täter etwas übersehen und besorge mir alles, was du über Abu Shabal rausfinden kannst."

„Und was machst du?"

„Ich fahre zur Angelhütte."

23

Nach dem plötzlichen Tod meines damaligen Vorgesetzten Johann Hauser hatte ich dessen Angelteich, samt Blockhaus und Ländereien geerbt. Das zwanzig Hektar große Waldgelände, durch das ein kleiner Bach floss, der den Fischteich mit Frischwasser versorgte, lag in einem abgelegenen Tal zwischen Birresborn und Kopp. Ein zwei Meter hoher Maschendrahtzaun umschloss das gesamte Waldgelände und hinderte Wanderer am Betreten des Privatgeländes.

Ich war seit Johanns Tod erst einmal am Angelteich gewesen. Dieser Sport war nicht meine Welt und ich hatte deshalb Franz, der leidenschaftlicher Angler gewesen war, das Blockhaus und den Teich zur Verfügung gestellt.

„Wenn er etwas versteckt hat, dann sicher nicht zuhause. Dafür war Franz zu clever. Nein! Ich werde mich in der Hütte umsehen. Niemand außer mir weiß, dass Franz die Hütte genutzt hat. Das ideale Versteck", erklärte ich Holger, der gerade schmatzend das letzte Stück seines Riesenschnitzels vertilgte. „Wann willst du los?"

„Gleich morgen früh. Wir haben keine Zeit zu verlieren. Mein Gefühl sagt mir, dass uns die Zeit schon bald davonläuft."

+++

Es hatte die ganze Nacht sintflutartig geregnet und die Schauer waren erst in den frühen Morgenstunden nach Osten gezogen. Trotzdem hingen immer noch vereinzelt düstere Regenwolken über der Eifel, die sich aber mit Sonnenaufgang deutlich lichteten. Angenehme, sommerliche Sonnenstrahlen drangen wie mächtige, von Gottes Hand geführte Schwerter durch die schwarzen Wolken und verschwanden im Grau des Frühnebels, der die Täler in einen unheimlichen mystischen Schleier tauchte.

Nachdenklich fuhr ich von Prüm über Fleringen, Wallersheim, Hersdorf, Jakobsknopp und Weißenseifen hinab ins Kylltal nach Mürlenbach und ließ die letzten Tage gedanklich in meinem Kopf vorbeirauschen.

In Mürlenbach bog ich nach links in Richtung Gerolstein ab. Durch immer dichter werdenden Nebel, der sich durch das gesamte Kylltal zog, tastete ich mich fast mit Schrittgeschwindigkeit voran und erreichte nach einer gefühlten Ewigkeit den Eifelort Birresborn.

Die kleine Gemeinde hatte in der Vergangenheit durch sein hervorragendes Mineralwasser einen überregionalen Bekanntheitsgrad erlangt, der aber seit Übernahme des familiär geführten Abfüllbetriebes durch einen großen Mineralwasserhersteller zunehmend an Bedeutung verloren hatte.

Ich zog mein GPS-Handgerät aus der Tasche und schaltete es ein. Ich hatte die Koordinaten von Hausers Angelhütte in dem Handgerät gespeichert. Schon nach wenigen Sekunden war der rote Zielpunkt deutlich auf der Karte des GPS zu erkennen.

Ich postierte das Navi auf dem Beifahrersitz und bog in Ortsmitte Birresborn nach links in Richtung der Eishöhlen ab. Der Weg führte mich an den Eishöhlen vorbei durch ausschließlich bewaldetes Gebiet über eine Anhöhe und anschließend wieder in ein kleines Tal hinab.

Ich hoffte, dass der Waldweg zur Hütte einigermaßen intakt war und ich mit meinem alten Golf bis zur Hütte fahren konnte. Ohne das Navigationsgerät wäre eine Orientierung aufgrund des starken Nebels schlichtweg unmöglich gewesen. Der Waldweg wurde schmaler, ausgefahrener und so matschig, dass ich einen Anstieg erst im dritten Anlauf schaffte und die Bergkuppe nur mit viel Glück erreichte. Anschließend führte der Weg, sofern man den Pfad so nennen konnte, in ein bewaldetes Tal.

Nach zwanzig Minuten in Schlitterfahrt und mit schleifender Kupplung erreichte ich das Ende des Waldweges. Er endete vor einem etwa zwei Meter hohen Metalltor, an das beidseitig ein gleichhoher Maschendrahtzaun anschloss. Ich hatte mein

Grundstück erreicht. Vorsichtig stieg ich aus, öffnete das Zahlenschloss, drückte das eiserne Flügeltor auf und fuhr in den umzäunten Privatwald.

Nach etwa hundert Metern erreichte ich den Angelweiher, an dessen Rand das kleine Blockhaus stand.

Auf der Parkfläche neben der Hütte stellte ich den Wagen ab und ging zur Eingangstür. Mein Blick fiel dabei auf den kleinen Garten, der hinter dem Haus angelegt war. Franz hatte dort verschiedene Gemüsearten angebaut. Im Vorbeigehen erkannte ich Kartoffeln, Möhren, Erbsen und Bohnen.

In der Mitte des Gartens standen fünf Bäume, deren Kronen vom dichten Nebel verschluckt wurden und ich stellte mir vor, wie mein verstorbener Chef und später Franz hier in absoluter Einsamkeit ihre freien Tage genossen hatten.

Ich ging zur Eingangstür. Das Schloss war mit einem elektronischen Zahlencode gesichert. Ich tippte 25061976. Das Geburtsdatum von Franz Franzen. Ein Summen des Schlosses, dann trat ich ein. Es war eine kleine Hütte, die nur aus einem Wohnzimmer mit Kochnische, einem kleinen Flur, einem Generatorraum und einem Waschraum mit Toilette bestand. An den Wänden hingen zahlreiche Urkunden, Auszeichnungen und Danksagungen an Kriminalhauptkommissar Johann Hauser.

Ich erblickte einen eingerahmten Zeitungsartikel, der den Hauptkommissar bei einer Wohltätigkeitsveranstaltung in Hamburg zeigte.

Vorsichtig schob ich den Couchtisch zur Seite, hob den Teppich an und öffnete die darunter versteckte Einstiegslücke. Dann schaltete ich meine Taschenlampe ein und stieg hinab in den fensterlosen dunklen Kellerraum. Wenn Franz etwas versteckt hatte, dann in diesem geheimen Keller.

Die alte Holztreppe knirschte bei jedem Schritt. Ein fauliger Gestank stieß mir entgegen und für einen kurzen Moment musste ich einen Brechreiz unterdrücken. Es roch nach Verwesung!

Während ich mir mit der linken Hand meine Nase zuhielt, lenkte ich mit der Rechten den Strahl der Lampe durch den feuchten Keller. Der nur etwa 1,70 m hohe Raum wirkte wie ein Kerker aus dem 17. Jahrhundert. Die Bruchsteinwände waren feucht und schimmelig und in eine der Mauern waren auf Kopfhöhe zwei rostige Metallringe eingelassen.

In der rechten Ecke des Kerkers, unterhalb der Metallringe stand ein Safe, der so gar nicht in das Gesamtbild des Verlieses passte. Es war zweifelsfrei ein neuwertiger Zahlenschlosssafe, der erst vor kurzem hier aufgestellt worden war.

„Ich wusste es! Franz! Ich wusste es!", flüsterte ich zu mir selbst.

Ich kniete mich vor den Safe.

„Bah!", stieß ich einen Schrei aus. Neben dem Stahlschrank lagen zwei tote Ratten. Die hatten also den Gestank verursacht!

Vorsichtig schob ich die Nager mit dem Fuß zur Seite, leuchtete auf das Zahlenschloss und versuchte 25061976. Nichts geschah! Das wäre auch zu leicht gewesen.

Ich probierte in der Folge unzählige Zahlenkombinationen die ich auch nur im Entferntesten mit Franz in Verbindung bringen konnte. Aber nichts geschah. Der Safe blieb verschlossen.

„In Hollywoodfilmen schafft der Held es beim dritten Versuch das richtige Passwort oder die Kombination einzugeben. Verdammter Scheiß, das hat so keinen Wert", fluchte ich lauthals.

Plötzlich hörte ich das Knirschen der Holztreppe. Erschrocken drehte ich mich zum Ausgang.

Doch ich war zu langsam. Bevor ich reagieren konnte traf mich ein harter Gegenstand an der Schläfe und augenblicklich überkam mich eine tiefschwarze Bewusstlosigkeit.

+++

27

Als ich wieder zu mir kam, verspürte ich ein heftiges Klopfen an der Schläfe und mein Schädel schmerzte so unerträglich, dass ich mir eine weitere Bewusstlosigkeit herbeisehnte.

Ich war mit dem mit Rücken zur Wand mit ausgestreckten Armen an die beiden Metallringe gefesselt. Zwei dicke Hanfstricke hatte man so fest um meine Knöchel gebunden, dass ich meine Hände nicht mehr spüren konnte.

Der faule Gestank der verwesenden Ratten erfüllte den in Finsternis gehüllten Kellerraum und machte ein Atmen durch die Nase fast unmöglich. Ich glaubte, das Schmatzen der Maden zu hören, die sich an den Kadavern der Nager ausließen.

Wer zum Henker hatte mich hier gefesselt?

Ich begann zu brüllen:

„Hey, du feiges Mistschwein! Zeig dich. Hast du nicht den Mumm mir in die Augen zu sehen?"

Nichts geschah! Ich versuchte es weiter.

„Mach mich los, du feiges Stück Scheiße! Lass mich hier raus!"

Ich hörte ein Poltern, dann öffnete sich die Einstiegsluke über der Treppe. Ein matter Lichtschein drang in den Kerker und ich erkannte auf der obersten Stufe zwei dunkle Lederstiefel.

Langsam stieg der Unbekannte die Treppe hinab. Trotz des bescheidenen Lichteinfalls konnte ich seine Militäruniform erkennen. Als der Soldat den Fuß der Treppe erreicht hatte, zog er eine schmale Kerze aus der Seitentasche seiner Hose und zündete sie an. Für einen kurzen Augenblick fragte ich mich, warum er meine Taschenlampe nicht benutzte. Die Antwort darauf sollte ich schon bald schmerzhaft zu spüren bekommen. Der Uniformierte trat bis auf wenige Zentimeter an mich heran und sagte in tiefer, beunruhigend wirkender Tonlage, aus der ich einen amerikanischen Akzent herauszuhören glaubte:

„Ich will die Kombination für den Safe."

„Leck mich!", antworte ich.

„Mr. Schulz, ich bitte Sie höflich darum, mir beim Öffnen des Safes behilflich zu sein."

„Höflich? Was bitte soll an dieser Situation höflich sein? Du kranke Sau hast mich zusammengeschlagen und angebunden. Was soll das hier alles? Wer bist du überhaupt?"

Ich erkannte das Emblem der U.S. Air Force auf seiner Uniform, direkt über dem Namensschild, das ich als „Miller" zu entziffern glaubte. Sein Gesicht wurde von dem Schein der Kerze nicht erfasst und blieb in eine unheimliche Dunkelheit gehüllt.

„Man hat mich vor Ihnen gewarnt, Mr. Schulz. Sie seien unhöflich, arrogant, aggressiv und gewalttätig. Glauben Sie mir, ich habe Sie nur zu meinem persönlichen Schutz gefesselt."

„Bullshit!"

Der Soldat beugte sich nach vorne. Ein widerlicher, nach Knoblauch und Fäulnis stinkender Atem trat aus seinem Mund und ich musste mein Gesicht angeekelt abwenden. Als ich mich wieder zu ihm drehte, erfasste der schwache Lichtschein der Kerze für einen kurzen Moment sein Gesicht und ich erkannte, dass es sich bei meinem Gegenüber um einen Mann mit tiefschwarzer Hautfarbe und glatt rasiertem Schädel handelte. War er Afroamerikaner?

Als hätte er meine Gedanken gelesen, packte er mich an den Haaren, riss meinen Kopf nach vorne und schrie mich mit leicht heiserer Stimme an:

„Hören Sie mir gut zu, Superdetektiv. Mein Name ist David Miller. Ich bin Angehöriger der U.S. Air Force und bin damit beauftragt worden, den Inhalt dieses Safes dem Pentagon zu übergeben. Koste es, was es wolle. Haben Sie das verstanden? Es geht hier um die nationale Sicherheit der Vereinigten Staaten von Amerika. Ihre persönlichen Belange spielen für mich keine Rolle. Alles, was ich will, ist die Kombination für diesen Schrank."

„Zuerst machst du mich hier los!", antwortete ich.

„Nein! Wenn Sie mir die Kombination nicht freiwillig verraten, dann muss ich Sie eben dazu zwingen."

Miller riss mein Hemd mit seiner linken Hand auf und betrachtete meine behaarte Brust.

„Sportlicher Körper! Was ist das für eine Verletzung?", fragte Miller, als er meinen Schulterverband entdeckte. Ich ignorierte seine Frage und zischte:

„Aus irgendeinem Grund treffe ich immer auf den letzten Abschaum!"

Unbeeindruckt führte er die Kerze an meine Brust und ich glaubte ein genussvolles Lächeln in seinem Gesicht zu erkennen, als er sich mit der Flamme meiner linken Brustwarze näherte.

„Sie werden reden. Irgendwann bricht auch der stärkste Charakter. Sie werden mich auf Knien um Gnade anflehen."

„Ich bring dich um. Du verdammte Mistratte…" Weiter kam ich nicht, Miller hatte die Flamme an meine Brustwarze geführt. Ein unglaublicher Schmerz durchfuhr meinen Körper.

„Ahhhh! Stopp! Ich rede… Hör auf!", schrie ich mit schmerzverzerrter Stimme und wagte einen Bluff: „Ich kenne die Kombination nicht auswendig. Franz hat immer alles verschlüsselt. Die Kombination hat er in einem Buch in seiner Wohnung versteckt."

„Shit, Shit!", fluchte Miller und feuerte die Kerze in die gegenüberliegende Ecke. Noch im Flug war die Kerze erloschen und der Raum hüllte sich wieder in eine schwarze Finsternis.

Ich hörte, wie der Soldat nervös auf und ab wanderte. Er schien über irgendetwas nachzudenken.

„Mach mich los, ich werde dich in Franzens Wohnung führen und dir das Buch zeigen", baute ich meine Lüge weiter aus.

Miller kam wieder näher, packte mich am Hals und fauchte: „Sie haben keine Ahnung, Schulz. Sie haben wirklich keine Vorstellung, worum es hier eigentlich geht. Wir beide werden diese Hütte nicht mehr lebend verlassen!"

+++

David Miller hatte die Kerze wieder angezündet und kniete nun schon seit einer geschätzten halben Stunde vor dem Tresor. Er tippte wahllos irgendwelche Zahlenkombinationen ein und hoffte auf einen Zufallstreffer.

„Ich störe ungern, aber ich müsste dringend kacken", unterbrach ich ihn bei seinem sinnlosen Unterfangen.

Der Soldat schnaufte: „Das hier bringt nichts. Es gibt Millionen von Möglichkeiten."

„Hallo, hast du mir nicht zugehört? Ich muss scheißen!"

„Oh, ja… Entschuldigung! Haben Sie bitte noch einen Augenblick Geduld."

Miller stellte die Kerze auf den Tresor und erhob sich. Schwerfällig trat er an mich heran. Erstmals konnte ich sein Gesicht deutlich erkennen. Er war schätzungsweise Ende dreißig und hatte eine auffallende drei Zentimeter lange Narbe unter dem rechten Auge.

„Herr Schulz, ich werde Sie jetzt losbinden. Versuchen Sie nicht zu fliehen."

„Habe ich nicht vor", log ich.

Der US-Soldat öffnete meine Fesseln.

„Danke."

„Ich werde Sie zur Toilette begleiten", antwortete er und schob mich zur Treppe. Wir stiegen nach oben ins Wohnzimmer.

„Was ist denn hier los?", fragte ich verwundert. Alle Fenster waren mit schwarzer Folie zugeklebt, die nur noch schwaches Sonnenlicht ins Blockhaus durchdringen ließ.

„Sie wollten zur Toilette!", sagte Miller schroff und schob mich zu Toilettentür, die sich im hinteren Bereich des Wohnzimmers befand.

„Die Tür bleibt auf!", forderte mein farbiger Bewacher.

„Na toll! Beim Kacken hat mir bisher noch niemand zugesehen. Öfter mal was Neues…", fluchte ich.

Während ich mein Geschäft erledigte, stand Miller einige Meter entfernt im Wohnzimmer und hielt sich mit schmerzverzerrter Miene den Bauch. Der Schweiß schien ihm literweise auszugehen. Die Tarnuniform war bereits vollständig durchnässt und ich konnte den Schweißgestank, trotz des unangenehmen Duftes, den ich verbreitete, deutlich riechen. Ich fragte mich was schlimmer roch.

„Miller, geht es dir nicht gut? Du siehst krank aus", fragte ich, während ich die Toilettenspülung betätigte.

„Mir geht es gut. Ich will nur endlich an den Inhalt des Tresors kommen."

„Leider haben wir hier keinen Handyempfang, sonst hätte ein Freund von mir die Kombination aus Franzens Wohnung besorgen können", versuchte ich das Vertrauen von Miller zu gewinnen.

Miller zog zwei Smartphones aus der Tasche. Ich erkannte mein geschundenes ungepflegtes Gerät sofort. „Daran habe ich auch bereits gedacht", sagte er, „aber weder Ihr noch mein Telefon findet hier Netz"

Ich wusch mir die Hände. Wenn ich fliehen wollte, dann war jetzt der richtige Moment.

„Lass es mich mit einer SMS versuchen. Manchmal gehen die Nachrichten auch bei minimalem Netz noch raus", schlug ich vor.

Miller dachte kurz nach.

„In Ordnung. Einen Versuch ist es wert. Sie schreiben eine SMS an Ihren Freund Holger Rößler. Er soll die Kombination hierher bringen. Alleine!"

Warum kannte Miller meinen Freund Holger? Woher wusste er überhaupt von dieser Hütte? Wenn ich die Antworten finden wollte, dann musste ihn überwältigen. Jetzt sofort.

+++

Ich hechtete nach vorne und sprang mit meinem gesamten Körpergewicht gegen den Soldaten. Durch die Wucht des Angriffs fielen wir zu Boden. Blitzschnell griff ich nach Millers

Pistole, die er in einem Holster am Gürtel trug und hämmerte zeitgleich zweimal mit meiner Stirn gegen seine Nase. Augenblicklich schlaffte er bewusstlos zusammen.

Das war besser gelaufen, als ich erwartet hatte.

Ich durchsuchte seine Taschen. Nichts. Er trug weder einen Ausweis noch sonstige Gegenstände bei sich. Ich betrachte ihn. Meine Kopfstöße mussten seine Nase komplett zertrümmert haben. Sie blutete unaufhörlich und weil ich befürchtete, dass Blut ihm in den Hals laufen könnte, setzte ich Miller auf und lehnte seinen Rücken gegen die Wand.

Dann nahm ich mein Smartphone und versuchte eine SMS an Holger zu schicken. Vergeblich. Weder SMS noch eine Telefonverbindung waren hier möglich.

Kurz darauf kam Miller schon wieder zu sich. Er begann zu husten. Dann spuckte er Schleim und Blut.

„Herr Schulz, Sie machen einen großen Fehler", mahnte er, nachdem der Husten sich beruhigt hatte.

Ich stand einige Meter entfernt und richtete die Pistole auf ihn. Ohne auf seine Mahnung einzugehen, fragte ich: „Woher wusstest du von dem Tresor?"

Erneut durchfuhr ihn ein Hustenanfall. Ein Gemisch aus Blut und Rotze spritzte mir entgegen. Ich ging einen Schritt zurück und wartete bis sich seine Hustenattacke beruhigte. Miller wischte sich das Blut mit dem Hemdärmel aus dem Gesicht und antwortete: „Wir sind Ihnen gefolgt. Das heißt eigentlich wollten wir Franz Franzen folgen. Wir haben vor der Haftanstalt auf ihn gewartet. Unglücklicherweise wurde ihr Mitarbeiter dann aber von Abu Shabal erschossen, womit sich eine Observation erübrigt hatte."

„Und dann seid ihr mir gefolgt?", hakte ich nach. Mir war aufgefallen, dass Miller von „Wir" gesprochen hatte und ich hatte die Befürchtung, dass sein Komplize ganz in der Nähe sein könnte.

„Genau! Immerhin waren Sie Franzens Boss. Außerdem hat er Ihnen vor seinem Tod etwas zugeflüstert. Wir glauben, dass er

Ihnen das Versteck der Datendisk und des Impfstoffs mitgeteilt hat."

„Was heißt wir? Wie viele seid ihr und von welchem gottverdammten Impfstoff redest du?

Ich wurde langsam ungeduldig.

„Franz Franzen hat sich in die Datenbank des Pentagon eingehackt und hochbrisante Daten, die die nationale Sicherheit der Vereinigten Staaten betreffen, gestohlen. Ihr Freund hat diese Daten an Terroristen verkauft. Irgendetwas ist bei dem Deal schiefgelaufen und die Islamisten beschlossen, Ihren Freund zu töten."

„Willst du mich auf den Arm nehmen? Franz als Datenhändler? Das ist Unsinn. Er hat sich nie für Geld interessiert."

„Welche Motive Ihren Freund zu dem Geschäft antrieben, weiß ich nicht. Jedenfalls hat er sich auf einen Handel mit Abu Shabal und dessen Komplizen eingelassen."

Für mich brach eine Welt zusammen. Sollte ich mich in meinem Freund tatsächlich so getäuscht haben?

Franz hatte seit Wochen nur noch von der bevorstehenden Apokalypse gesprochen und mit Bibelzitaten aus der Offenbarung des Johannes um sich geworfen, obwohl er kein gläubiger Mensch gewesen war. Er hatte von den vier Reitern der Apokalypse gesprochen, die nacheinander über die Erde galoppieren und Hungertod, Krieg und Krankheit über die Welt bringen werden. Nach seinen Erzählungen stünde der finale Tag, der das Ende der Menschheit einläutete, unmittelbar bevor.

„Woher soll ich wissen, dass du die Wahrheit sagst?", fragte ich.

Miller hustete erneut und meinte: „Sie haben keine andere Wahl. Als mein Partner und ich Ihnen hier zu dieser Hütte folgten, wurden wir von einem Heckenschützen unter Beschuss genommen. Mein Partner wurde dabei tödlich getroffen. Ich schaffte es gerade noch so ins Haus."

„Soll das heißen, vor der Hütte haben sich Terroristen verschanzt?", wollte ich wissen.

Miller nickte.

„Sobald wir das Blockhaus verlassen, werden sie uns erschießen und die Datendisk an sich nehmen."

„Vorausgesetzt, wir können den Tresor öffnen…", berichtigte ich.

„Wir haben keine andere Wahl. Die werden nicht ewig vor der Hütte warten. Die Disk ist unsere Lebensversicherung."

„Wenn das stimmt, werden sie irgendwann die Hütte stürmen."

Ich nahm das Magazin aus Millers Pistole und zählte die Patronen.

„15 Schuss. Das ist nicht gerade viel"

„Was haben Sie vor, Herr Schulz?", fragte Miller, als er sah, dass ich seine Waffe durchlud.

„Hör endlich mit den beschissenen Höflichkeitsfloskeln auf. Ich bin Dieter."

„Na gut, Dieter. Was hast du vor?"

„Den Safe kriegen wir nicht auf. Das ist Fakt. Die Terroristen werden die Hütte bald stürmen. Das ist auch Fakt. Du bist krank und kannst dich kaum noch verteidigen. Das ist Scheiße. Also was soll ich vorhaben? Ich schleiche mich raus und versuche irgendwo Handynetz zu finden. Die Knarre nehme ich natürlich mit."

„Nein, nein. Das geht nicht!", rief Miller kraftlos.

Ich sah ihn fragend an.

„Dieter, wir sind infiziert."

+++

„Infiziert?", fragte ich erschrocken.

Miller streckte mir seine Hände entgegen und sagte: „Sieh mich an. Meine Körpertemperatur hat sich um zwei Grad erhöht. Ich zittere am ganzen Leib, immer häufiger bekomme ich diese Hustenanfälle und ich spucke grünen Schleim und Blut."

„Du musst mir schon mehr Informationen geben. Ich bin die Ratespiele langsam satt. Worum geht es hier wirklich?", fuhr ich ihn wütend an.

Miller wischte sich mit der Handfläche über seine Glatze. Nachdenklich sah er zu mir auf und meinte:

„Vor drei Jahren entwickelte das US- Verteidigungsministerium in Zusammenarbeit mit dem CDC einen …"

„Was bitte schön ist das CDC?", hakte ich nach.

„Oh, Entschuldigung. Das CDC ist eine dem amerikanischen Gesundheitsministerium untergeordnete Behörde, die sich mit der Erforschung von Infektionskrankheiten beschäftigt. Eine streng geheime Forschungsabteilung des CDC hat für das Pentagon ein Killervirus entwickelt, mit dem die biologische Kriegsführung revolutioniert werden sollte. Das REX-V, so nannte man den Killervirus, wurde doch schon bald als unkontrollierbar eingestuft und das Forschungsprojekt auf Eis gelegt. Irgendwie muss es Franz Franzen gelungen sein, sich in den Server des Pentagon einzuhaken und die Forschungsdaten des REX-V-Programms zu stehlen."

„Unmöglich! Franz hätte so etwas nie getan. Er war kein Terrorist und Geld hatte für ihn keine Bedeutung."

„Franzen ist tot. Über seine Motive können wir nur noch spekulieren. Das spielt jetzt auch keine Rolle. Wir beide sind mit dem REX-V infiziert. Unsere einzige Chance auf Rettung liegt in dem Tresor."

Ich blickte Miller fragend an.

„Franzen hat die Bauanleitung für das Virus an die Terroristen verkauft, hat aber das Herstellungsverfahren für Heilmittel und Impfstoff zurückgehalten. Vermutlich musste er deshalb sterben. Was nützt den Terroristen das Virus, wenn es einen Impfstoff gibt!"

„Du sprichst von Forschungsergebnissen und Bauanleitungen. Selbst wenn die Terroristen die Daten schon in ihrem Besitz haben, bedeutet das noch lange nicht, dass sie in der Lage sind, das REX-V auch tatsächlich zu züchten", argumentierte ich skeptisch.

„Oh doch! Es ist ihnen gelungen."

„Woher hast du die Informationen?"

„Wir konnten einen Maulwurf in die Terrorzelle einschleusen."

„Dann wusste er doch sicher von den Mordplänen an Franz Franzen?"

Miller schwieg.

Ich spürte, wie meine Halsschlagader langsam anschwoll und meine Hände sich zu Fäusten ballten.

„Mir platzt gleich endgültig der Kragen!", schrie ich, „Ihr verdammten Schweine habt Franz nicht geholfen, obwohl ihr von den Mordplänen wusstet?! Wer seid ihr überhaupt? CIA?"

Miller schwieg erneut.

Ich packte ihn an der Uniformjacke und half ihm auf die Beine. Miller zitterte am ganzen Leib.

„Mir ist kalt! Holst du mir eine Decke?", fragte er mit klappernden Zähnen.

„Ich sollte dich hier verrecken lassen…", fauchte ich, lief aber trotzdem ins Wohnzimmer und holte eine braune Fleecedecke von der Couch und legte sie über Millers Schultern.

Nachdenklich blickte ich den Soldat an und fragte:

„Wie bist du infiziert worden?"

„Lass uns ins Wohnzimmer gehen. Ich muss mich hinsetzen", bat er.

Wir gingen ins Nebenzimmer und nahmen beide auf der Bettcouch Platz. Der muffige Geruch des alten Sofas stieg mir in die Nase und ich fragte mich, aus welchem Jahrhundert die wohl sein mochte.

„Dieter, ich glaube, du hast immer noch keine Vorstellung, was hier eigentlich vorgeht. Die Menschheit steht kurz vor ihrer Vernichtung. Das REX-V wird innerhalb weniger Monate zwei Drittel der Weltbevölkerung auslöschen."

Miller sah mich mit seinen tiefschwarzen Augen an. Die Augäpfel waren blutunterlaufen und wirkten bedrohlich und angsteinflößend.

„Zombieaugen", dachte ich. Was? Was hatte er da gefaselt? Er redete genau wie Franz von der Vernichtung der Menschheit.

„1918 tötete die spanische Grippe zwei Prozent der Weltbevölkerung. REX-V ist um ein zehnfaches ansteckender und tödlicher, als es die spanische Grippe war. Das Killervirus kann sich durch die Globalisierung quasi mit der Reisegeschwindigkeit von Flugzeugen in kürzester Zeit weltweit verbreiten. Ohne den DNS-Code des Virus wird die Entwicklung eines Impfstoffs trotz modernster Technik und internationaler Zusammenarbeit mindestens sechs bis acht Monate dauern. Bis der Impfstoff dann flächendeckend zur Verfügung steht, vergeht ein weiteres Jahr. Bis dahin ist der größte Teil der Weltbevölkerung bereits an den direkten Folgen des Virus oder an indirekten Folgen, wie Krieg, Hungersnöten oder Aufständen, gestorben. Ganze Staaten, Systeme und Glaubensgemeinschaften werden auseinanderbrechen. Jeder wird versuchen als erster in den Besitz des Impfstoffes zu gelangen. Moralische Werte werden dem Überlebenstrieb weichen. Gefühle wie Angst, Hass und Misstrauen werden sich durch alle Gesellschaftsschichten ziehen und ein soziales Miteinander unmöglich machen."

Ich schnaufte. Das war dicker Tobak. Doch Miller war noch nicht mit seinen Ausführungen am Ende.

„Das REX-V hat einen R-0 Wert von 9. Das bedeutet der Reproduktionswert des Virus liegt bei 9."

„Ich habe keine Ahnung, wovon du redest."

Miller verstand mein Unverständnis und bemühte sich um eine Erklärung.

„Nach allgemeinen Schätzungen werden innerhalb von nur einer Woche 30 Prozent der Weltbevölkerung mit dem Virus infiziert sein. Das bedeutet, bei einer berechneten Sterblichkeitsrate von 95 Prozent, dass mindestens zweihundertzehn Millionen Menschen an einer REX-V Infektion sterben."

„Heilige Maria und Josef! ...und du bist mit diesem Virus infiziert?", fragte ich mit trockenem Mund. Ungewollt rutschte ich einige Zentimeter zur Seite.

Miller nickte.

„Viren sind in vieler Hinsicht die erfolgreichsten Lebewesen auf Erden. Sie haben die Menschen schon seit jeher in großer Zahl getötet. Doch irgendwie ist es uns immer gelungen, geeignete Gegenmaßnahmen oder Impfstoffe zu entwickeln. Das wird uns bei REX-V leider nicht gelingen, dafür tötet er einfach zu schnell. Die ersten fünf bis fünfzehn Stunden nach der Infektion zeigt man keine Symptome, erst danach kommt es zu ersten Anzeichen wie Fieber, Schweißausbrüchen, Schüttelfrost, vereinzelt auch Husten. Und dann geht es rasant weiter. Die Organe beginnen sich aufzulösen und man kotzt im wahrsten Sinne seine eigenen Innereien aus."

Ich fasste Miller an der Hand. Sie fühlte sich eiskalt an.

„Ich muss sofort Hilfe holen!"

„Dieter, kapierst du es nicht. Wir sitzen hier fest. Die Terroristen hocken irgendwo da draußen und, selbst wenn du es schaffen würdest, dich an ihnen vorbei zu schleichen, würdest du dadurch dem Virus die Möglichkeit zur Ausbreitung geben. Unsere einzige Chance liegt in diesem Tresor. Wir müssen ihn irgendwie öffnen. Dein genialer Freund hat es geschafft, einen Impfstoff für das Virus herzustellen und ich verwette meine Eier, dass wir den in diesem Safe finden."

„Franz hat einen Impfstoff entwickelt?", fragte ich verwundert.

Miller nickte.

Ich sah ihm in die Augen. Er schien tatsächlich die Wahrheit zu sagen, trotzdem hakte ich nach: „Franz hat in letzter Zeit zwar von einer Bedrohung der Menschheit gesprochen, aber er wurde nie konkret. Das wundert mich. Er war mein Freund. Er hätte mich doch um Rat und Hilfe gebeten, außerdem war er Computergenie und kein Virologe."

„Ich weiß. Er kann das nicht alleine durchgezogen haben. Irgendjemand hat ihm geholfen."

„Also gut", antwortete ich. „David, ich habe dich belogen, was Franzens Versteck für die Tresorkombination anging. Er hat sie nicht in seiner Wohnung versteckt."

„Er muss doch irgendeinen Hinweis gegeben haben."

„Nein, nichts.", antwortete ich kopfschüttelnd.

Dann fiel es mir plötzlich wie Schuppen von den Augen. Wie konnte ich so blind gewesen sein?

+++

„Globale Pandemie! Verhindern…Apokalypse…Johann…", waren Franz` letzte Worte gewesen. Ich war bisher davon ausgegangen, dass er mir mitteilen wollte, dass die Apokalypse nach Johannes bald Wirklichkeit werde, aber Franz war ein Genie, der sich bei seinem Handeln an wissenschaftlichen Fakten orientiert hatte. Glauben, Religion und Bibel waren für ihn reiner Aberglaube gewesen.

Langsam verstand ich, warum er mir gegenüber die Apokalypse zitiert hatte und ich glaubte zu begreifen, wo er die Kombination für den Tresor versteckt hatte.

„Wie bist du infiziert worden?", fragte ich. In Millers Geschichte gab es mir noch zu viele Ungereimtheiten.

„Mein Partner und ich folgten dir in sicherem Abstand. Am Tor stellten wir unseren Hummer ab und liefen das letzte Stück zu Fuß durch den Wald. Plötzlich gerieten wir unter Beschuss. Mein Partner wurde von einer Kugel ins Gesicht getroffen und brach sofort zusammen. Ich konnte mich irgendwie aus dem Schussfeld des Heckenschützen entfernen und rannte zur Hütte. Hier glaubte ich mich zunächst in Sicherheit, was jedoch ein Irrtum war. Kaum hatte ich die Eingangstür geschlossen, bemerkte ich einen Schatten hinter mir, direkt im Wohnzimmer. Noch bevor ich mich zu ihm umdrehen konnte, forderte er mich auf, meine Pistole fallen zu lassen. Ich hatte keine Wahl. Nachdem ich die Schusswaffe auf den Boden geworfen hatte, drehte ich mich langsam um. Vor mir stand Emir Ab Shabal, der ältere Bruder von Abu Shabal, und richtete eine Maschinenpistole auf meinen Kopf.

Er warf mir eine gefüllte Spritze zu und forderte mich auf, mir den Inhalt in den Arm zu injizieren. Was sollte ich tun? Ich musste seiner Aufforderung Folge leisten."

„Das Virus?", unterbrach ich Miller.

Er nickte und fuhr fort: „Bevor Emir Ab Shabal die Hütte verließ, sagte er, ich solle mich im Keller umsehen. Er hätte dort ein Paket für mich geschnürt."

„Dann hat er mich dort gefesselt?", fragte ich.

„Ja...verstehst du jetzt, warum ich unbedingt an den Impfstoff will? Wenn wir den Tresor nicht öffnen, werden wir beide schon sehr bald in dieser Hütte hier sterben."

„Warum bist du nicht direkt mit der Sprache rausgerückt? Was sollte die beschissene Nummer mit der Kerze an meiner Brustwarze?"

Miller drehte den Kopf zur Seite und spukte ein blutiges Rotz-Schleimgemisch auf den alten Teppichboden.

„Dieter, ich wusste nicht auf welcher Seite du stehst. Immerhin warst du der Boss von Franz Franzen, dem wir die ganze Scheiße zu verdanken haben."

Ich ging nicht weiter auf seine Bemerkung ein. Stattdessen fragte ich:

„Was ist, wenn ich nicht infiziert bin? Vielleicht bin ich immun?"

„Ich muss mich hinlegen!", meinte Miller mit zitternder Stimme. Ich rutschte eine Stück zur Seite, damit Miller sich der Länge nach auf der Couch ausbreiten konnte. Als er einigermaßen bequem lag, griff er nach meiner Hand und flüsterte: „Ich brauche den Impfstoff. Bitte! Du musst den Tresor irgendwie öffnen. Ich will nicht sterben. Nicht auf diese Art und Weise."

Wenn ich sein Leben retten wollte, musste ich handeln. Ich erhob mich von der Couch. Augenblicklich überkam mich ein seltsamer Schwindel. Ich sackte in die Knie, konnte mich aber noch rechtzeitig am Couchtisch abstützen und dadurch einen Sturz verhindern.

„Verdammt!", fluchte ich. Was ging in meinem Körper vor? Ich fühlte mich schlapp und mir wurde heiß. Unerträglich heiß. Schweiß lief mir durchs Gesicht und tropfte auf den Teppich. Ich mobilisierte meine Reserven und wuchtete mich nach vorne. Mein Ziel war die alte Glasvitrine im Flur, direkt neben der Haustür. Schwerfällig, so als wären meine Beine mit Betonklötzen beschwert, tastete ich mich Schritt für Schritt nach vorne.

„Dieter, du musst dich beeilen. Spürst du, wie das Virus dich zerfrisst?", hörte ich Millers Stimme in meinem Kopf.

Endlich hatte ich die Vitrine erreicht. Ich öffnete die linke Glastür und griff nach der alten Bibel. Nur noch verschwommen konnte ich die Umrisse des Heiligen Buches erkennen. Ich taumelte und merkte, wie ich nach vorne fiel und mit dem Kopf auf dem Boden aufschlug.

+++

Ich weiß nicht, wie lange ich bewusstlos war.

Als ich wieder zu mir kam, lag ich in meinem Erbrochenen unmittelbar neben der alten Glasvitrine. Die Bibel hielt ich fest umklammert in meiner linken Hand.

„Dieter, Dieter, bist du hier drin?", hörte ich Holgers Stimme. Mein Freund klopfte mit voller Wucht gegen die Haustür.

„Ja, ich bin hier. Direkt hinter der Tür", schrie ich glücklich darüber seine Stimme zu hören.

„Alles in Ordnung bei dir? Lass mich rein!", rief Holger. Ich stemmte mich auf die Beine, lehnte mich gegen die Haustür und brüllte:

„Nein, du musst sofort verschwinden. Die Hütte wird von Terroristen beobachtet. Ein Scharfschütze hat dich vermutlich schon im Visier."

„Dann lass mich rein!"

„Das geht nicht. Es tut mir leid. Ich bin mit einem Killervirus infiziert. Wenn ich die Tür öffne, werde ich dich anstecken."

„Willst du mich verarschen?", rief er ungläubig.

„Das ist kein Scheiß. Mach dich vom Acker, oder willst du heute noch sterben?"

„Warte auf mich Dieter, ich habe eine Idee. Bin gleich wieder zurück"

„Nein...mach keinen Blödsinn...Holger...?", rief ich, aber er war bereits verschwunden.

„Was hat er vor?", keuchte Miller. Mein Leidensgenosse lag immer noch zusammengekauert auf der alten Couch. Seine schwarze Haut war seltsam bleich geworden, dunkelrotes Blut lief ihm aus Nase, Augen und Mund und er zitterte am ganzen Leib.

„Keine Ahnung. Ich vermute, er wird die Terroristen ausschalten."

„Was will ein Detektiv gegen diese schwerbewaffneten Männer ausrichten?"

„Glaube mir. Wenn jemand uns helfen kann, dann ist es Holger Rößler."

„Dieter, unser größter Feind ist nicht da draußen. Er ist in uns. Öffne endlich den verdammten Tresor. Wir brauchen den Impfstoff."

Miller hatte Recht. Ich musste den Safe öffnen.

Hastig schlug ich die alte Bibel auf und blätterte zur Offenbarung des Johannes.

„Globale Pandemie! Verhindern...Apokalypse...Johann..." waren Franz letzte Worte gewesen. Ich erinnerte mich an ein Zitat, dass er mir gegenüber in seinen letzten Tagen sehr häufig erwähnt hatte.

„Ich sah ein fahles Pferd; und der, der auf ihm saß, heißt Tod und die Unterwelt zog hinter ihm her. Die Köpfe der Pferde glichen Löwenköpfen und aus ihren Mäulern schlug Feuer, Rauch und Schwefel. Dann sah ich eine weiße Wolke. Auf der Wolke thronte einer, der wie ein Menschensohn aussah.“

Die Offenbarung, auch Apokalypse genannt, ist das letzte Buch des neuen Testaments, verfasst von einem Seher, der sich selbst Knecht Johannes nannte. So stand es zumindest in der Einleitung geschrieben.

„David, bleib du hier an der Haustür und warte auf Holger, aber lass ihn nicht rein. Ich geh in den Keller und versuche, den Tresor zu öffnen.", schlug ich vor.

Miller hustete. Reflexartig hielt er sich die rechte Hand vor den Mund. Dunkelrotes Blut spritzte bei jedem Husten aus seinem Rachen gegen Finger und Handfläche.

„Beeil dich. Ich steh das nicht mehr lange durch.", keuchte er.

„Hier, nimm! Für den Fall, dass Holger es nicht schafft, die Terroristen auszuschalten.", antwortete ich und gab ihm seine Pistole zurück.

Innerlich biss ich mir in den Arsch. Ich besaß als Privatdetektiv einen Waffenschein und war in Besitz einer P99, die aber leider sicher verschlossen im Waffenschrank in der Detektei lag. Eine größere Feuerkraft wäre im Kampf gegen die Belagerer nützlich, vielleicht sogar unverzichtbar gewesen.

Während Miller sich im Flur auf den Boden setzte, ging ich ins Wohnzimmer. Weil meine Taschenlampe den Geist aufgegeben hatte, nahm ich eine Kerze aus dem Schrank, zündete sie an und stieg die Luke hinunter in den Keller.

Schwerfällig kniete ich mich vor den Tresor und durchsuchte die Offenbarung des Johannes nach den von Franz Franzen mehrfach erwähnten Bibelzitaten.

„Da sah ich ein fahles Pferd und der der auf ihm saß, heißt Tod und die Unterwelt zog hinter ihm her", las ich laut, als ich Kapitel 6, Absatz 8 durchstöberte.

„Die Köpfe der Pferde glichen Löwenköpfen und aus ihren Mäulern schlug Feuer, Rauch und Schwefel", rief ich fast euphorisch.

„Kapitel 9, Absatz 17. Das ist es. Ja, das ist es. Franz, du bist ein Hund", rief ich.

Als ich auch das dritte Zitat gefunden hatte, setzte ich die Kapitel und Absätze zu einer Zahlenkombination zusammen.

„689171414", murmelte ich vor mich hin, während ich die Zahlenkombination in den Tresor eintippte.

Die grüne Kontrollleuchte am Bedienfeld leuchtete auf. Das Display zeigte OPEN.

Plötzlich hörte ich einen Schuss.

Ich zuckte zusammen. Kurz darauf ertönten zwei weitere Schüsse.

Hastig öffnete ich den Safe. In dem Panzerschrank befanden sich ein Notebook und ein USB-Stick. Keine Spur von einem Impfstoff.

Ich leerte den Tresor und rannte mit den Utensilien unterm Arm die Treppe hinauf.

Miller stand an der geöffneten Haustür und hielt die Pistole zitternd in seiner rechten Hand. Etwa zwanzig Meter entfernt, unmittelbar vor dem Angelteich lag eine Person regungslos am Boden.

„Was ist geschehen?", fragte ich als ich Miller erreichte.

„Ich konnte ihn nicht gehen lassen. Er war infiziert."

„Wer war infiziert? Wer ist das?"

Noch während ich sprach, hatte sich meine Frage bereits erübrigt. Die Person lag auf dem Rücken, das Gesicht zur Haustür gedreht, Augen und Mund waren weit aufgerissen und sein T-Shirt war im Brustbereich von dunkelrotem Blut durchtränkt.

„Das ist Holger. Du hast auf meinen Freund geschossen!", schrie ich.

„Ich muss raus. Vielleicht lebt er noch und braucht meine Hilfe!"

45

„Nein!", antwortete Miller kurz und schlug mir im gleichen Moment völlig überraschend mit dem Griffstück der Pistole gegen die Schläfe.

Augenblicklich wurde mir schwarz vor Augen und mich überkam erneut eine tiefe Bewusstlosigkeit.

+++

Vor mir stand ein gewaltiges Pferd, auf dem ein schwarzer Mönch saß. Ängstlich trat ich einen Schritt zurück. Unter der Kapuze erkannte ich eine Totenkopffratze, aus deren leeren Augenhöhlen feuerrot glühende Lichter strahlten. Der Kopf des Pferdes glich einem Löwenkopf und aus dem Maul spuckte es Feuer und Rauch.

Mit tiefer, bedrohlicher Stimme rief der reitende Mönch: „Das Ende der Welt ist Nahe. Ich bin gekommen, um euch zu erlösen von eurem erbärmlichen menschlichen Dasein. Ich werde mich ausbreiten über die gesamte Erde und euren Planten befreien. Ihr Menschen müsst endlich begreifen, dass ihr das gefährlichste Ungeziefer seid, das je die Erde bevölkert hat. Euer Erlöser, der Menschensohn hat versagt. Denn die Gier nach Macht und Reichtum hat eure Seelen zerfressen und macht euch zu Sklaven eures Besitzes."

Dann erblickte ich am Himmel eine weiße Wolke, auf der ein junger Mann saß. Helles Licht umstrahlte seinen Körper. Augenblicklich verschwand meine Angst und ich fühlte mich sicher, geborgen und glücklich. Ich schwebte auf die Wolke zu, auf das helle weiße Licht. Der junge Mann streckte die Hand nach mir aus und lächelte freundlich:

„Dieter, komm mit mir. Unser Vater erwartet dich."

Plötzlich galoppierte der schwarze Mönch mit seinem gespenstigen Ross an mir vorbei, zog ein glühendes Schwert aus seiner Kutte und enthauptete den Messias mit einem einzigen Schlag.

Augenblicklich verschwand das helle weiße Licht und der Himmel wurde schwarz und finster. Ich verlor den Halt und fiel in die Tiefe. Immer tiefer und tiefer. Unter mir öffnete sich der Boden und ich tauchte in ein Meer aus Glut und Flammen. Unter qualvollen Schmerzen löste sich die Haut von meinem Fleisch und ich flehte um Erlösung.

Miller stand plötzlich vor mir und lachte. Blut spritzte dabei literweise aus seinem Mund und ergoss sich über die Flammen, die augenblicklich erloschen. In der Linken hielt er Holgers Kopf. Die Lippen meines Freundes bewegten sich wie ferngesteuert und sprachen mit der Stimme meiner verstorbenen Freundin Beate Fuxen:

„Was hast du mir angetan? Dieter, ich habe dir vertraut. Du bist Schuld an meinem Tod."

Dann nahm Miller den Kopf zwischen seine Hände, zerquetschte ihn zu einer blutig labbrigen Masse und rief:

„Ich bin dein Messias. Meine Worte sind Gesetz. Vergiss deine Freunde. Nur mir kannst du vertrauen. Was war noch in dem Safe? Dieter, war das alles?"

Ich öffnete langsam die Augen. Schweißgebadet lag ich auf dem Fußboden im Flur. Miller kniete über mir und drückte mir die Pistole auf die Stirn.

„Was war noch in dem Safe? Dort kann doch nicht nur das Notebook gewesen sein", fragte er erneut.

Ich spürte den USB-Stick in meiner Gesäßtasche, auf der ich lag. Keinesfalls durfte ich zulassen, dass er von dem Stick erfuhr. Ich war mir sicher, dass er mich töten würde, sobald er in den Besitz des Speichermediums gelangt war. Blut tropfte aus Millers Nase direkt in mein Gesicht. Angewidert drehte ich den Kopf zur Seite und keuchte:

„Im Tresor war nur dieser Laptop. Sonst nichts. Kein Impfstoff! Du wirst krepieren, Miller. Wie ein räudiger Straßenköter wirst du hier verrecken!"

„Vorher werde ich dich aber noch ins Jenseits befördern"

Ich wusste, dass meine Stunde geschlagen hatte. Wenn ich das überleben wollte, musste ich reagieren. Sofort!

Blitzschnell griff ich nach der Pistole an meinem Kopf und drehte sie in Millers Hand. Ein Schuss löste sich und hämmerte in die Wand. Ich hatte die Pistole nur am Schlitten zu fassen bekommen und dadurch nicht genügend Gripp, um sie dem Soldat zu entreißen. Er zog die Pistole mit Schwung zu sich zurück, richtete sie auf meine Brust und drückte ab.

+++

Es machte klick. Ladehemmung!
Der Schlitten war, vermutlich weil ich ihn zuvor festgehalten hatte, nach dem ersten Schuss nicht weit genug zurückgeschnellt, um eine Patrone in den Lauf zu transportieren.
Glück für mich. Noch bevor Miller durchladen konnte trat ich ihm mit dem Fuß gegen das Knie, gefolgt von einem Fausthieb in seinen Bauch. Er sackte ein Stück nach unten und ich konnte nach seinem Kopf greifen. Mit aller Kraft nahm ich ihn in den Schwitzkasten und zog ihn zu mir auf den Boden. Ich hörte das Zurückschnellen des Pistolenschlittens. Miller hatte es irgendwie geschafft, durchzuladen.
Ich drückte meinen rechten Daumen in eines seiner Augen. Er schrie auf. Es gelang mir, seine Pistole erneut zu greifen. Dann löste sich der Schuss. Reflexartig hatte der Soldat den Abzug betätigt. Sein Pech, das der Lauf in diesem Moment genau auf seine Brust gezeigt hatte. Ein kurzes Aufbäumen, dann schlaffte sein Körper zusammen und blieb reglos auf mir liegen.
Miller war tot.

Ich wuchtete den Leichnam beiseite und setzte mich auf. Mühsam schaffte ich es mich an der Haustür nach oben zu ziehen. Erst als ich einigermaßen festen Stand hatte öffnete ich die Tür und sah nach draußen.
Mein Gesicht konnte die Verwunderung nicht verbergen.

Holger Rößler war verschwunden. Was ging da vor? Ich hatte seinen blutüberströmten Brustkorb und die weit aufgerissenen Augen gesehen. Er konnte unmöglich noch am Leben sein. Hatten die Terroristen vielleicht seine Leiche entfernt? Hastig schlug ich die Haustür wieder zu und griff mir Millers Pistole. Ich würde mich den Terroristen nicht kampflos ergeben, soviel stand fest.

+++

Ich bekam Fieber. Schweißausbrüche und Schüttelfrostattacken wechselten sich ab. Ich hustete Schleim und Blut. Mein Kreislauf schwächelte und mir wurde mehrfach schummrig vor Augen. Kraft- und antriebslos hatte ich mich auf der Couch im Wohnzimmer niedergelassen und starrte auf das Notebook.

Nachdem ich Millers toten Körper vor einer halben Stunde in das Kellerverließ geworfen hatte, waren meine Beschwerden stetig schlimmer geworden. REX-V breitete sich in meinem Körper aus. Aggressiv und bedingungslos.

Das Notebook war eingeschaltet. Auf dem Desktop fand ich ein Dokument mit meinem Namen. Ich öffnete die von Franz verfasste Datei und las:

„Mein lieber Freund! Wenn du diese Datei hier liest, dann bin ich vermutlich bereits tot und die Welt befindet sich an der Schwelle zum größten Terroranschlag der Geschichte. Geplant ist nicht etwa ein Bombenanschlag oder ein Angriff mit einem Verkehrsflugzeug. Nein!

Die Terrorzelle um die Brüder Abu und Emir Ab Shabal haben etwas weitaus Größeres geplant. Die Vernichtung der westlichen Welt, ausgelöst durch einen Killervirus mit dem Namen REX-V.

Vor einem Monat stieß ich zufällig im Internet auf die Biotech Firma ES Enterprises. Erst einmal nichts Ungewöhnliches,

wäre auf der Homepage nicht der Querverweis zu einem Chat-
room gewesen, der natürlich für Nichtmitglieder gesperrt war.
Wie du weißt, sind solche Hürden für mich inakzeptabel und
animieren mich quasi dazu, den Zugangscode zu hacken.
Nach nur einer Stunde war ich, wenn auch nur als geheimer
Beobachter, Mitglied dieses Chatrooms. Ich konnte Unterhal-
tungen der Mitglieder, zu denen auch die Brüder Abu und
Emir Ab Shabal gehörten, unbemerkt mitlesen.
Die beiden Iraner wussten ganz genau weshalb sie diesen
verschlüsselten Chatroom zur Konversation mit ihren Sinnes-
genossen nutzten.
Angeblich wird nämlich sämtlicher Telefon- und Email-
Verkehr von der CIA mittels einer Spezialsoftware auf ent-
sprechende Schlüsselworte, wie z.B. Bombe oder Anschlag
gefiltert, um Terrorzellen frühzeitig zu enttarnen. Die Software
greift allerdings nicht bei Livechats in gesicherten Rooms.
In dem Chatroom konnten die Schläferzelle um die Brüder
Shabal ungestört miteinander kommunizieren und ihren Ter-
roranschlag auf Deutschland, bzw. die gesamte westliche Welt
in aller Ruhe vorbereiten. Obwohl sie mit verschlüsselten
Worten kommunizierten, konnte ich herausfinden, dass sie
einen Bioangriff mit einem Killervirus durchführen wollen.

Offiziell gilt ES Enterprises als weltweit führendes Unterneh-
men in der Entwicklung und Herstellung von Medikamenten
gegen Grippeerreger aller Art. Eine Verbindung oder Zusam-
menarbeit der Biotech Firma mit einer terroristischen Verei-
nigung erschien mir zunächst allerdings mehr als unwahr-
scheinlich. Erst bei genauer Betrachtung fand ich heraus, dass
ES Enterprises die Abkürzung für Emir Ab Shabal Enterprises
ist. Der absolute Super-Gau! Eine Biotech Firma in den Hän-
den eines Terroristen!
Ich kontaktierte natürlich umgehend das Bundeskriminalamt,
die sich daraufhin der Sache annahmen, mich aber aus allen
weiteren Ermittlungen ausschlossen.

Das wollte ich nicht zulassen und hackte mich, ohne Wissen des BKA, in den Server von ES Enterprises.

Es gibt dort sieben Forschungsabteilungen, die in verschiedene Sicherheitslevels gegliedert sind. Besonders Abteilung 1 weckte mein Interesse. Sämtliche Forschungen sind dort mit der Sicherheitsstufe Level 5 abgeschottet. Das bedeutet: kein Internetzugang, Datensicherung nur auf internen Festplatten, Zugang für Personal zu allen Bereichen nur mit Zugangskarte und Fingerprint.

Was sollte ich also tun? Mit meinen Computerkenntnissen kam ich nicht weiter. Die einzige Möglichkeit an Informationen über Level 5 zu gelangen war ein Einbruch bei ES Enterprises. Ich dachte kurz darüber nach, den Bruch selbst durchzuführen, entschied mich aufgrund der scheinbar unüberwindbaren Sicherheitssysteme schließlich aber dafür, einen Profi zu engagieren.

In der Anlage 2 findest du den Bericht von Heiko Junker. Meiner Meinung nach einer der besten Einbrecher der Welt. Er hat sämtliche relevanten Daten, die er bei ES Enterprises gestohlen hat auf dem beiliegenden USB Stick gespeichert."

Hastig steckte ich den Stick in den Computer und öffnete das Laufwerk. Fünf verschlüsselte Dateien ließen sich nicht öffnen. Kennworteigabe erforderlich.

Ich fluchte.

Lediglich eine PDF-Datei mit dem Titel „Einbruchbericht Junker" konnte ich ohne Kennwort öffnen. Gespannt scrollte ich durch das Dokument bis zu dem Abschnitt, in dem Junker über den Einbruch in Level 5 berichtete.

„...23:30 Uhr. Ich kann mein Versteck verlassen. Der letzte Wissenschaftler hat die Forschungseinrichtung in Level 5 verschlossen. Schichtende.

Der Frühdienst beginnt um 02:30 Uhr. Ich habe drei Stunden. Nicht gerade viel, aber es müsste genügen. Der Nachtwächter wird gegen 23:50 Uhr seinen ersten Rundgang machen. In der Regel benötigt er dafür eine Stunde. Er beginnt im ersten UG mit Level 1, überprüft dann den Bürotrakt im EG, danach begibt er sich ins 1. OG zu den Laboren in Level 2 und 3. Gegen 00:15 Uhr erreicht er das 2. OG und sieht sich Level 4 an. Ab 00:30 Uhr muss ich mit seinem Eintreffen im 3. OG rechnen. Der Nachtwächter hat zwar keinen Zugang zu Level 5, er könnte aber trotzdem zum Problem für mich werden, wenn er von seinem bisherigen Streifenmuster abweicht und vorzeitig im 3. OG auftaucht.

Der einzige Zugang zu diesem Hochsicherheitslevel besteht über den Fahrstuhl. Entgegen jeglicher Bau- und Sicherheitsvorschrift, führt kein Treppenhaus in dieses Level. Für mich bedeutet dies, dass ich bei einer Alarmauslösung in der Falle sitze. Ich muss also unbedingt einen Alarm verhindern.

Über den Fahrstuhl gelangt man in einen breiten Flur. Rechtsseitig befindet sich ein Warteraum, links Toiletten. Geradeaus blickt man auf eine Panzertür mit der Aufschrift: RESTRICTED AREA Level 5. Eine Überwachungskamera ist unmittelbar auf die Aufzugstür gerichtet und sendet Livebilder an den Sicherheitsdienst im Foyer des EG.

Ich drücke den Knopf des Störsenders in meiner Tasche und verlasse die Damentoilette. Ein optimales Versteck, insbesondere weil in Level 5 keine Frauen arbeiten. Die Bildübertragung der Kamera ist kurzzeitig gestört. Ich laufe nach vorne zur Stahltür, ziehe die Magnetkarte durch den Schlitz am Kontrollfeld und lege den Kunststofffinger auf den Scanner. Ein kurzes Summen, dann öffnet sich die Tür. Ich trete ein. Hinter mir schließt sich der Stahlkoloss wieder. Geschafft! 23:35 Uhr Ich bin in Level 5. "

Unglaublich! Mit welcher Leichtigkeit dieser Junker in den Hochsicherheittrakt von ES Enterprises eingedrungen war. Ich fragte mich, wie er wohl an die Magnetkarte gekommen war und scrollte einige Seiten zurück.

„...hier wohnt also Professor Lange. Ein bescheidenes Einfamilienhaus am Ortsrand der Stadt Luxembourg. Alleinlebend, keine Alarmanlage, Standard-Fenster und -Haustür ohne besondere Einbruchssicherung. Das wird ein Spaziergang...

01:20 Uhr. Ich hebele die Terrassentür auf und betrete die Wohnung des Wissenschaftlers. Er schläft im Obergeschoss. Leise schleiche ich die Treppe hinauf und öffne die Tür zu seinem Schlafzimmer. Nur einen Spalt. Gerade soweit, dass ich den Schlauch durchstecken kann. Dann öffne ich den Hahn der Gasflasche und lasse das Narkotikum ins Schlafzimmer strömen. Nach zwei Minuten ist es erledigt. Der Professor wird schlafen wie ein Murmeltier. Ich betrete sein Schlafzimmer und durchsuche seine Kleidung. Auf dem Nachttisch finde ich sein Portemonnaie und darin die Zugangskarte zu Level 5. Ein Kinderspiel, denke ich und greife nach der Hand von Prof. Lange. Ich drücke seinen Daumen in die Knetmasse und verlasse das Gebäude auf dem gleichen Weg auf dem ich hineingekommen war. Im Auto kopiere ich die Zugangskarte und bringe das Original zurück ins Schlafzimmer..."

Ein Hustenanfall hinderte mich daran, Junkers Bericht weiter zu lesen. Mir wurde kalt und schwindelig. Ich stand auf und torkelte zur Toilette. Zitternd beugte ich mich nach vorne übers Waschbecken und ließ mir minutenlang kaltes Wasser in den Nacken laufen. Danach begab ich mich zurück zum Couchtisch und las Junkers Einbruchsbericht weiter.

„23:35 Uhr. Ich bin in Level 5. Unglaublich! Die ganze Ebene besteht aus mehreren Laboren. Jedes einzelne ist nur durch eine luftdichte Schleuse zu betreten. Ich betrachte die Informationstafel. Labor 1, Ebola. Labor 2, H2N1. Labor 3 HIV, Labor 4, REX-V.
Unfassbar! Mein Auftraggeber hatte Recht.
Ich ziehe meine Karte durch den Türöffner von Labor 4.
Es blinkt rot. Keine Berechtigung für Labor 4 schreibt das Display.
Offensichtlich hat Professor Lange in einem der anderen Labore gearbeitet.
Ich fluche. Wenn ich das elektronische Türschloss überbrücke, wird der Alarm ausgelöst und ich sitze in der Falle."

Plötzlich schaltete sich das Notebook ab. Low Battery.

„So ein Mist", fluchte ich. Ich benötigte unbedingt Strom, um den Akku aufzuladen. Schweißnass schleppte ich mich vom Wohnbereich in die kleine Küche. Links in der Ecke, direkt neben dem alten Holzofen befand sich eine alte Eichentür, die in einen zwei Mal zwei Meter großen Schuppen führte, in dem ein Stromaggregat und mehrere Benzinkanister standen.

Ich startete den Generator. Glücklicherweise hatte es einen Elektrostarter. Einen Handstart mit Schwungscheibe hätte ich in meiner körperlichen Verfassung nicht mehr geschafft.

Obwohl es lange Zeit nicht mehr gelaufen war, startete das Aggregat problemlos.

„Wenigstens etwas", murmelte ich, ging zurück ins Wohnzimmer und steckte das Notebook an eine der Steckdosen.

Ich war gespannt wie Heiko Junkers Bericht weiterging. Der Profidieb hatte es tatsächlich geschafft, ins Labor einzudringen, ohne dass der Alarm aktiviert wurde. Von einem der Computer hatte er die Forschungsaufzeichnungen auf den USB-Stick kopiert und aus dem Gefriercontainer sämtliche Virusbehälter entwendet. Leider machte er in seinem Bericht keine Angaben darüber, welche Viren sich in den nur kugelschreibergroßen Behältnissen befunden hatten. Tatsächlich war das Ende des zuvor so detaillierten Berichtes auffallend kurz gehalten und machte auf mich den Eindruck, als sei es unter größtem Zeitdruck verfasst worden. Der Bericht endete abrupt mit dem Verlassen des Büros. Es blieb völlig offen, was mit den Virenstämmen geschehen war und vor allem wohin Junker die gefährliche Ware gebracht hatte.

Ich rieb mir den Schweiß aus den Augen. Mir war heiß. Furchtbar heiß.

Was sollte ich nun tun? Wie lange hatte ich noch zu leben? Fragen und Gedanken rotierten in meinem Kopf. Ich dachte an meine Familie. An meinen Sohn und meine Frau. Dann kamen mir Millers Worte in den Sinn.

„Franz Franzen hat sich in die Datenbank des Pentagon eingehackt und hochbrisante Daten, die die nationale Sicherheit der Vereinigten Staaten betreffen, gestohlen. Ihr Freund hat diese

Daten an Terroristen verkauft. Irgendetwas ist bei dem Deal schiefgelaufen und die Islamisten beschlossen, Ihren Freund zu töten."

Millers Aussage stand in totalem Widerspruch zu den Aufzeichnungen meines Mitarbeiters und dem Bericht von Heiko Junker. Wem sollte ich glauben? Dem dubiosen Miller, den ich zuvor noch nie gesehen hatte oder meinem treuen Freund? Diese Frage blieb für mich nicht lange unbeantwortet. Miller hatte gelogen. Davon war ich nun überzeugt. Womöglich gehörte er sogar zu den Terroristen. Die wildesten Spekulationen ratterten durch mein Hirn.

Was wenn ich nicht infiziert war? Konnte ich es riskieren die Hütte zu verlassen? Gab es überhaupt Terroristen vor der Hütte?

Vor mir stand plötzlich der Mönch aus meinem Traum und reichte mir die Hand. Er lachte laut und rief: „Dieter, deine Zeit ist gekommen. Begleite mich in die Finsternis und tue Buße. Gott wird dich nicht aufnehmen. Ich bin der gefallene Engel, der verstoßene Sohn Gottes. Ich werde mich deiner annehmen und dich zu meinem Diener machen. Gemeinsam werden wir die Welt in tiefe Dunkelheit stürzen und im Blut der Toten baden. Unsere Herrschaft wird tausend Jahre überdauern und selbst Gottes Engel werden erzittern vor unserer Macht."

Ich schüttelte mich. Die Halluzinationen wurden immer schlimmer. Sie wirkten fast real. Langsam verlor ich den Verstand.

+++

Auf dem Desktop war eine weitere unverschlüsselte Datei abgelegt, die meine Aufmerksamkeit erregte. Sie trug den Namen REX-V. Obwohl meine Bauchschmerzen es mir fast unmöglich machten mich zu konzentrieren, sah ich mir den von Franz verfassten Bericht an und las:

„Heiko Junker konnte sämtliche Forschungsdaten des REX-V von ES Enterprises stehlen und einen von mir entwickelten Computervirus auf den Server von Level 5 aufspielen, der alle Daten und Aufzeichnungen der Terroristen unbrauchbar machte. Außerdem konnte er die vorhandenen Virusstämme aus dem Stickstofftank entwenden. Sehr wahrscheinlich handelt es sich dabei um das REX Virus. Um absolute Sicherheit zu haben, wird Heiko den Inhalt der Behältnisse von einem Virologen untersuchen lassen.

In den auf diesem Stick gespeicherten verschlüsselten Dateien habe ich sämtliche Forschungsergebnisse von ES Enterprises Level 5 zusammengefasst. Diese Daten dürfen unter keinen Umständen wieder in die Hände der Terroristen gelangen. Es ist quasi die Bauanleitungen für das REX-V. Anhand der Forschungsdaten könnte jedes halbwegs ausgestatte Labor den Virus nachzüchten.
Das muss unter allen Umständen verhindert werden. REX-V ist das Königsvirus. Entwickelt, um die Weltbevölkerung innerhalb weniger Wochen zu vernichten.
Ich habe Heiko vorgeschlagen, dass wir uns vorerst nicht mehr treffen. Die ganze Sache wird viel zu heiß und droht, uns über den Kopf zu wachsen.
Es ist äußerste Vorsicht geboten. Ich glaube, ich werde verfolgt, obwohl ich mir sicher bin, dass ich keine Spuren hinterlassen habe, die die Terroristen zu mir führen könnten. Ich kann mir das nicht erklären.“

Damit endete der Bericht meines Freundes. Ich zog die Aufzeichnungen von Junker und Franzen auf den USB-Stick und schaltete das Notebook aus.
Ich musste den Stick verstecken. Die Forschungsdaten durften keinesfalls zurück in die Hände der Terroristen fallen. Franz und Heiko Junker hatten die jahrelange Forschungsarbeit der

Terrorzelle zunichte gemacht. Sämtliche Informationen und Baupläne des REX-V befanden sich auf dem USB-Stick, für den nun ich verantwortlich war.

Nachdem ich den Datenträger versteckt hatte, begab ich mich in den Generatorraum, ergriff die Benzinkanister und verteilte deren Inhalt im ganzen Haus. Letztlich übergoss ich mich selbst mit dem Brandbeschleuniger.

Das Fieber wird immer schlimmer. Schweißausbrüche und Schüttelfrostattacken wechseln sich ab. Ich huste Schleim und Blut.
Schon bald werde ich meine Innereien auskotzen und aus allen Körperöffnungen bluten. Mein Kreislauf wird zusammenbrechen und ich werde elendig und qualvoll verrecken.
Ich bin infiziert, mit einem Virus, das tödlicher und ansteckender nicht sein könnte. Mir bleiben nur noch wenige Stunden bis das Unwiderrufliche seinen Lauf nimmt und meinem Leben ein qualvolles Ende bereiten wird. Ich will mich meinem Schicksal aber nicht tatenlos ergeben. Die Vorbereitungen sind getroffen. Ich muss dieses verdammte Virus vernichten. Ein Übergreifen auf Nagetiere, Rehe oder Füchse oder auch auf Menschen, die meinen infizierten Leichnam irgendwann hier in der verlassen Angelhütte mitten im Eifelwald finden werden, muss ich unter allen Umständen verhindern.
Für das REX-V gibt es kein Heilmittel, keinen Impfstoff und keine Therapie. Das Virus ist die größte Bedrohung vor der die Menschen jemals gestanden haben.
...

STOP

Ich öffne die Haustür und werfe das Smartphone nach draußen. Irgendjemand wird es schon finden.
Schwankend, völlig kraftlos schleppe ich mich zurück in den Wohnbereich und lasse mich aufs Sofa fallen.
Ich greife nach dem Feuerzeug auf dem Couchtisch.
„Es wird Zeit.", höre ich die Stimme des dunklen Mönches.
Dann packt er meine Hand und zerrt mich in die Tiefe. Hinein in die heißen, brennenden Flammen des Fegefeuers.

2. Abschnitt:

Ein schwarzer Tag in meinem Leben

Kapitel 2:

Meine Frau und mein Sohn befinden sich in der Gewalt von Emir Ab Shabal. Er wird sie töten, wenn ich seine Forderungen nicht erfülle. Ich habe mich oft gefragt, wie weit ein Mann gehen würde, um seine Familie zu beschützen. Nie hätte ich gedacht, dass ich mich selbst einmal in dieser Situation wiederfinden würde.

Ich dränge mich durch die Feiernden des „Prümer Sommer". Das Volksfest hat sich zu einem festen Bestandteil des Stadtprogramms entwickelt. Jeden Donnerstag von 18:00-22:00 Uhr treffen sich Jung und Alt zum ausgelassenen Feiern auf dem Parkplatz vor dem Prümer Rathaus.
Wie abgesprochen kaufe ich mir am Grillstand eine Bratwurst und setze mich zum Essen an eine der Bierzeltgarnituren.
Schon bald nimmt Emir Ab Shabal neben mir am Tisch Platz und reicht mir eine kleine Schachtel. Ich öffne sie und sehe mir den Inhalt an. Währenddessen deutet der Terroristenführer auf eine junge blonde Frau, die am Nachbartisch sitzt. Ich nicke Emir Ab Shabal zu, erhebe mich wortlos und zwänge mich durch die Feiernden. Im Gedränge ziehe ich die Pistole aus der Schachtel, lege das Magazin ein, lade durch und trete vor die Blondine. Lächelnd sieht sie zu mir auf.
Ich erwidere ihr Lächeln nicht, sondern richte die Pistole auf ihre Brust und drücke ab.

Schreie, Panik, die Menschen rennen hektisch umher. Zwei Polizisten, die sich gerade auf Fußstreife im Bereich des Festgeländes befinden, ziehen ihre Waffen und schreien mich an.
„Waffe weg! Polizei!"
Ich werfe die Pistole weg und lasse mich nach vorne auf die Knie fallen.
Während die Polizeibeamten mir die Handfesseln anlegen, sehe ich wie ein herbeieilender Rettungssanitäter sich über die Blondine beugt und ihren Puls fühlt. Mit versteinerter Miene sieht er zu den Polizisten und schüttelt den Kopf.
Einer der Beamten rammt mir sein Knie in den Rücken. Ich falle nach vorne und bleibe auf dem Gesicht liegen.

Aus dem Augenwinkel erkenne ich Emir Ab Shabal, der das Volksfest mit zufriedener Mine verlässt.

Die Polizisten bringen mich zur wenige hundert Meter entfernten Dienststelle und sperren mich in die Gewahrsamszelle.
Erst nach über einer Stunde öffnet sich die Tür und Kriminalhauptkommissar Wolfgang Klein kommt zu mir in die Zelle. Er setzt sich neben mich auf die Pritsche und fragt:
„Dieter, was zum Teufel ist in Sie gefahren? Warum haben Sie auf Iris Dringen geschossen?"
„Wer?", frage ich. Der Terrier nickt und antwortet: „Tun Sie nicht so unwissend. Dieter, ich will, dass Sie mir alles erzählen. Was ist geschehen, nachdem der Seuchenschutz Sie aus der Angelhütte gerettet hat."
Ich denke nach. Kann ich dem Terrier trauen? Er war mein Dozent und gilt als unbestechlich und ehrlich. Ein Beamter der alten Schule. Mit Prinzipien wie Gerechtigkeit und Ehre. Nach einer kurzen Bedenkzeit entschließe ich mich dazu, ihm von den Geschehnissen der letzten Tage zu berichten:

Ich spürte eine Hand, die zärtlich über meine Wangen streichelte. Obwohl ich die Augen geschlossen hatte, wusste ich, dass es sich dabei um die Hand meiner Frau handelte.
„Hallo Schatz", flüsterte ich und öffnete langsam die Augen. „Wo bin ich? Was ist passiert?".Verwirrt blickte ich mich um. Ich lag in einem Krankenbett, umgeben von unzähligen medizinischen Gerätschaften. Ich trug keine Kleidung. Lediglich ein dünner weißer Umhang bedeckte meinen Körper. Neben dem Bett standen meine Frau Simone und mein Sohn Maximilian und sahen mich mit besorgten Blicken an. Das Krankenzimmer besaß keine Fenster und die Luft roch muffig und abgestanden.
Simone griff nach meiner Hand und antwortete:
„Dieter, du bist in der Quarantänestation im Klinikum Aachen. Man hat dich hier eingeliefert, weil der Verdacht bestand, dass du mit einem gefährlichen Virus infiziert sein könntest."
„Bin ich nicht…?" fragte ich verwundert.

Meine Frau schüttelte den Kopf. „Nein, du hast keinen Virus in dir. Sonst dürften wir wohl kaum hier sein."

Sie fuhr unserem Sohn über sein dichtes braunes Haar. Maximilian grinste.

Augenblicklich überkam mich ein Gefühl von Stolz und Freude. Er war das größte Geschenk und der Antrieb in meinen Leben. Ganz im Gegensatz zu meiner Ehe, die oftmals eine wahre Tortur gewesen war. Simone musste immer im Mittelpunkt stehen und hatte sich nicht mit ihrer Rolle als Hausfrau und Mutter abfinden können. Schon früh war sie wieder ins Berufsleben zurückgekehrt und arbeitete seither eisern an ihrem beruflichen Aufstieg.

Während Simone die Karriereleiter immer weiter hinaufstieg, war ich nach der Entlassung aus dem Polizeidienst fast in die Privatinsolvenz abgerutscht. Unter meiner akuten Geldnot hatte natürlich die ganze Familie gelitten und unsere Ehe drohte daran zu zerbrechen. Schließlich war es Simone, die eine Auszeit vorgeschlagen hatte. Sie müsse nachdenken und sich selbst finden.

„Was soll der Scheiß denn heißen?", hatte ich völlig unüberlegt aus dem Bauch heraus geantwortet und damit erst recht ihren Zorn auf mich gezogen. Wutentbrannt hatte Simone mich daraufhin zum Auszug aus unserer Wohnung gedrängt.

Auf der Suche nach einer bezahlbaren Unterkunft war ich schon bald an dem Punkt angekommen, an dem Resignation und Verzweiflung sich die Hand gaben. Mir blieb die Wahl zwischen der Angelhütte im Kopper Wald oder den Büroräumen meiner Detektei als bewohnbarer Unterkunft. Im Nachhinein bin ich froh, dass ich mich für die zweite Alternative entschlossen hatte.

„Woran denkst du?", riss Simone mich aus den Gedanken.

„Ich wünschte mir, wir könnten alle wieder zusammen sein, eine richtige Familie."

Simone schüttelte den Kopf.

„Das geht nicht. Das weißt du doch."

Maximilian mischte sich in die Unterhaltung ein.

„Mama, warum geht das nicht? Ich will auch, dass Papa wieder bei uns wohnt."

„Dein Vater ist ein Dickkopf. Er hält sich an keine Regeln. Ständig eckt er an. Bevor er sich nicht grundlegend ändert, wird er keine zweite Chance bekommen."

Maximilian verzog sein Gesicht und schrie seine Mutter verärgert an:
„Das ist nicht fair. Nur weil Papa kein Schleimer ist, darfst du ihn
nicht abschieben. Er ist der beste Papa der Welt. Einer der wenigen
Menschen, der den Mut hat, dir zu widersprechen "
Simone duldete keine Widerworte. Das hatte ich oft genug am eigenen Leib erfahren. Mit deutlich verschärfter Tonlage zügelte sie Maximilian:
„Mein lieber Freund. Sei vorsichtig mit dem, was du sagst. Ich kürze
dir dein Taschengeld und gebe dir eine Woche Hausarrest. Rede
anständig mit mir."
„Deine Mutter hat recht", versuchte ich die Parteien zu beruhigen,
„ich habe meine Karriere durch eine Dummheit ruiniert und seither
reicht die Kohle kaum zum Überleben. Was kann ich euch schon
bieten? Zuerst muss ich mein Leben in den Griff bekommen."
Maximilian schüttelte den Kopf, zog wortlos seine Kopfhörer über
und bombardierte sein Gehör mit lauter Heavy Metal-Musik aus
seinem Smartphone.
Simone sah mich vorwurfsvoll an und meinte:
„Warum bist du aus dem Krankenhaus weggelaufen? Die Ärzte
meinten, deine Bauchwunde hätte sich entzündet und dadurch sei es
zu Fieber, Krämpfen und Halluzinationen gekommen."
„Weggelaufen? So ein Quatsch! Ich habe mich selbst entlassen."
„Ich sehe da keinen Unterschied."
„Ich schon", antwortete ich kurz.
Simone schien über meine patzige Antwort verärgert zu sein.
„Siehst du! Das meine ich. Mit dir kann man nicht normal sprechen.
Du bist immer sofort eingeschnappt wie ein kleines Kind."
„Ich frage mich, wer von uns beiden eingeschnappt ist."
„Ach, hör auf! Ich glaube, ich sollte gehen. Draußen sitzt dein Mitar-
beiter und will mit dir sprechen. Was ich übrigens nicht verstehen
kann. Du nagst am Hungertuch und doch kannst du dir einen Ermitt-
ler leisten."
Was hatte Simone da gesagt? Holger saß vor der Tür! Ich jauchzte
vor Freude und fragte: „Holger lebt?"
„Oh, er macht einen fitten Eindruck und ich wette, er lässt sich deine
Bewachung gut bezahlen."
„Holger arbeitet völlig umsonst."

„Dieter, bleib doch bitte bei der Wahrheit. Der Riese draußen sieht nicht aus wie jemand, der kein Geld braucht. Er erinnert mich viel mehr an einen Waldarbeiter oder Handwerker. Also! Wie viel zahlst du ihm? Ich lege dir sein Gehalt vor."

„Das ist die Wahrheit. Holger arbeitet kostenfrei."

„…und ich arbeite für den Kaiser von China. Dieter, ich bin kein kleines Kind. Erzähl mir bitte nicht solchen Stuss."

Simone packte unseren Sohn am Arm und zerrte ihn aus dem Krankenzimmer.

Während sich die Tür hinter ihr schloss, rief sie:

„Ich komme morgen wieder. Dann sprechen wir weiter."

„Fuck, Fuck", fluchte ich. Warum gestalteten sich die Gespräche mit meiner Frau in letzter Zeit immer so schwierig?

+++

Kaum hatte meine Familie den Raum verlassen, klopfte es an der Tür.

„Komm rein, Holger!" rief ich.

Mit einem gewaltigen Ruck öffnete sich die Tür und ich befürchtete für einen Augenblick, sie könne aus den Angeln fallen. Gespannt beobachtete ich, wie der Türschließer sie langsam zurück in Schloss zog.

„Du bist offensichtlich nicht kaputtzukriegen!", begrüßte mich mein hünenhafter Freund. Er trug eine schwarze Lederjacke, blaue Jeans und ich glaubte an seinem Gürtel ein Messerholster zu erkennen.

„Tja, wäre meine Ehe nur so widerstandsfähig!"

„Hattet ihr schon wieder Streit?", fragte Holger besorgt.

„Du kennst doch Simone", antwortete ich und wechselte sofort das Thema:

„Holger, ich dachte du wärst tot?"

„Es hat nicht viel gefehlt. Mohamed Abdull hat mich zum Glück nur in die rechte Schulter getroffen."

„Mohamed Abdull? Wer ist das? Außerdem habe ich dich blutüberströmt auf dem Boden liegen gesehen. Ich glaube, du musst mir einiges erklären."

„Deshalb bin ich hier. Es wird dir aber nicht gefallen!", erklärte mein Freund, während er sich an die Wand neben meinem Bett lehnte.

„Das ist mir egal. Ich war kurz davor, mich selbst abzufackeln. Glaubst du, mich kann noch irgendetwas schockieren?"

„Ich habe die Nachricht auf deinem Smartphone gesehen. Die Person, die sich dir als Miller vorstellte, war in Wirklichkeit der somalische Terrorist Mohamed Abdul. Ich überlege gerade, wo ich am besten anfange."

Der Hüne rieb sich nachdenklich mit der Hand durch seinen Dreitagebart.

„Also gut. Am besten fange ich bei der Durchsuchung von Franzens Wohnung an. Während du dich auf den Weg zur Angelhütte gemacht hast, fuhr ich zur Wohnung unseres Freundes. Seine Tür war durch ein amtliches Siegel vom Bundeskriminalamt gesichert. Aber wen juckt das schon, wenn die Affen vom BKA ein Siegel aufkleben? Der Aufkleber hat mich jedenfalls nicht davon abgehalten, die Tür aufzubrechen und mich in der Wohnung genauer umzusehen. Alter Schwede, da sah es vielleicht aus. Die Anzugträger vom BKA hatten alles auf den Kopf gestellt. Matratzen und Sofa haben die aufgeschnitten, den Fernseher aufgeschraubt und natürlich alle Computer mitgenommen. Sogar den Drucker, unglaublich!"

„Holger, hier geht es um Terrorismus. Versteht sich von selbst, dass alles bis ins kleinste Detail untersucht wird. Die BKA-Ermittler haben sogar dem gestandenen Kripobeamten Wolfgang Klein diktiert, wie er mich zu vernehmen hat."

„Tja, die meisten Beamten haben eben kein Rückgrat. Du bist einer der wenigen, die ihrer Linie immer treu geblieben sind."

„Was hat das mir gebracht? Ich wurde entlassen und meine Pensionsansprüche auf Eis gelegt. Meine Detektei steht vor der Insolvenz und meine Frau hasst mich genau für dieses Verhalten."

„Dieter, ich habe genug Kohle. Ich kann dir jederzeit aus der Klemme helfen. Das weißt du!"

„Danke, ich schätze dein Angebot, aber ich leihe mir kein Geld und will auch keine Almosen von dir oder deinem Milliardärsfreund. Es genügt vollkommen, dass du auf dein Honorar verzichtest. Also erzähl schon. Wie ging's weiter?"

„In Franzens Wohnung habe ich nichts Interessantes finden können. Vor dem Haus fiel mir aber Franzens Fahrrad auf. Er hatte es wie immer an die alte Birke angekettet und irgendjemand hat mit einem wasserfesten Stift eine Handynummer auf dem Rahmen hinterlassen. Franz war das sicherlich nicht. Er hat sich nie Nummern notiert."

„Stimmt!", unterbrach ich. Franz hätte es aufgrund seines fotografischen Gedächtnisses nicht nötig gehabt sich seine Telefonnummer zu notieren.

„Ich hab die Nummer natürlich angerufen. Es kam nur die Mailbox. Und jetzt rate mal, von wem?"

Ich lächelte Holger an. Glaubte er tatsächlich ich wusste nicht, wessen Nummer das war?

„Heiko Junker!", sagte ich selbstsicher.

Die Kinnlade des Hünen sackte nach unten.

„Mensch Dieter, das macht keinen Spaß! Woher wusstest du das?"

„Franz hat keine sozialen Kontakte. Die einzige Person, uns einmal ausgenommen, mit der er in den letzten Wochen zu tun hatte, war Heiko Junker. Und der ist auf der Flucht. Er muss ständig seine Aufenthaltsorte und Handys wechseln. Vermutlich hat er sich nachts zu Franzens Fahrrad geschlichen und seine neue Nummer darauf notiert, weil er sein altes Mobiltelefon kurzfristig entsorgen musste."

„Respekt!", sagte Holger erstaunt.

„Das ist mein Job. Jetzt weiter. Was hast du dann gemacht?"

„Zuerst einmal nichts. Mein Auftrag war erledigt. Als ich dich aber mehrere Stunden nicht erreichen konnte, habe ich beschlossen zum Angelteich zu fahren. Dein Auto stand vor der Hütte und ich habe an die Tür geklopft. Du hast nicht aufgemacht und stattdessen irgendwas von Terroristen gefaselt, die die Hütte umstellt haben sollen. Erinnerst du dich noch daran?"

„Ja. Natürlich! Ich konnte dich nicht in die Hütte lassen. Ich dachte, ich sei mit einem tödlichen Virus infiziert. Anscheinend hat Miller, äh ich meine Mohamed Abdull mich nicht angesteckt."

„Das lag daran, dass auch er nicht infiziert war, sondern eine Vergiftung hatte."

Vermutlich konnte Holger in diesem Moment das große Fragezeichen über meinem Kopf erkennen.

„Häh? Er sah aber sehr krank aus."

„Lass mich weiter erzählen. Du wirst dann alles verstehen."

Ich setzte mich auf und keuchte: „Wird Zeit, dass ich hier raus komme. Na dann los. Wurde die Hütte tatsächlich von Terroristen umstellt?"

„Nein, Dieter. Du kannst alles, was Mohamed Abdull dir erzählt hat,
vergessen. Er hat dich von vorne bis hinten belogen. Seine Leiche
wurde vor ein paar Stunden aus der Quarantäne freigegeben und
müsste bereits zur Obduktion in der Trierer Pathologie eingetroffen
sein. Er war definitiv mit keinem Virus infiziert. Vielmehr wird eine
Vergiftung angenommen. Genaueres kann aber erst nach der Obduktion gesagt werden."

Verdammt", fluchte ich, „ich habe ihm den Virusscheiß tatsächlich
abgekauft."

„Das war von den Terroristen so beabsichtigt. Franz hatte den Tresor
mit einer Sprengfalle gesichert. Sobald jemand den Safe gewaltsam
geöffnet hätte, wäre eine Sprengfalle explodiert und der komplette
Inhalt wäre zerstört worden. Mohamed hat dir die Lügengeschichte
aufgetischt, um dich zum Öffnen des Tresors zu bringen."

„Der wollte also nur den Inhalt des Safes?"

„Davon gehe ich aus. Nachdem du mich so nett von der Tür verjagt
hattest, habe ich mich im Wald ungesehen. Nicht weit von der Angelhütte stand ein Hummer. Auf dem Rücksitz lag ein toter Mann in
Unterwäsche. Wie ich heute weiß, handelte es sich dabei um den US-
Soldaten David Miller. Ich habe das Auto durchsucht, konnte aber
nichts Brauchbares darin finden. Also bin ich zurück zur Hütte gelaufen. Plötzlich wurde aus der Angelhütte auf mich geschossen. Der
erste Schuss hat mich knapp verfehlt. Der Zweite ist in meine Schulter gehämmert und der Dritte hat mein Ohr gestreift."

Erst jetzt erkannte ich, dass Holger ein kleines Stück seiner Ohrmu-
schel fehlte.

„Ich hatte keine Deckung, also ließ ich mich fallen und spielte Toter
Mann. Nach einigen Minuten, in denen ich nicht wusste, ob der
Schütze mich immer noch beobachtete, robbte ich nach vorne und
versteckte mich hinter einem Baum."

„Lass mich mal kurz zusammenfassen", sagte ich und versuchte die
Bruchstücke zu einem überschaubaren Bild zusammenzufügen.

„Franz Franzen stößt im Netz zufällig auf die Biotech Firma von
Emir Ab Shabal, der in einem seiner Labore ein tödliches Killervirus
züchtet. Franz engagiert daraufhin einen Profieinbrecher und die

67

beiden stehlen Virus, Impfstoff und sämtliche Forschungsdaten des Terroristen. Der ist darüber natürlich nicht erfreut und schickt seinen Bruder los um das Virus zurückzuholen. Franz befindet sich zwischenzeitlich aber in Untersuchungshaft, so dass Abu Shabal nicht an ihn rankommt. Heiko Junker ist ohnehin ein untergetauchter Verbrecher und nicht zu finden. Vermutlich haben die Terroristen irgendwie herausgefunden, dass Franz die gestohlenen Daten in einem mit Sprengfallen gesicherten Safe aufbewahrt. Die Terroristen haben daraufhin seine gesamte Wohnung durchsucht, aber keinen Tresor gefunden. Die Sache wurde zu heiß, weil das BKA Wind davon bekommen hatte und die Terrorzelle beschloss, Franz zu eliminieren. Nach seinem Tod folgte Mohamed Abdull mir, in der Annahme, ich sei Franzens Chef und somit auch sein Auftraggeber.

Zuvor hatte er den US-Soldaten entführt und sich dessen Uniform angeeignet. Damit das kleine Schauspiel mich überzeugt und ich in der scheinbar aussichtslosen Situation den Safe öffne, verabreichte Mohamed Abdull sich vermutlich selbst einen Giftcocktail, um so die Symptome des REX-V zu simulieren.

Als du dann überraschenderweise an der Hütte auftauchtest, drohte Mohameds Plan zu scheitern. Ihm blieb nichts anderes übrig, als auf dich zu schießen."

Holger biss sich mit den Zähnen auf die Unterlippe und brummte: „Zum Glück war er ein lausiger Schütze."

„Ich schätze, dass war dann auch mein Glück."

„Dieter, ich verstehe nicht, warum die Terroristen einen solchen Aufwand betrieben haben. Es wäre viel einfacher gewesen, dich mit Gewaltdrohungen gegen deine Familie zum Öffnen des Tresors zu nötigen."

Ich zog die Schultern hoch.

„Bei einer Entführung hätte immer die Gefahr bestanden, dass ich die Polizei einschalte."

Holger stimmte mir zu und ergänzte:

„Die Tatsache, dass Mohamed Abdull die Zeit hatte, einen US Soldat zu entführen, lässt darauf schließen, dass er vom Standort des Tresors Kenntnis hatte und vermutlich dort bereits auf dich wartete. Er wusste, dass du als Franzens Komplize, für den du offensichtlich gehalten wurdest, nach dessen Tod zur Angelhütte kommen würdest."

Holger hielt kurz inne und dachte nach. Er zog dabei seine Augenbrauen weit nach oben und runzelte die Stirn.

„Stellt sich nur noch die Frage, woher das Bundeskriminalamt von der Angelhütte wusste?"

„Was? BKA?", fragte ich verwundert.

Holger sah für einen kurzen Moment zur Tür. Dann beugte er sich nach vorne über mein Bett und flüsterte:

„Die Anzugträger warten bereits vor der Tür um dich zu vernehmen."

„Aha. Und das BKA war auch an der Hütte?"

„Ja. Nachdem Mohamed Abdull mich angeschossen hatte, suchte ich hinter einem Baum Deckung und versorgte meine Verletzungen notdürftig. Ich ließ dabei die Angelhütte nicht aus den Augen und konnte sehen, dass du dein Smartphone nach draußen warfst. Daraufhin robbte ich zu dem Telefon und sah mir deine Nachricht an. Plötzlich fuhren zwei schwarze BMW und drei Kleinlaster an der Hütte vor."

„Lass mich raten", unterbrach ich meinen Freund, „Bundeskriminalamt?"

„Stimmt! BKA, Seuchenschutzbehörde und amerikanischer Geheimdienst"

„Ach du dickes Ei ! CIA?"

„Klar. Immerhin geht es hier um internationalen Terrorismus."

„Wie ging's weiter?", fragte ich ungeduldig. Mir fehlten durch meine Bewusstlosigkeit die letzten Minuten in der Hütte."

„Ich habe dem BKA-Einsatzleiter dein Smartphone übergeben und meine Erlebnisse geschildert. Nachdem er sich deine Nachricht angesehen hatte, ließ er die Hütte von Spezialkräften in Seuchenschutzkleidung stürmen."

„Dann verdanke ich dem Bundeskriminalamt mein Leben?"

In diesem Moment klopfte es an der Tür.

„Herein", rief ich und warf Holger einen fragenden Blick zu. Der Hüne bekam keine Gelegenheit, auf meine Mimik zu reagieren. Die Tür wurde aufgedrückt und zwei Männer in schwarzen Maßanzügen betraten mein Krankenzimmer.

Der Ältere, ich schätzte ihn auf Mitte vierzig, erinnerte mich an Mr. Smith aus den Matrix Filmen. Er zog seinen Dienstausweis aus dem Jackett und streckte ihn mir entgegen.

„Bundeskriminalamt! Herr Schulz, wir haben einige Fragen an Sie."
Ohne mir die Möglichkeit zu geben, seinen Ausweis genauer zu betrachten, ließ der Beamte ihn wieder in seinem Anzug verschwinden und deutete mit versteinerter Miene auf Holger.

„Sie verziehen sich jetzt bitte."

Ich war fassungslos und begann zu schnaufen:

„Sie arrogantes Arschloch. Holger ist mein Freund und ich entscheide, ob er bei meiner Vernehmung anwesend sein darf. Ihr Pisser vom BKA haltet euch wohl für was Besseres."

Meine Worte zeigten den gewünschten Erfolg. Mr. Smith stieg die Zornesröte ins Gesicht und er begann sich aufzuplustern wie ein Truthahn in der Balz.

Mit hasserfüllter Stimme zischte er: „Dieter Schulz, Sie erbärmliches Elend. Glauben Sie wirklich, ich lasse mich von Ihnen beleidigen, geschweige denn mir von Ihnen meine Vorgehensweise diktieren?"

Smith deutete auf seinen Begleiter, der schätzungsweise Anfang dreißig war und einen äußerst sportlichen und durchtrainierten Eindruck machte.

„Mein junger Kollege arbeitet für den amerikanischen Geheimdienst. Er hat die Berechtigung, Sie und Ihren Riesenaffen wegen akuten Terrorverdachts festzunehmen und in das dunkelste Verließ auf diesem Planeten zu sperren."

Holger hatte sich erzürnt vor Smith aufgebaut und packte den Beamten am Jackett.

„Der Riesenaffe tritt dir gleich in den Arsch!"

„Meine Herrschaften!", mischte sich der CIA-Beamte ins Geschehen ein. „Ich bitte Sie. Wir sind doch zivilisierte Menschen. Lassen Sie uns anständig miteinander sprechen."

„Holger bleibt hier, dann erzähle ich alles, was ich weiß", forderte ich.

Der CIA-Beamte nickte zustimmend und forderte Mr. Smith und Holger auf, sich zu setzen.

Nur widerwillig ließen die Streithähne voneinander ab und nahmen auf den beiden Beistellstühlen neben meinem Bett Platz.

Der Amerikaner trat an mein Krankenbett und erklärte: „Mein Name ist Erik Mathis. Ich arbeite für die CIA. Wir haben Grund zu der Annahme, dass Sie Informationen zu einem bevorstehenden Terrorangriff auf die Vereinigten Staaten von Amerika besitzen."

Ich schüttelte den Kopf.

„Tut mir Leid. Alles, was ich weiß, habe ich in meiner Smartphone-Nachricht festgehalten. Mit mehr Informationen kann ich leider nicht dienen."

„Herr Schulz, versetzen Sie sich doch einmal in unsere Lage. Welchen Grund sollten wir haben, die Aufzeichnung auf Ihrem Handy als Wahrheit zu bewerten? Wir müssen uns an den Fakten orientieren. Fakt ist, dass Franz Franzen von Abu Shabal erschossen wurde, der im Verdacht stand Verbindungen zum Terrornetzwerk Al Quaida zu besitzen. Fakt ist ebenfalls, dass Mohamed Abdull von Ihnen getötet wurde. Das hat uns die Ballistik bestätigt.
Franz Franzen, Abu Shabal, Mohamed Abdull. Das sind drei tote Terroristen…und Sie mittendrin. Wie passt das zusammen?"

Mir kam eine unangenehme Ahnung, worauf dieses Gespräch hinauslief.

„Ich habe alles gesagt. Meine Nachricht auf dem Smartphone entspricht der Wahrheit. Das müssen Sie mir glauben."

„Einmal angenommen, wir tun das. Wo ist dann der USB-Stick? Wir haben die ganze Hütte vergeblich danach abgesucht."

„Der ist in Sicherheit", antwortete ich kurz.

Ich hatte beschlossen, den beiden Anzugträgern das Versteck vorerst nicht zu verraten, weil ich mir nicht sicher war, ob ich ihnen trauen konnte.

„Was heißt in Sicherheit? Wo ist er?"

„Das werden Sie zu gegebener Zeit erfahren."

Meine Dickköpfigkeit brachte Smith zur Weißglut. Er sprang auf, drückte Mathis zur Seite und packte mich am Hals.

„Jetzt pass mal ganz genau auf, du erbärmliches Stück Scheiße! Du wirst uns jetzt sofort sagen, wo du den Stick versteckt hast oder…"

Weiter kam Smith nicht. Holger packte den Beamten an seinem gegelten Schopf und schleuderte ihn gegen die Wand.

„Fass ihn noch einmal an und ich breche dir alle Knochen", ermahnte ihn der Hüne mit tiefer bedrohlicher Stimme.

„Meine Herren, ich bitte Sie!", versuchte Mathis erneut zu beruhigen.

„Nein, das war's. Sie verlassen beide sofort mein Zimmer oder ich rufe den Arzt!", schrie ich wütend.

Smith hatte sich wieder aufgerichtet und sah mich mit seinem pechschwarzen kalten Augen an, während er ein Dokument aus seinem Jackett zog.

„Herr Schulz, ich bitte darum. Rufen Sie den Arzt. Ich habe hier einen richterlichen Untersuchungsbeschluss. Jede Wette, Sie haben den USB-Stick geschluckt."

Der Arzt hatte sich, wenn auch wenig erfreut, dem richterlichen Beschluss gebeugt und mich in die Röntgenabteilung überwiesen.
Eine üppige Krankenschwester mit langem blondem Haar schob mich, natürlich mit Geleit von Smith durch den Flur des Klinikums zur Röntgenabteilung.

Kapitel 3:

Wolfgang Klein unterbricht meine Ausführungen und erklärt:
„Eigentlich wollte ich Sie zu den Vorfällen in der Angelhütte ver-
nehmen. Leider kam das BKA mir zuvor und hat mich in den Zu-
ständigkeiten beschnitten. Ich musste im Flur warten und war na-
türlich mehr als verwundert, als man Sie in die Röntgenabteilung
eskortierte."
„Es war schon ein seltsamer Anblick. Sie als Kriminalhauptkom-
missar wurden von diesem Mr. Smith..., oh Entschuldigung, ich
sollte ihn bei seinem richtigen Namen nennen. Sie wurden von
diesem Wielwers wie ein Lehrjunge behandelt."
Der Terrier versucht cool zu wirken, trotzdem erkenne ich in sei-
nem Gesicht so etwas wie Zorn.
„Sie haben Recht. Dieser Wielwers ist ein arroganter Aufschnei-
der, aber lassen wir das. Ich brauche eine Zigarette. Möchten Sie
auch eine?"
Ich schüttele den Kopf und knurre: „Ich habe aufgehört. Es fällt
mir schwer, aber ich versuche eisern zu bleiben."
Der Terrier zündet sich eine Zigarette an und zieht genüsslich an
dem Glimmstängel. Das Rauchverbot in öffentlichen Gebäuden
scheint ihn nicht zu interessieren. Als hätte er meine Gedanken
gelesen, faucht der Terrier:
„Was sehen Sie mich so an? Die Nichtraucherschutzverordnung
interessiert mich einen Scheiß. Ich lasse mir doch nicht diktieren,
wann und wo ich rauchen darf. Die ganzen Vorschriften und Be-
fehle der Sesselpupser interessieren mich nicht."
„Das wundert mich jetzt. Den Aufforderungen des BKA haben Sie
ohne zu demonstrieren Folge geleistet.", stichele ich.
„Ober sticht Unter", versucht Klein eine Entschuldigung.
„Sie brauchen sich vor mir nicht zu rechtfertigen. Ich habe mich
nie von Vorgesetzten zu Handlungen nötigen lassen, die ich für
absurd und unsinnig gehalten habe."
„Deshalb hat man Sie aus dem Polizeidienst entfernt, aber lassen
wir das. Wie ging es weiter?"
Ich hole tief Luft, schließe die Augen und versuche mir die Ge-
schehnisse im Krankenhaus wieder in Gedächtnis zu rufen.

„Gehen Sie zu Mathis und helfen Sie ihm den Riesenaffen festzunehmen", befahl Wielwers, als mich die Schwester an ihnen vorbeischob.

„Das geht auch in einem andern Ton!", antworteten Sie und hinkten
wütend ins Krankenzimmer.

Ich stellte mir vor, wie Sie und der Schnösel von der CIA vergeblich
versuchten, meinem Freund die Hände auf dem Rücken zu fixieren.
Ich war mir sicher, wenn Holger es nicht zuließ, würden Sie ihn nicht
festnehmen können. Er besaß die Kraft und die Fähigkeiten, sie beide
mit bloßen Händen zu töten. Ich musste grinsen.

„Was ist los?", fragte Wielwers, als er meinen Gesichtsausdruck sah.

„Ach nichts. Mir ist nur gerade aufgefallen, dass Sie sich nicht vorgestellt haben."

„Mein Name ist Wielwers. Hauptkommissar Wielwers."

Als wir die Tür zur Röntgenabteilung erreichten, deutete die Krankenschwester auf einen kleinen Wartebereich und sagte:

„Herr Wielwers, wenn Sie bitte hier warten würden."

„Das geht nicht. Ich muss mitkommen. Es besteht Fluchtgefahr."

Ich sah Wielwers lächelnd an. „Ich bitte Sie! Wo soll ich in meinem
Zustand hin? Glauben Sie, ich würde in dem weißen Kittel weit
kommen?"

„Ich kann Sie beruhigen, Herr Wielwers.", warf die Krankenschwester ein, „Die Röntgenabteilung besitzt nur diesen Ein-und Ausgang."
Nach einer kurzen Überlegung ging der BKA-Beamte darauf ein und
begab sich in den Wartebereich, konnte es natürlich nicht lassen, mir
einen Kommentar nachzuschmettern: „Schulz, ich behalte Sie im
Auge. Machen Sie keinen Blödsinn. Ich bin…"

Den Rest bekam ich nicht mehr mit, weil sich die Tür der Röntgenabteilung hinter mir schloss.

„Wie ist Ihr Name?", versuchte ich die Krankenpflegerin in ein Gespräch zu verwickeln, als wir das Schwesternzimmer der Station
erreichten.

„Helga", antwortete sie kurz. Es schien ihr unangenehm mit mir zu
sprechen.

„Helga, ich bin kein schlechter Mensch und schon gar kein Verbrecher."

„Sparen Sie sich Ihre Ausführungen. Herr Wielwers hat mir verboten, mit Ihnen zu sprechen. Ich werde Sie jetzt zum Röntgen anmelden."

Sie hatte mein Krankenbett einige Meter entfernt von der Anmeldung unmittelbar neben dem Schwesternzimmer abgestellt. Anstatt mich sofort zum Röntgen anzumelden betrat Helga das Schwesternzimmer und begrüßte eine der Stationsschwestern mit einer kräftigen Umarmung, die ihr daraufhin eine Tasse Kaffee oder Tee in die Hand drückte. Augenblicklich begannen die Beiden wie zwei alte Gänse zu schnattern.

Ich wurde nicht beachtet.

Das war meine Chance. Wenn ich das Krankenhaus verlassen wollte, war nun der richtige Zeitpunkt.

Im Gegensatz zu Mr. Smith, das schien mir viel passender als sein tatsächlicher Name, war ich nicht so naiv, Helga zu glauben, dass es nur einen Ausgang aus der Röntgenabteilung gab.

Wir befanden und im 4. Stockwerk eines öffentlichen Gebäudes. Ein Notausgang mit Feuertreppe war in solchen Bauwerken Vorschrift. Obwohl ich immer noch starke Schmerzen im Bauchbereich verspürte, sprang ich aus dem Bett und rannte, den grünen Hinweisschildern folgend, in Richtung Notausgang. Mir blieben höchstens zwei Minuten bis die Schnattergänse meine Flucht bemerken würden.

Zwei Minuten um dieses Krankenhaus endlich zu verlassen.

+++

„Frank Schneider", meldete sich mein Freund am anderen Ende der Leitung.

„Ich bin es! Dieter! Kannst du mir helfen?"

„Mensch Dieter! Was zum Teufel machst du? Nach dir wird überall gefahndet."

Ich ersparte es mir, meinem Freund die Details meiner Flucht aus dem Klinikum zu schildern und fragte stattdessen:

„Hilfst du mir?"

„Klar. Du bist mein Freund."

„Überprüfe bitte zwei Personen für mich."

„Das geht nicht. Wie du weißt bin ich bis auf weiteres suspendiert."

„Komm schon! Du hast doch noch Kontakt zu den Kollegen."

„Ich versuche es. Zuerst will ich aber wissen, was los ist. Laut BKA stehst du unter Terrorverdacht? Holger wurde bereits festgenommen und wird zurzeit, ebenfalls als Terrorverdächtiger, vernommen."

„Vergiss die offizielle Berichterstattung. Das ist alles Käse. Ich erkläre dir später alles. Besorg mir bitte alles, was du über die Brüder Emir Ab Shabal und Abu Shabal rausfinden kannst."

„Ich werde sehen, was ich tun kann."

„Alles klar. Ich melde mich bei dir."

„Eine Frage habe ich noch. Ich habe gehört, du wärst ohne Kleidung, Geld und Handy aus dem Krankenhaus geflohen?"

„Nicht ganz. Ich habe einen kleinen Umweg durch die Schwesternumkleide gemacht."

„Trägst du etwa Frauenklamotten?"

„Ja. Und ich telefoniere gerade mit einem rosa Handy."

Frank lachte. Vermutlich glaubte er, dass ich scherzte. Was nicht der Fall war. Ich hatte in der Umkleide eine viel zu enge Damenjeans und ein bauchfreies Top vorgefunden und beides angelegt.

„Und was für Schuhe hast du an? High Heels? Oder Ballerinas?"

„Frank, ich melde mich in einer Stunde wieder", lenkte ich vom Thema ab und legte auf.

Nach dem Gespräch mit Frank wählte ich die Pathologie in Trier an. Mein Freund der Rechtsmediziner und Chefpathologe Dr. Jansen nahm das Gespräch mit einem einfachen „Hallo" entgegen.

„Meldet sich so der Leiter der Pathologie?", flachste ich.

„Dieter? Bist du das?"

„Ja."

„So eine Überraschung. Ich habe gerade Mohamed Abdull vor mir auf dem Tisch liegen. Wie ich gehört habe, hast du ihn in Jenseits befördert."

„Genau deshalb rufe ich an. In seinem Darm steckt ein USB-Stick, der höchstbrisante Informationen enthält, hinter denen Terroristen, CIA und BKA her sind.

„Ich habe von deinem Alleingang gehört. Du stehst unter Terrorverdacht."

„Das glaubst du doch nicht?"

„Natürlich nicht. Ich frage mich nur, warum du den Stick nicht an das BKA übergeben hast?"

„Ich habe da so ein Bauchgefühl. Irgendetwas an der ganzen Sache ist oberfaul und ich weiß nicht, ob ich dem BKA-Ermittler trauen kann."

„Was soll ich deiner Meinung nach mit dem Stick machen?"

„Nichts! Ich komme vorbei und hole ihn ab."

„Das bringt mich in Teufels Küche."

„No Risk, no Fun", antwortete ich und legte auf.

+++

Ich hatte mich nach dem Telefonat mit Dr. Jansen dazu entschlossen, den USB-Stick schnellstmöglich abzuholen und war mit der Bahn vom Hauptbahnhof Aachen, über Köln nach Trier gereist. Nach fast vierstündiger Reise erreichte ich gegen 17:00 Uhr den Trierer Hauptbahnhof. Sofort fühlte ich mich wieder wie zuhause. Immerhin hatte ich fast zwanzig Jahre meinen Polizeidienst in der ältesten Stadt Deutschlands verrichtet.

Vom Hauptbahnhof war es nur ein kurzer Fußmarsch zur Wohnung meines Freundes Frank Schneider und deshalb beschloss ich, ihn vor dem Gang in die Pathologie aufzusuchen. Vielleicht konnte ich ihn überreden, für mich den Stick abzuholen. Ein Besuch bei Dr. Jansen barg für mich ein hohes Risiko entdeckt zu werden, zumal ich vom gesamten Polizeiapparat gesucht wurde.

Kurz nach fünf klopfte ich an Franks Wohnungstür. Mit einem Grinsen im Gesicht öffnete mein Freund die Tür. Als er mich sah, wandelte sich das Lächeln in ein herzhaftes Lachen.

„Kommen Sie herein, gnädige Frau", sagte er und deutete eine Verbeugung an.

„Ich brauch neue Klamotten und Kohle", brummte ich.

„Ich dachte, du fühlst dich in der Frauenkleidung wohl?"

„Lass den Scheiß. Ich habe wirklich Kacke an der Backe. Kannst du mir helfen?"

„Klar. Was kann ich tun?"

„Du musst für mich in die Pathologie zu Dr. Jansen"

Augenblicklich verzog sich das Grinsen aus Franks Gesicht und wich einer ernsten Mine.

„Was ist los?", fragte ich.

„Dr. Jansen wurde vor einer Stunde tot in der Pathologie gefunden. Alles deutet auf Herzversagen."

Mir fiel die Kinnlade runter.

„Nein. Da ist was faul. Dr. Jansen wurde ermordet."

„Jetzt mal den Teufel nicht an die Wand. Ich habe mit einem Kollegen telefoniert. Es gibt keine Hinweise auf Fremdeinwirkung. Wie du weißt, hatte der Doktor vor einem Jahr schon einmal einen Herzinfarkt"

Ich schüttelte den Kopf. An solche Zufälle konnte und wollte ich nicht glauben.

„Ich habe vor ein paar Stunden noch mit ihm telefoniert und er war bei bester Gesundheit."

„Dieter, mal ganz ehrlich! Du konntest seinen Gesundheitszustand wohl kaum durchs Telefon begutachten. Was wolltest du überhaupt von ihm?"

„Unser Freund hat den Leichnam von Mohamed Abdull obduziert. Das ist der Terrorist, den ich in der Waldhütte erschossen habe."

„Und weiter?", fragte mein Freund ungeduldig.

„Ich haben einen USB-Stick mit hochbrisanten Daten in Abdulls Körper versteckt. Der Doktor sollte den Stick für mich zurückhalten."

„Du glaubst, man hat ihn wegen des Datensticks getötet?"

„Ja. Deshalb bin ich übrigens auch auf der Flucht. Mein Mitarbeiter Franz Franzen hat quasi den Bauplan für ein Killervirus aus einer Biotech Firma in Luxembourg gestohlen."

Frank rieb sich mit den Händen durchs Gesicht. Er brauchte einen Moment, um über meine Worte nachzudenken, dann meinte er:

„Also gut. Langsam verstehe ich. Franz ist bei ES Enterprises eingestiegen? Habe ich recht?"

Ich nickte.

„Dieter, warum hast du die Daten nicht einfach an die Behörden übergeben? Das hätte dir eine Menge Ärger erspart."

„Glaubst du? Ich bin anderer Meinung. Warum hat Franz wohl den Gang zum BKA gescheut? Nein, irgendwo im Polizeiapparat sitzt ein Maulwurf und Franz hat herausgefunden, um wen es sich dabei handelt. Deshalb musste er sterben."

„Wie kommst du denn darauf?"

„Franz schreibt in einem seiner Berichte, dass er verfolgt wird, obwohl die Terroristen nicht wissen konnten wer sie bestohlen hat. Er hatte nur mit dem BKA über das Virus gesprochen."

„Das ist in der Tat sehr merkwürdig."

„Hast du etwas über Emir Ab Shabal rausfinden können?"

Frank nickte und zog einen kleinen Notizblock aus seiner Gesäßtasche.

„Es ist nicht gerade viel, kann auch nur Zufall sein, aber vielleicht hilft es dir weiter. Emir Ab Shabal ist ein angesehener und sozial engagierter Unternehmer. Außerdem unterstützt er mehrere politische Parteien mit beachtlichen Spendengeldern. Seine Firma ES Enterprises erwirtschaftete zwischen 2008 und 2010 Milliardenumsätze mit der Herstellung von Impfstoffen gegen die Schweinegrippe. Zwei Jahre zuvor war es ebenfalls ES Enterprises, die vor allen Konkurrenten einen verträglichen und in ausreichender Menge verfügbaren Impfstoff gegen die Vogelgrippe auf den Markt brachten."

„Das sind in der Tat seltsame Zufälle. Es nützt alles nichts. Du musst in die Pathologie. Wenn sich der Stick nicht mehr im Körper von Mohamed Abdull befindet, dann wurde Dr. Jansen ermordet. "

„Du vergisst, dass man mich suspendiert hat."

„Eh, Alter. Du trägst kein Infoschild um den Hals. Ich glaube nicht, dass sich deine Suspendierung bereits bis in die Rechtsmedizin herumgesprochen hat. Und selbst wenn doch, dir wird schon was einfallen."

„Also gut. Ich sehe mir die Leiche an. Du kannst in der Zwischenzeit was Anständiges anziehen. Bedien' dich ruhig an meinem Kleiderschrank."

+++

Nervös kaute ich auf meinen Fingernägeln. Wo blieb er bloß? Frank war bereits seit über einer Stunde weg. So lange konnte das doch nicht dauern. Ich hatte mir eine Jeans und ein braunes T-Shirt übergezogen und tippelte nun unruhig im Wohnzimmer zwischen der schwarzen Ledercouch und einem 40-Zoll-Flachbildfernseher auf und ab.

Das Warten machte mich verrückt. Warum meldete Frank sich nicht? Ich ging, immer noch an meinen Fingern nagend, in die Diele, spuckte einen abgebissenen Fingernagel auf die cremefarbenen Fliesen und griff nach Franks Telefon, das auf einem Sideboard neben der Garderobe stand.

Nach einem kurzen Zögern wählte ich die Nummer, die Heiko Junker auf Franzens Fahrrad notiert hatte und wartete gespannt, was geschah.

Wie erwartet meldete sich Junker nicht persönlich. Zumindest nicht live. Der Profi-Einbrecher hatte eine Nachricht für Franz auf seiner Mailbox hinterlassen:

„Hey Franz, wie ich hörte wurde deine U-Haft endlich aufgehoben. Ich muss dich unbedingt treffen. Mein Kontakt hat die von mir geklauten Virusproben untersucht. Du hattest Recht. Das REX-Virus ist die ultimative Biowaffe. Absolut tödlich. Der Virus darf unter keinen Umständen wieder in die Hände der Terroristen gelangen. Das könnte das Ende der uns bekannten Welt bedeuten. Aber es gibt auch eine gute Nachricht. In zwei der Behältnisse befindet sich ein Impfstoff. Mein Kontakt überprüft gerade die Wirkungsweise. Wir müssen uns dazu unbedingt die Daten auf dem Stick ansehen. Ich schlage vor, wir treffen uns an dem Ort, über den wir uns einen Tag vor dem Einbruch unterhalten haben. Dein Lieblingsplatz zum Relaxen. Ich werde die nächsten drei Abende um 20:00 Uhr dort auf dich warten. Pass auf, dass dir niemand folgt."

„Scheiße", fluchte ich. Junker war ein cleverer Fuchs. Aus Angst vor einer Handyortung nutzte er die Mailbox eines Prepaid-Handys als Nachrichtensender. Vermutlich lag das Mobiltelefon längst in irgendeiner Mülltonne.

Meine einzige Chance, mit Junker in Kontakt zu treten, bestand darin, ihn in zwei Stunden an Franzens Lieblingsplatz abzufangen. Als guter Freund wusste ich natürlich an welchem Ort sich Franz, den Angelteich einmal ausgenommen, in den Sommermonaten gerne aufgehalten hatte.

In diesem Moment öffnete sich die Wohnungstür und Frank betrat mit sichtlich betrübter Miene den Flur.

„Und?", fragte ich.

„Du hattest Recht. Ich habe den Darm soweit abgesucht wie es ging, übrigens im wahrsten Sinne des Wortes eine Scheißarbeit, konnte den Stick aber nicht finden."

„Fuck!", fluchte ich. „Da siehst du es. Das war kein Herzinfarkt."

„Ich brauch jetzt einen Schnaps", sagte Frank, ging in die Küche und rief während er die Flasche aufschraubte: „Du auch?"

Ich nickte wortlos und gesellte mich zu meinen Freund an den Küchentisch. Nachdem jeder sich drei Kurze genehmigt hatte, fragte Frank:

„Woher wussten die Terroristen eigentlich von dem Stick und vor allem vom Versteck im Darm von Mohamed Abdull?"

„Darüber denke ich schon die ganze Zeit nach. Ich habe das keinem Menschen erzählt."

„Wirklich keinem?"

„Nein, nur dem Doktor."

„Siehst du Dieter, du hast doch drüber gesprochen."

„Was soll das bedeuten? Dr. Jansen hat es bestimmt nicht verraten."

„Dann bleibt nur noch eine Alternative."

Ich sah meinen Freud fragend an.

„Mensch Dieter, sonst bist du doch auch nicht so schwer von Begriff."

Irgendwie stand ich auf dem Schlauch. Ich wusste nicht, worauf Frank hinauswollte.

Scheinbar erkannte er an meinem Gesichtsausdruck, dass es immer noch nicht Klick gemacht hatte und erklärte:

„Du wirst abgehört."

„So ein Quatsch!", prustete ich, obwohl ich mir gar nicht mehr so sicher war.

Frank schüttete einen weiteren Schnaps in unsere Gläser.

„Dieter, du hast selbst gesagt, du würdest dem BKA nicht trauen. Vielleicht haben die dich absichtlich aus dem Krankenhaus fliehen lassen?"

Frank hatte Recht. Im Nachhinein betrachtet war meine Flucht einfach viel zu reibungslos verlaufen. Ich dachte an Mr. Smith, der sich wie ein Anfänger im Wartebereich postiert hatte und an Schwester Helga, die mich unbeaufsichtigt unweit der Feuertreppe abgestellt hatte, die Wiederum nach unten direkt an der Schwesternumkleide vorbei zum Notausgang führte. Es konnte kein Zufall gewesen sein, dass die Tür der Umkleide offengestanden hatte und ich vor einem unverschlossenen Spind das rosa Handy gefunden hatte.

Ich begann zu begreifen und schrie auf:

„Verdammt! verdammt! Du hast Recht. Ich bin wie ein Amateur in die Falle gelaufen!"

Noch während ich zornig mit dem Fuß auf den Boden stampfte, spekulierte ich:

„Nehmen wir einmal an, das BKA hat mich tatsächlich reingelegt und mir das verwanzte Schwesternhandy untergejubelt…"

„Wo hast du das Handy?", unterbrach Frank.

„Das habe ich bereits in Aachen weggeworfen. Ich musste mit einer eventuellen Handortung rechnen. Woher hätte ich ahnen sollen, dass das Handy bereits verwanzt war?"

„Dieter, bisher wissen wir das nicht. Es sind nur Spekulationen."

„Nein, Frank. Es gibt einfach keine andere Erklärung. Das BKA hat mich absichtlich entkommen lassen, damit ich sie zu dem Stick führe."

„Du vergisst den Mord an Dr. Jansen. Dafür kannst du das BKA wohl kaum verantwortlich machen?"

„Doch. Es muss dort eine undichte Stelle geben. Davon bin ich mittlerweile überzeugt. Irgendjemand im Bundeskriminalamt arbeitet mit Emir Ab Shabal zusammen. Das erklärt auch, warum Franz sich nicht an die Behörden gewandt hat."

„Was willst du jetzt tun?"

„Ich muss hier weg. Immerhin habe ich auch dich mit dem rosa Handy angerufen. Könnte sein, dass die Anzugträger bereits vor der Tür auf mich warten."

„Nimm mein Auto. Es steht in der Tiefgarage. Du kannst mit dem Aufzug nach unten bis in die Garage fahren."

Ich bedankte mich bei meinem Freund für die Hilfe, genehmigte mir einen letzten Schnaps und machte mich auf den Weg zu Franks Auto.

Kapitel 4:

Der Terrier zündet sich eine weitere Zigarette an. Ich habe aufge-
hört mitzuzählen. Irgendwo zwischen sechzehn und neunzehn. Das
wäre Franz nicht passiert. Mein Freund hätte sogar auflisten kön-
nen, wie viele Sekunden KHK Klein für jede Zigarette gebraucht
hatte.
„Sie wollen mir also allen Ernstes weißmachen, dass Dr. Jansen
vom BKA eliminiert wurde?"
Ich nicke.
Der Terrier beginnt zu lachen. Nach wenigen Sekunden hat er sich
wieder gefangen und verzieht sein Gesicht zu einer ernsten Miene.
„Dr. Jansen starb an einem Herzinfarkt. Es gab keine Hinweise
auf Fremdeinwirkung."
„Wurde er obduziert?"
„Das hielten wir aufgrund der Gesamtumstände für nicht nötig."
Ich schüttele den Kopf und brumme:
„Habe ich es denn nur mit Luftpumpen zu tun?"
„Seien Sie bitte vorsichtig mit Ihren Äußerungen. Ich höre mir
Ihre Geschichte im Moment noch geduldig an. Es geht aber auch
anders."
„Nein, nein, schon gut", versuche ich den Terrier zu beruhigen.
„Ich wollte Sie nicht beleidigen."
„Wie ging es weiter?", fragte Klein, ohne meine Entschuldigung zu
kommentieren.

Um etwaige Verfolger abzuschütteln, fuhr ich mit Franks Mercedes
SLK nicht auf direktem Weg in die Eifel, sondern nahm bewusst
einige Umwege in Kauf und fuhr über Trier-Zewen, Herresthal, U-
delfangen, Olk bis Bitburg und dann Richtung Neustraßburg,
Mürlenbach, Meisburg und schließlich vorbei am Meerfelder Maar.
Kurz vor acht erreichte ich den Erholungsort Manderscheid. Ich folgte der Hauptstraße in Richtung Autobahn bis zum Ortsausgang. Unmittelbar hinter dem Ortsschild erblickte ich linksseitig einen Parkplatz, der einen ungehinderten Blick ins Manderbachtal mit seinen
beiden wundervollen Burgen ermöglichte. Die sogenannte Oberburg
befindet sich auf einer Bergspitze und thront majestätisch über das

Tal der Manderbach, während die Niederburgruine auf einem etwas tiefer liegenden Hügel in steinwurfweite zur Oberburg liegt. Beide Burgen werden durch das Flüsschen Lieser voneinander getrennt und können von Touristen und Besuchern in den Sommermonaten besichtigt werden.

Mir war in Anbetracht der ernsten Lage nicht nach Sightseeing zu Mute.

Die Fahrt mit offenem Verdeck hatte mir meine Frisur zerzaust, was ich in Anbetracht des unvergesslichen Fahrerlebnisses allerdings gerne in Kauf genommen hatte. Während ich mir mit der Hand durchs Haar fuhr, steuerte ich den Parkplatz an und stoppte den Wagen unmittelbar neben einer Holzbank, die Wanderern, vor allem aber meinem Freund Franz, als Rast- und Ruhestätte gedient hatte.

Auf dieser Bank hatte er oft stundenlang gesessen und die Manderscheider Burgen betrachtet. Ich hoffte, dass dies der Ort war, den Franz in dem Gespräch mit Heiko Junker als seinen Lieblingsort erwähnt hatte.

Nachdenklich stieg ich aus und setzte mich auf Franzens Lieblingsplatz. Ich glaube, mein Freund war der einzige Mensch, der jemals alle sichtbaren Steine der beiden Burgen gezählt hat.

Ich sah auf die Uhr. Zwei Minuten nach Acht.

Wo zum Henker blieb Junker? Hatte er vielleicht von Franzen Tod erfahren? Dies schien mir eher unwahrscheinlich. Hatte doch das BKA diesbezüglich ein absolutes Nachrichtenverbot verhängt.

Plötzlich traf mich ein Stein am Hinterkopf.

„Autsch!", schrie ich auf und drehte mich zur Straße.

Zwei PKW fuhren am Parkplatz vorbei. Ansonsten war nichts zu sehen.

Vielleicht hatte eines der Autos das Steinchen aufgewirbelt und es war dadurch gegen meinen Kopf geschleudert worden.

„Ahhh, verdammte Scheiße!", fluchte ich, als mich erneut ein Stein am Kopf traf.

„Psst, Psst. Kommen Sie hierher!", hörte ich plötzlich eine Stimme aus dem Wald, auf der anderen Seite der Straße.

In geduckter Haltung hechtete ich los und erreichte wenige Sekunden später den Wald. Zwischen zwei dicken Eichen erkannte ich die Umrisse einer männlichen Person, die ich bereits wenige Schritte weiter als Heiko Junker identifizieren konnte.

„Bleiben Sie da stehen!", rief Junker, als ich bis auf zwei Meter an ihn herangekommen war.

Wir befanden uns immer noch in unmittelbarer Nähe der Straße, konnten von Autofahren aber nicht gesehen werden, weil die Stämme der alten Buchen und Eichen genügend Deckung boten.

„Wo ist Franz? Wurde die Untersuchungshaft verlängert?", wollte er wissen.

„Franz ist tot. Er wurde vor der Haftanstalt von Abu Shabal erschossen."

Junker war von dieser Nachricht sichtlich geschockt. Für einen kurzen Moment glaubte ich sogar Tränen in seinen Augen zu erkennen.

„Ich wusste es. Das ist eine Liga zu hoch für uns, habe ich Franz gewarnt."

„Franz war schon immer beratungsresistent. Ich schätze, er hat die Gefahr verkannt, in der er sich befunden hat."

„Franz sagte mir, dass ich niemandem trauen darf. Außer Ihnen. Sie seien ein Mann mit Prinzipien, der nur nach seinen Überzeugungen handelt. Vor allem aber seien Sie nicht korrupt."

Ich antwortete darauf nicht. Hatte ich doch nach meinem letzten Fall ein fettes Schweigegeld angenommen, um die Identität eines Profikillers zu schützen. Dieser siebenstellige Betrag hatte mich zwar meiner Geldsorgen ein für alle Mal entledigt, belastete mein Gewissen aber ungemein, vor allem weil ich Simone nichts davon erzählen konnte und ich in ihren Augen weiterhin der arme Schlucker bleiben musste, der in seiner Detektei wohnte und sein Leben nicht in den Griff bekam.

„Er war ein guter Kerl", sagte ich.

„Wie Recht Sie haben. Ohne Franz wäre dieser Emir Ab Shabal immer noch im Besitz des tödlichsten Virus, das unser Planet je gesehen hat."

„Ich habe Franz` Aufzeichnungen und auch Ihren Einbruchsbericht gelesen. Leider konnte ich die verschlüsselten Dateien nicht öffnen."

Junker sah mich verwundert an und fragte:

„Sie haben den Datenstick?"

„Nicht mehr."

„Was soll das heißen?"

„Der Stick befindet sich vermutlich wieder in den Händen der Terroristen."

85

„Wie zum Teufel konnte das passieren? Wir haben den Stick in Franzens Angelhütte in einem mit Sprengfallen gesicherten Tresor versteckt. Jedes unerlaubte Öffnen hätte zur Selbstzerstörung des Safe geführt."

Ich erinnerte mich an Junkers Sprengkünste, von denen ich mich vor einigen Jahren in meiner aktiven Zeit bei der Mordkommission selbst hatte überzeugen können. Er war damals als Sprengmeister in einem Steinbruch bei Fleringen tätig gewesen und hatte dort eine ganze Horde Mafiosos regelrecht in die Luft gejagt. Seither war er auf der Flucht vor Polizei und Mafia.

„Ich habe den Tresor geöffnet, aber das erzähle ich Ihnen später. Jetzt muss ich zuerst alles wissen, was Sie mir über die Terrorzelle und das REX-V berichten können.", forderte ich.

„Na gut. Aber setzten Sie sich lieber. Was ich zu erzählen habe, wird Ihnen nicht gefallen."

Ich folgte Junkers Vorschlag, setzte mich auf den Waldboden und lehnte mich mit dem Rücken gegen eine Buche.

Junker schien darüber nachzudenken, womit er beginnen sollte. Schließlich ließ auch er sich an einem gegenüber liegenden Baum nieder und begann:

„Das REX-V wurde im Geheimlabor Level 5 von ES Enterprises gezüchtet. Seltsamerweise sind alle drei Mitarbeiter von Level 5 in den letzten Tagen bei verschiedensten Unfällen ums Leben gekommen. Es dürfte wohl klar sein, dass es sich bei den Todesfällen keinesfalls um tatsächliche Unfälle gehandelt hat, sondern um kaltblütigen Mord. Emir Ab Shabal räumt in seiner Firma auf und beseitigt ungeliebte Mitwisser. Dieser Mann ist kaltblütig und unbarmherzig. Während sein Bruder Abu Shabal ein religiöser Fanatiker ist…"

„War!", berichtigte ich.

„Wie? Ist Abu Shabal tot?"

„Ja. Suizid, nachdem er Franz umgebracht hat."

„Na gut. Abu Shabal war ein religiöser Fanatiker, der im Namen Allahs zum heiligen Krieger wurde. Das scheint Emir Ab Shabal aber nur oberflächlich zu interessieren. Insgeheim verfolgt er andere Ziele, die ich derzeit aber noch nicht kenne."

„Sie denken, er hat seinen Bruder nur benutzt?"

„Vermutlich war er nur Mittel zum Zweck, Sein Suizid kam Emir Ab Shabal wahrscheinlich gerade recht."

„Was vermuten Sie, hat Emir Ab Shabal als nächstes vor?"
„Ich habe keine Ahnung. Wenn er wirklich wieder in Besitz der Forschungsdaten ist, könnte er in zwei bis drei Monaten wieder eine waffenfähige Variante des REX-V nachgezüchtet haben."
„Sie sagten doch, er habe die Wissenschaftler aus Level 5 umgebracht?"
Junker rollte die Augen.
„Gerade deshalb ist er auf die Daten angewiesen. Nur damit kann er in Kürze den REX-V nachzüchten. Ohne die Daten braucht seine Firma Jahre, sofern es überhaupt noch einmal gelingt, einen solch beeindruckenden Virus zu kreieren."
Junker wirkte auf mich beängstigend fasziniert von dem REX-Virus und fuhr fort: „Die Virologen von ES Enterprises haben mit dem REX-V ihr Meisterstück vollbracht. So viel ist sicher. Während zum Beispiel die Vogelgrippe, also das H5N1 Virus eine Todesrate von 60 Prozent hat, erreicht das REX-V einen Prozentsatz deutlich über 90."
Ich schluckte.
„Im Gegensatz zu H5N1, wo ein direkter Kontakt vom infizierten Vogel zum Menschen stattfinden muss, wird REX-V durch Husten oder Niesen von Mensch zu Mensch übertragen." Junker machte eine kurze Pause, so als könnte er seiner folgenden Aussage dadurch noch mehr Ausdruck verleihen.
„Und jetzt kommt der Burner. Die Inkubationszeit des REX-V beträgt 21-23 Tage."
Ich sah Junker fragend an und zuckte mit den Schultern. Was war daran der Burner?
„Dieter, darf ich Sie Dieter nennen?"
Ich nickte.
„Während der Inkubationszeit ist das REX-V im Blut quasi nicht nachweisbar. Es gibt mit Ausnahme eines leichten Schnupfens keine erkennbaren Symptome. Das bedeutet im Umkehrschluss, dass sich das Virus drei Wochen lang unentdeckt auf der gesamten Erdkugel ausbreiten kann. Wenn dann nach 21-23 Tagen das Virus ausbricht, wird ein Großteil der Weltbevölkerung bereits infiziert sein. Alle Quarantainepläne sind zum Scheitern verurteilt, weil niemand absehen kann, wer tatsächlich bereits infiziert ist. Auch Gegenmaßnahmen, wie die Entwicklung eines geeigneten Impfstoffes, kommen zu

spät. Für die Entwicklung eines Impfstoffes brauchen Forscher, trotz internationaler Zusammenarbeit und neuester Labortechnik, mindestens sechs Monate. So viel Zeit bleibt aber nicht. In drei bis fünf Monaten werden über 90 Prozent der Weltbevölkerung an den direkten Folgen des REX-V gestorben sein."

„Ach, du heilige Scheiße!"

Mehr wusste ich nicht zu sagen. Ich war sprachlos. Ich hatte viel erwartet, aber Junkers Erzählungen setzten allem bisher gehörten die Krone auf.

„Es gibt eigentlich nur zwei Möglichkeiten diesen Schlamassel abzuwenden", ergänzte der Einbrechermeister. „Entweder wir vervielfältigen den Impfstoff oder wir stehlen den Terroristen die Daten ein zweites Mal."

„Impfstoff?", fragte ich nach.

„Ja. In zwei der Behältnisse, die ich aus dem Labor gestohlen habe, befand sich ein Impfstoff. Dieser ist doppelfunktional. Er kann die Infektion eindämmen und, sofern er früh genug verabreicht wird, für eine vollständige Heilung sorgen. Zum Zweiten wirkt der Impfstoff prophylaktisch und schützt vor einer Neuinfektion mit dem REX-V."

„Wäre es möglich, den Impfstoff zu vervielfältigen."

„Theoretisch..."

„Und praktisch?"

„Nun, versuchen Sie mal jemanden davon zu überzeugen, sich gegen einen Virus impfen zu lassen, der praktisch noch nirgends auf der Welt ausgebrochen und faktisch im Blut nicht nachweisbar ist. Die Menschen werden Sie als Spinner abtun und für verrückt halten."

„Wir sollten die Behörden einschalten. Ich denke an die Gesundheitsämter und an das Bundesamt für Bevölkerungsschutz und Katastrophenhilfe."

„Sehen Sie Dieter, genau das gleiche hat auch Ihr Mitarbeiter Franz Franzen vorgeschlagen. Man hat ihn aufgrund der möglichen Terrorgefahr ans BKA verwiesen, obwohl ich glaube, dass keiner ihn wirklich ernst genommen hat."

„Zumindest einer in dieser Kette hat ihm geglaubt."

Junker stimmte mir zu und meinte: „Wir müssen den Verräter ausfindig machen. Das sind wir Franz schuldig."

„Was ist mit den achtzehn Virusstämmen? Ich könnte diese direkt zum Bundesgesundheitsministerium bringen. Dann muss man uns glauben und einen Impfstoff herstellen."

„Da wäre ich mir nicht so sicher. Bedenken Sie allein die diplomatischen Verwicklungen. Angenommen es kommt zum „worst-case" Szenario und nur wir Deutsche wären als Einzige geimpft. Glauben Sie mir, die anderen Staaten würden in uns die Schuldigen für ihr Sterben sehen und mit letzter Kraft ihre Atomraketen auf unser Land abschießen."

„Wir müssen natürlich die anderen Staaten mit ins Boot nehmen."

„Dieter, ich merke Sie sind kein Politiker. Selbst wenn unsere Regierung es schaffen würde, die anderen Staaten von der Notwendigkeit einer Impfung zu überzeugen, würde eine weltweit flächendeckende Produktion des Impfstoffes vermutlich 9-12 Monate dauern. Wohlhabende Industriestaaten würden wie immer bevorzugt behandelt und vielleicht noch rechtzeitig mit dem Impfstoff versorgt werden, die Menschen in den Entwicklungsländern hingegen würden qualvoll an REX-V krepieren. Und glauben Sie mir, es gibt kaum einen grausameren und schmerzvolleren Tod. Sobald die Krankheit ausbricht, kommt es zu Blutungen aus Nase, Ohren und Augen. Fieber und Schüttelfrostattacken wechseln sich ab. Die inneren Organe beginnen sich aufzulösen und man verblutet quasi innerlich."

„Ist ja schon gut. Hören Sie auf. Ich habe die Problematik verstanden. Also bleibt nur noch Möglichkeit zwei. Wir müssen irgendwie an den Datenstick gelangen."

Heiko Junker nickte mir zu und meinte:

„Die Rettung der Menschheit liegt in unseren Händen."

Er wuchtete sich auf die Beine und wollte mir die gerade die Hand reichen, als ein lauter Knall ertönte. Zeitgleich sackte Junker zu Boden. Erst jetzt erkannte ich das Einschussloch in seiner Stirn.

Geistesgegenwärtig rollte ich mich zur Seite, robbte einige Meter nach vorn und brachte mich hinter einem dicken Buchenstamm in Deckung. Meines Erachtens kamen die Schüsse von der Straße, allerdings konnte ich mich auch täuschen. Gedanklich biss ich mir ein weiteres Mal in den Arsch. Warum lag meine Pistole immer noch in der Detektei? Ich hätte heute genauso gut von Trier, über Prüm nach Manderscheid fahren können. Zeit wäre genug gewesen.

Das half jetzt alles nichts. Ich musste mich irgendwie in Sicherheit bringen.

„Schuuulz, Schuuulz, kommen Sie raus. Das macht doch keinen Sinn. Wir können über alles reden", rief eine unbekannte Stimme mit russischem Akzent.

Ich wagte einen kurzen Blick am Baumstamm vorbei. Augenblicklich schlug eine Gewehrsalve in den Stamm ein.

„Verdammt!", fluchte ich. Der kurze Blick hatte genügt, um mich von der ausweglosen Situation, in der ich mich zweifelsohne befand, zu vergewissern.

Zwei osteuropäische Kantenköpfe in schwarzen Anzügen stiefelten mit Maschinenpistolen bewaffnet in meine Richtung. Bei den Beiden musste es sich um eineiige Zwillinge handeln. Sie sahen sich zum Verwechseln ähnlich und schienen nur aus Muskelmasse zu bestehen. Ihr gewaltiges Aussehen begründete sich nicht zuletzt auch auf ihre Körpergröße von fast zwei Metern.

Erschreckende Gestalten, denen ich unbedingt entkommen musste. Für einen kurzen Augenblick wünschte ich mir Holger herbei. Ein Fight zwischen Holger und den Zwillingen wäre dem Kampf der Titanen gleichgekommen.

Ein erneuter Schuss brachte mich auf den Boden der Tatsachen zurück. Hier ging es ums nackte Überleben und meine Chancen standen nicht gerade gut.

Ich sprang auf und lief, die Deckung der Bäume nutzend, so schnell ich konnte weiter in den Wald. Immer wieder hämmerten Kugeln neben mir in die Bäume. In einiger Entfernung hörte ich die Zwillinge in unregelmäßigen Abständen fluchen. Gelegentlich wagte ich einen Blick über meine Schulter und konnte erkennen, dass mein Abstand zu den Verfolgern sich zunehmend vergrößerte. Die Beiden mochten Kraft besitzen, Ausdauer und Schnelligkeit besaßen sie zweifelsfrei nicht. Nach wenigen Minuten hatte ich den Vorsprung so weit ausgebaut, dass ich meine Verfolger nicht mehr sehen konnte.

+++

„Schneider!", meldete sich mein Freund.

Ich war, nachdem ich die Zwillinge abgehängt hatte, zum erstbesten Restaurant in Manderscheid geeilt und stand nun telefonierend im Flur zwischen Küche und Toilette, während die Wirtin im Gastraum ein Bier für mich zapfte.

„Ich bin es. Heiko Junker ist tot. Er wurde erschossen. Die hätten auch mich fast erwischt. Du musst mir helfen. Ohne Auto bin ich aufgeschmissen. Taxi kann ich nicht riskieren. Die wissen dass ich zu Fuß unterwegs bin und hören bestimmt den Taxifunk ab. Das waren Profilkiller."

„Dieter beruhige dich. Erzähl mal von Anfang an."

Ich schilderte meinem Freund die Geschehnisse in allen Details. Zum Glück behielt Frank einen kühlen Kopf und meinte schließlich:

„Ein Freund von mir wohnt ganz in der Nähe. Ich rufe ihn an und sage ihm, dass er dich abholen soll."

„Danke. Ich weiß nicht was ich ohne dich machen würde."

„Kein Problem. Ich mache mich sofort auf den Weg nach Manderscheid."

Nach dem Telefonat setzte ich mich an die Theke und kippte mein Bitburger gierig hinunter. Ein kurzer Fingerzeig genügte und schon zapfte mir die Wirtin ein weiteres Bier an.

Diesmal ließ ich mir mehr Zeit und dachte, während ich den herben Gerstensaft genoss, darüber nach, wie die Killertwins Heiko und mich hatten finden können.

War mir vielleicht doch jemand gefolgt?

Plötzlich wurde die Kneipentür mit einem kräftigen Ruck aufgezogen. Ein hereinblasender Windhauch wehte eine der unpassenden Tischdeckchen von der Theke.

„Dieter Schulz? Frank Schneider schickt mich. Ich soll Sie abholen."

Weil ich der einzige Gast war, hatte sich der Unbekannte mit seiner Ansprache direkt an mich gewandt. Er war ein attraktiver junger Mann, Mitte dreißig, mit dunkelblondem Haar und durchtrainierter Figur.

„Mein Name ist Stefan Candels. Ich bin ein guter Bekannter von Frank.", stellte er sich vor.

„Freut mich, Sie zu sehen. Bitte schließen Sie die Tür und kommen Sie rein."

„Bitte nennen Sie mich Stefan. Wenn man mich siezt, komme ich mir so alt vor."

„Ok, Stefan. Ich bin Dieter. Trinkst du ein Bier?"

„Oh, nein. Ich habe keine Zeit. Wir müssen sofort los. Meine Freundin wartet bestimmt schon, weil ich spät dran bin. Wir wollen noch ins Kino nach Daun."

Ich rümpfte die Nase. Frank hatte dem Jungen nicht erzählt worum es hier ging. Er riskierte sein Leben für mich und wusste nichts davon. Das konnte und wollte ich so nicht akzeptieren. Ich ging mit Stefan an einen der hinteren Tische im Gastraum, so dass die Wirtin uns nicht hören konnte und erläuterte ihm die Situation.

Kreidebleich sah er auf seine zitternden Finger.

„Ich mache es", sagte er schließlich.

„Danke."

„Wir fahren aber jetzt sofort."

„Klar. Nur schnell hier weg."

„Ich hole den Wagen und fahr direkt vor die Tür."

„Gute Idee."

Stefan Candels verließ das Lokal. Es war beeindruckend, welche Gefahren er auf sich nahm, um einen ihm unbekannten Mann zu helfen.

„Netter Junge!", sagte ich zu der Wirtin.

„Nicht so nett wie Sie…", antwortete sie mit einem Lächeln, das ich nicht so recht zur deuten wusste.

„Oh, danke. Ich bin übrigens Dieter."

„Mein Name ist Marlies, aber alle nennen mich nur Lieschen. Während sie das sagte, tätschelte Lieschen meine Hand und augenblicklich verspürte ich ein seltsames Prickeln in der Luft.

„Willst du nicht heute bei mir bleiben? Ich könnte die Kneipe schließen. Ist ja eh nichts los", fragte Lieschen, während sie sich über die Oberlippe leckte.

Für einen kurzen Moment war ich geneigt, ihr verführerisches Angebot anzunehmen, wurde aber durch das Quietschen von Autoreifen, gefolgt von einem Hupen aus meinen schmutzigen Gedanken gerissen.

Stefan Candels stand vor der Tür und wartete auf mich.

„Tut mir leid. Ich muss los. Vielleicht ein anderes Mal", antwortete ich und gab Lieschen einen Kuss auf Wange.

„Was bin ich schuldig?", wollte ich wissen.

„Nichts, Süßer. Das geht aufs Haus."

„Oh! Danke."

„Komm mal wieder vorbei!", verabschiedete Marlies mich, als ich die Kneipentür öffnete.

Draußen war es bereits dunkel geworden und die Straßenbeleuchtung spiegelte sich auf der Motorhaube von Stefans getuntem Passat. Ich sah mich rasch nach allen Seiten um und öffnete erst, als ich nichts Verdächtiges erkennen konnte, die Beifahrertür. Hastig stieg ich ein und ließ mich auf den Beifahrersitz fallen.

„Na, das wurde aber auch Zeit", hörte ich plötzlich eine Stimme mit russischem Akzent vom Rücksitz. Durch die getönten Scheiben hatte ich nicht gesehen, dass sich jemand, genauer gesagt die Zwillinge auf der Rückbank befanden.

„Fahr los!", befahl einer der Gorillas.

Während Stefan den Gang einlegte, sagte er: „Es tut mir leid."

Ich sah ihn an und merkte, wie die Tränen in meine Augen schossen.

„Nein, Stefan. Es tut mir leid, dass ich dich hier reingezogen habe."

Kapitel 5:

„Ich erinnere mich. Stefan Candels ist aus ungeklärter Ursache mit seinem Passat von der Fahrbahn abgekommen, durch das Geländer am Manderscheider Burgenblickparkplatz gekracht und in die Tiefe gestürzt. Wir waren uns nicht sicher, ob es sich um einen Verkehrsunfall oder Suizid handelte", unterbrach der Terrier meine Ausführungen.

„Ich schätze, Sie können beide Theorien ausschließen. Es war Mord!"

„Sofern ich Ihrer Geschichte glauben schenke. Wo bitte schön ist die Leiche von Heiko Junker? Es wurde kein Toter gefunden."

„Bei den Zwillingen handelt es sich um Profikiller. Entweder sie lassen es wie einen Unfall aussehen oder sie beseitigen die Leiche für immer."

„Sie erzählen mir hier eine Geschichte von dubiosen Söldnern, vergessen aber zu erwähnen, dass auch Sie kaltblütig auf eine Frau geschossen haben."

Ich fahre mir mit der Hand an die Stirn, verharre einen Moment und schlage schließlich vor: „Ich werde von vorne anfangen, dann verstehen Sie alles.

„Na, dann legen Sie los"

Wir fuhren von Lieschens Kneipe auf direktem Weg zum Parkplatz Burgenblick. Dort musste ich in einen dunklen Audi mit ebenfalls getönten Scheiben umsteigen. Während einer der Zwillinge mich in den Audi begleitete, blieb der andere bei Stefan Candels.

„Schlüssel her, rein da und Schnauze halten!" forderte mein Zwilling. Beeindruckt von der MP 5 in meinem Nacken zog ich Franks Autoschlüssel aus der Tasche und warf ihn dem Killer vor die Füße. Wütend schubste er mich auf die Rückbank des Audis.

„Die Fenster sind aus Panzerglas. Die Türen haben Kindersicherung. Versuch erst gar nicht, abzuhauen!", fauchte er mir hinterher und knallte die Tür zu.

Ich richtete mich rasch auf und sah auf dem Fahrersitz einen fast jugendlich wirkenden Araber. Eine dicke Plexiglasscheibe trennte uns voneinander und machte eine Kommunikation in meinem schallisolierten Gefängnis ohne Mikrofon unmöglich. Während ich mit meinem Chauffeur langsam vom Parkplatz rollte, sah ich wie sich einer der Zwillinge an Stefans Auto zu schaffen machte.

+++

Der junge Araber saß starr vor dem Lenkrad und ließ sich selbst von meinen heftigen Fausthieben gegen die Plexiglasscheibe nicht aus der Ruhe bringen.

„Halt an! Du beschissene Drecksau. Halt an! Was habt Ihr mit dem Jungen vor? Ihr Schweine…"

Mir schossen die Tränen in die Augen, wusste ich doch, dass die Zwillinge Stefan Candels ermorden würden. Trauer und Hass vermischte sich zu einem unberechenbaren Hormoncocktail und trieben mich an den Rand eines Nervenzusammenbruchs. Wuterfüllt drückte ich meine Schulter gegen die Rückbank, trat mit beiden Füßen so fest es ging gegen die Plexiglasscheibe und schrie:

„Jetzt halt endlich an, du dumme Sau. Ich bring dich um, du verdammter Kameltreiber!"

Unbeeindruckt von meinen Drohungen fuhr der Araber wenige Minuten später auf die A1 in Richtung Trier auf.

Irgendwo zwischen den Anschlussstellen Hasborn und Wittlich ergab ich mich der scheinbar ausweglosen Situation und ließ mich erschöpft auf die Rückbank fallen. Ich musste meine Kräfte schonen für die Dinge, die mich noch erwarten würden.

Kurz vor Trier nahmen wir die Ausfahrt Ehrang, fuhren weiter über die die B 52 in Richtung A602. Zehn Minuten später, die B52 ging gerade in die A602 über, drückten Lieschens Bier fast unerträglich auf meine Blase.

Ich biss auf die Zähne und betete, dass wir unser Ziel in Kürze erreichen würden.

Während meine Blase sich zunehmend füllte und der Druck mir kalten Schweiß auf die Stirn trieb, hämmerte ich gegen die Scheibe.

„Ich muss pissen. Halt an, du Schwachkopf, oder ich pinkel ins Auto."

95

Mein Chauffeur zeigte, wie von mir befürchtet, erneut keine Reaktion und steuerte das Fahrzeug weiter auf der A602 in Richtung Luxembourg.

Plötzlich wurde mir klar, wohin mich der arabische Schnösel bringen wollte. Er chauffierte mich direkt zu Emir Ab Shabal. Das war die einzig logische Erklärung.

Mit schmerzverzerrter Stimme schrie ich: „Bitte halt an. Ich muss ganz dringend zur Toilette. Bitte, ich halt das nicht mehr aus."

Der Araber trat das Gaspedal durch und erhöhte dadurch die Geschwindigkeit um zwanzig bis dreißig Kilometer pro Stunde.

„Leck mich doch am Arsch!", fluchte ich, öffnete meinen Hosenschlitz und erleichterte mich hinter dem Fahrersitz.

Mein verkrampftes Gesicht wich einem zufriedenen Lächeln. Endlich ging es mir besser und ich konnte mir Gedanken darüber machen, was Emir Ab Shabal mit mir vorhatte.

+++

„Bitte nehmen Sie Platz, Herr Schulz. Ich freue mich, Sie endlich persönlich kennenzulernen.", begrüßte mich Emir Ab Shabal.

Mein Chauffeur hatte mich, nachdem er den Audi in der Tiefgarage von ES Enterprises abgestellt hatte, zu einem Aufzug geleitet, der von der Garage direkt zum Büro von Emir Ab Shabal geführt hatte. „Der Boss erwartet Sie!", hatte der Araber daraufhin gesagt und mich in den Aufzug geschubst. Nach einer geschätzten Minute, in der ich völlig allein im Aufzug nach oben gefahren war, hatte sich die Fahrstuhltür geöffnet und ich blickte ins Büro von Emir Ab Shabal.

„Die Freude kann ich nicht teilen", antwortete ich, verließ den Aufzug und nahm am Schreibtisch des Iraners Platz.

Emir Ab Shabal war ganz das Gegenteil seines Bruders. Er sah nicht aus wie ein Terrorist, oder besser gesagt, wie man sich Terroristen vorstellt.

Er hatte pechschwarze kurze Haare, trug einen dunklen Designeranzug und im Gegensatz zu Abu Shabal hatte er keinen Bart. An seiner linken Hand trug er einen dicken Diamantring, passend zu den ebenfalls mit Diamanten besetzten Manschettenknöpfen.

Er machte keinen Hehl aus seinem Reichtum und wirkte auf mich überheblich, arrogant und selbstverliebt. Er saß hinter seinem Schreibtisch in einem Ledersessel und zog an einer kubanischen Zigarre.

„Ich möchte mich für die Unannehmlichkeiten entschuldigen. Kann ich Ihnen einen Tee anbieten?"

„Sparen Sie sich Ihre Floskeln. Was wollen Sie von mir?", brummte ich.

Der Iraner beugte sich nach vorne und blies mir eine Wolke Zigarrenrauch ins Gesicht.

„Sie besitzen etwas, das mir gehört."

Ich tat unwissend und zuckte mit den Schultern.

„Keine Ahnung, was Sie meinen."

Emir Ab Shabals zuvor ruhige Stimme änderte augenblicklich ihre Tonlage.

„Versuchen Sie nicht, mich zu verarschen. Wo ist das Virus, das Sie aus meinem Labor entwenden ließen?"

„Ich weiß es nicht."

„Wollen Sie sich tatsächlich mit mir anlegen?"

Emir Ab Shabal griff nach der Fernbedienung auf seinen Schreibtisch und deutete auf einen 50-Zoll-Flat-Screen an der Wand.

„Sie werden mir alles erzählen", fauchte er in überheblicher Tonlage und drückte auf die Fernbedienung.

Mein „Fick dich", blieb mir im Halse stecken, als ich realisierte, was auf dem Bildschirm zu sehen war.

Meine Frau und mein Sohn saßen in einem kahlen Raum ohne erkennbare Fenster in einer Ecke und waren dort an einen rostigen Heizkörper gefesselt.

„Du verdammtes Mistschwein. Wenn du ihnen etwas antust, dann bringe ich dich um", drohte ich.

„Herr Schulz, ich versichere Ihnen, wenn Sie kooperieren, wird den Beiden nichts geschehen."

„Also gut. Was wollen Sie?"

„Ihr Mitarbeiter hat diverse hochbrisante Daten, sowie mehrere Virenstämme aus einem meiner Labore entwendet. Ich will die Datendisk und die Viren zurück, sowie den Namen des Auftraggebers."

Ich stutzte für einen kurzen Moment, ließ mir meine Überraschung aber nicht anmerken. Wenn Emir Ab Shabal nicht im Besitz des Datensticks war, wer hatte dann den Doktor ermordet?

Emir Ab Shabal zog an seiner Zigarre, schaltete das Fernsehgerät aus und forderte: „Sie haben ja schon Bekanntschaft mit den Zwillingen gemacht, so dass ich auf die Vorstellung ihrer besonderen Fähigkeiten verzichten kann. Herr Schulz, Sie werden die Beiden zu Ihrem Auftraggeber führen und die Virusstämme zurückholen."

Ich verstand nicht, was das sollte. Wie kam er darauf, dass ich die Viren im Auftrag eines Dritten gestohlen hatte? Um mehr zu erfahren, bluffte ich: „Das wird aber nicht einfach. Der Auftraggeber hat seine Identität geheim gehalten."

Die Zigarre des Konzernchefs war mittlerweile bis auf einen kleinen Stumpf herabgebrannt, den er in einem goldenen Aschenbecher ausdrückte, bevor er mit ernster Miene erklärte: „Meine Möglichkeiten übersteigen die Ihren bei weitem. Liefern Sie mir alles, was Sie über Ihren Kunden wissen, und ich werde sehen, was meine Leute herausfinden können."

„Scheiße!", dachte ich. Jetzt hatte ich mir ein Eigentor geschossen. Wie kam ich aus dieser Situation wieder raus?

„Vor einigen Tagen wurde auf Ihr Bankkonto eine Bareinzahlung in Höhe von einer Millionen Euro veranlasst. Das bedeutet, die gestohlen Daten und die Virusstämme wurden bereits übergeben. Wo und wie hat die Übergabe stattgefunden?", wollte er wissen.

Langsam wurde mir klar, welchem Trugschluss der Terrorist erlegen war. Emir Ab Shabal glaubte tatsächlich die Millionen, die Holger Rößler auf mein Konto eingezahlt hatte, seien als Entlohnung für den Virusdiebstahl geflossen. Vermutlich war ich allein aus dem Grund noch am Leben. Er glaubte Franz Franzen hätte im Auftrag der Detektei gehandelt. In Wirklichkeit hatte ich den ungewöhnlich hohen Geldbetrag erhalten, damit ich diverse Einzelheiten meines letzten Falles, insbesondere die Beteiligung eines Profikillers, der äußersten Wert auf Diskretion legte, für mich behalte. Bei dem überaus wohlhabenden Killer handelte es sich um einen Milliardär, dessen Leidenschaft darin bestand, Pädophile, Vergewaltiger und Mörder zu eliminieren. Der Milliardär war ein guter Freund von Holger und ich wurde den Verdacht nicht los, dass er den Milliardär in der Vergangenheit bereits bei dem ein oder anderen „Unternehmen" begleitet bzw. unterstützt hatte.

Plötzlich hatte ich eine Idee. Sie war gewagt und beruhte auf der Hoffnung, dass Emir Ab Shabal nicht wusste, dass Heiko Junker ein Komplize von Franz gewesen war. Ich beugte mich nach vorne und tat verärgert: „Ihre zwei hirnlosen Eierköpfe haben den einzigen Kontakt zu meinem Auftraggeber vor etwas mehr als zwei Stunden in Manderscheid erschossen."
Emir An Shabal war für einen kurzen Moment sprachlos. Ich nutzte den Moment und fragte: „Wie haben die Zwillinge mich überhaupt dort gefunden?"
„Lassen Sie mich ein wenig ausholen. Vor einigen Monaten kam meinem Bruder Abu Shabal die Idee, unsere Homepage mit einem versteckten Chatroom zu verlinken. Die geheimen Zugangsdaten wurden an Verbündete in aller Welt versandt. Das war Abus Idee. In meinen Augen totaler Schwachsinn. Trotz heftigen Protests beugte ich mich schließlich dem Willen meines Bruders, was sich im Nachhinein als ein fataler Fehler entpuppte. Einer unserer Verbündeten muss unsere Pläne an Ihren Auftraggeber verraten haben.
Mein Bruder musste für seinen fatalen Fehler bezahlen und bekam von mir die Anweisung Franz Franzen und danach sich selbst zu töten. Obwohl ich mir aufgrund der Einzahlung auf Ihr Konto sicher war, dass Sie die Daten und Viren bereits verkauft hatten, war Mohamed Abdull der Meinung, Franz Franzen hätte ohne Ihr Wissen gehandelt. Ich gab ihm zwei Tage Zeit, seine Vermutung zu beweisen. Er durchsuchte Franzens Wohnung und stieß dort auf eine Beschreibung der Angelhütte und den Hinweis, dass Ihr Mitarbeiter den Datenstick in einem mit Sprengfallen gesicherten Safe in jener Hütte aufbewahrt. Mohamed hat Sie unterschätzt. Glauben Sie mir Herr Schulz, diesen Fehler wollte ich nicht wiederholen. Ich ließ Ihnen in der Quarantänestation einen Peilsender in die Schulter einpflanzen, so dass die Zwillinge Ihnen in sicherem Abstand zu dem Kontaktmann folgen konnten."
Emir Ab Shabal griff nach dem Telefonhörer, wählte eine Nummer und plärrte seinen Gesprächspartner an: „Ich will alles über den Typ wissen, den ihr im Wald erschossen habt und zwar noch diese Nacht."

„Was haben Sie jetzt vor?", fragte ich.

„Wir warten! Erklären Sie mir in der Zwischenzeit bitte, wie Sie es schafften, mein Sicherheitssystem zu überwinden und die REX-Viren zu stehlen."

Ich schilderte dem Terroristenführer den Einbruch in allen mir bekannten Einzelheiten. Lediglich das kleine Detail, dass der Einbruch nicht von mir, sondern von Heiko Junker durchgeführt wurde, verschwieg ich. Als ich mit meinen Ausführungen ans Ende gelangte, fragte ich:

„Was haben Sie mit dem REX-V vor? Sie wollen doch nicht ernsthaft die ganze Menschheit vernichten?"

„Natürlich nicht. Sehen Sie sich um. Ich bin kein religiöser Fanatiker. Mein Bruder hatte religiöse Gründe für sein Handeln. Ich hingegen bin ein sehr pragmatischer Mensch. Glauben ist etwas für Schwache und Dumme. Es war ein Leichtes, meinen Bruder und weitere Al Quaida Krieger für mein Vorhaben zu begeistern und ihnen den Eindruck zu vermitteln, ich sei ernsthaft an einer Vernichtung der westlichen Welt, insbesondere der USA interessiert. Ich scheute keine Kosten und Mühen, um eine waffenfähige Virusvariante entwickeln zu lassen. Mit dem Alpha-Typ des REX-V ist uns die Herstellung des ultimativen Killervirus gelungen. Einmal freigesetzt, lässt sich die Vernichtung der menschlichen Spezies nicht mehr verhindern.

Die Inkubationszeit beträgt beim Alpha-Typ mehrere Wochen. In dieser Phase ist das Virus höchst ansteckend, aber im Blut nicht nachzuweisen. Das Alpha-Virus kann sich unerkannt über den gesamten Erdball ausbreiten. Sobald das Virus ausbricht, tötet es seinen Wirt in wenigen Stunden. Eine Impfung ist nur prophylaktisch wirkungsvoll, das heißt vor der Infektion. Bisher ist die Herstellung eines Impfstoffes zu aufwendig und kostenintensiv, so dass eine flächendeckende Impfung nicht möglich ist. Kurz gesagt, das Alpha Virus eignet sich nicht als biologische Waffe und ist schlichtweg nutzlos.

REX-V Beta hingegen ist die waffenfähige Virusvariante, die mir Milliarden bringen wird. Ähnlich wie die Alpha-Variante ist REX-V Beta hochansteckend. Die Inkubationszeit beträgt allerdings nur 8-10 Stunden. Danach treten die ersten Symptome in Form von Hustenanfällen, Schweißausbrüchen, Fieber und Schüttelfrost auf. Innerhalb kürzester Zeit kommt es zu Blutungen der inneren Organe, was unweigerlich zu Bewusstlosigkeit und Kreislaufversagen führt. In der letzten Stufe, wir sprechen hier von einem Zeitfenster von 15-20 Stunden nach der Infektion, kommt es zu heftigen Blutungen aus Augen, Nase, Ohren und Mund des Infizierten. Keiner unserer Versuchsschimpansen überlebte die 24 Stunden Marke, was analog auf den Menschen angewendet werden kann.

Ein weiterer Vorteil der Beta-Variante besteht darin, dass der Impfstoff auch noch während der Inkubationszeit eingenommen werden kann und somit für die biologische Kriegsführung überaus interessant ist. Die Herstellung des Impfstoffes in größeren Mengen ist zurzeit zwar noch nicht möglich, dieses Problem sollte aber in den nächsten Monaten gelöst sein, sofern Sie mir die Forschungsdaten besorgen."

Um seinem letzten Satz mehr Ausdruck zu verleihen, schaltete Emir Ab Shabal den Bildschirm noch einmal an und deutete auf meine Familie.

„Wäre doch schade, wenn den Beiden etwas zustoßen würde."

„Ich werde Ihnen den Datenstick und das Virus besorgen", antwortete ich. Wenn ich meine Familie retten wollte, blieb mir nichts Anderes übrig, als den Forderungen des Iraners nachzukommen.

Emir Shabal griff erneut nach seinem Telefon und wählte eine Nummer:

„Wie sieht es aus? Habt ihr die Informationen?", fragte er die Person am anderen Ende der Leitung.

Nickend, mit teils überraschtem Gesichtsausdruck lauschte Emir Ab Shabal den Ausführungen seines Gesprächspartners und beendete schließlich das Telefonat mit einem zufriedenen Lächeln.

„Die Zwillinge haben Ihren Kontaktmann überprüft. Es handelt sich dabei um den seit Jahren flüchtigen Mörder und Einbrecher Heiko Junker. Im Rufjournal seines Handys fanden meine Leute eine Nummer, die er in den letzten Tagen vermehrt kontaktierte. Der Anschluss gehört einer gewissen Karin Dringen. Sagt Ihnen der Name etwas?"

Ich schüttelte den Kopf. Der Name war mir vollkommen unbekannt.

Emir Ab Shabal zündete sich eine neue Zigarre an, zog den Rauch mit zwei kräftigen Zügen in seine Lunge und blies ihn kurze Zeit später in dicken Ringen zur Decke. Dann erklärte er in seiner über-

heblichen Art und Weise: „Die Zwillinge haben Karin Dringen natürlich auch überprüft. Das Miststück arbeitet für mich. Können Sie sich das vorstellen? Sie ist Virologin und arbeitet in Level 2."
Die Überraschung stand mir ins Gesicht geschrieben. Trotzdem versuchte ich mir nichts anmerken zu lassen. Heiko Junker war ein cleverer Hund gewesen, soviel stand fest. Vermutlich hatten die gestohlenen Virusbehälter das Gebäude von ES Enterprises nie verlassen. Ich war mir fast sicher, dass Junker die Viren in jener Nacht lediglich aus Level 5 gestohlen und zu seiner Komplizin in Level 2 verbracht hatte.
Emir Ab Shabal riss mich aus meinen Gedanken und versuchte eine für ihn logische Erklärung: „Diese Dringen muss die Informationen über unser Sicherheitssystem an diesen Junker verkauft haben. Sie hat mich hintergangen und mein Vertrauen missbraucht. Dafür muss das Miststück bezahlen."
Der Iraner öffnete seine Schreibtischschublade und zog eine P99 hervor, die mir verdächtig bekannt vorkam.
„Herr Schulz, erkennen Sie die Waffe? Es ist Ihre Pistole! Da wir nun quasi Geschäftspartner sind, verlange ich einen Beweis Ihrer Loyalität. Wenn Sie nicht wollen, dass Ihrer Familie etwas zustößt, werden Sie die Verräterin für mich eliminieren."
„Niemals! Ich werde für Sie doch nicht zum Killer."
Während Emir Ab Shabal mich kopfschüttelnd ansah, griff er nach dem Telefonhörer, drückte die Kurzwahltaste und plärrte in wütender Tonlage in den Hörer: „Herr Schulz lehnt eine Zusammenarbeit ab. Ivan, es wird Zeit, meiner Bitte etwas mehr Nachdruck zu verleihen"
Mit einer bösen Vorahnung im Nacken sah ich auf den Bildschirm. Simone und Maximilian hockten immer noch mit den Händen angebunden an der alten Heizung und weinten. Meine Frau trug ein weißes T-Shirt und eine blaue ihre hervorragende Figur betonende Jeans. Die rote Strickweste, die sie im Krankenhaus getragen hatte, war um Maximilians Schultern gelegt, vermutlich um ihn in dem kalten fensterlosen Raum vor der Kälte zu schützen.
Plötzlich wurde die Tür zur Zelle aufgerissen und einer der Zwillinge betrat den Raum. Mit starren roboterähnlichen Bewegungen ging der Russe auf Simone zu, durchtrennte mit einer Art Fleischermesser ihre Handfesseln, packte sie am Hals und wuchtete sie nach oben. Mit regungslosem Gesichtsausdruck bewegte er das Messer in Simo-

nes Gesicht und schnitt ihr, während ich schreiend aufsprang, die Nase ab. Ihr Blut sprudelte unaufhörlich aus der Wunde und lief fast fontänenhaft zu Boden. Das weiße Shirt färbte sich dunkelrot und ich glaubte, obwohl es keinen Ton gab, ihre Schreie zu hören.

Der Russe warf sie gegen den Heizkörper, sah kurz zur Kamera, nickte gehorsam und verließ dann den Raum ebenso hölzern, wie er ihn betreten hatte.

Emir Ab Shabal sah in mein fassungsloses Gesicht und meinte: „Herr Schulz, dafür tragen alleine Sie die Verantwortung. Wenn Sie nicht kooperieren, ist ihr Sohn der Nächste."

Das war zu viel für mich. Ich sah rot. Obwohl ich mich hätte beherrschen sollen, sprang ich, angetrieben von einer unbeschreiblichen Wut, auf den Schreibtisch und trat dem arroganten Mistkerl mit voller Wucht ins Gesicht.

Völlig überrascht von meinem Angriff hatte er keine Ausweich- oder Abwehrbewegung zustande gebracht und musste die geballte Ladung meines Trittes einstecken. Durch die Wucht kippte er mit dem Stuhl nach hinten und blieb mit aufgeplatzter Schläfe in leicht benommenem Zustand hinter seinem Schreibtisch liegen.

Fast zeitgleich wurde eine unscheinbare Seitentür, die mir bis zu diesem Moment nicht aufgefallen war, weil sie in die Holzvertäfelung der Wand eingelassen war, aufgerissen und der junge Chauffeur stürmte in den Raum. Obwohl er bestimmt zwei Köpfe kleiner und wesentlich schmächtiger war als ich, rannte er angriffsmutig mit geballten Fäusten auf mich zu.

Hastig sprang ich auf den Boden und griff nach meiner Pistole, die immer noch auf dem Schreibtisch lag.

„Bleib stehen oder ich schieße", schrie ich und richtete die Waffe auf den Angreifer. Der Araber zeigte keine Reaktion.

Mir blieb keine andere Wahl. Ich drückte ab.

Es machte Klick! Die Pistole war nicht geladen.

Verärgert ließ ich die Waffe fallen und ballte blitzschnell die Fäuste. Ein vergebliches Unterfangen.

Der Chauffeur sprang unmittelbar vor mir hoch und ließ seine Beine wie die Rotoren eines Hubschraubers durch die Luft tanzen. Ohne den Hauch einer Chance traf mich eine Serie von Karatetritten an den Kopf. Ich sackte benommen zu Boden. Der Versuch, mich aufzurichten, wurde durch einen weiteren Kick in mein Gesicht bereits im Keim erstickt.

Der Araber beugte sich nach vorne und zischte mit fast kindlich wirkender Stimme: „Wir werden uns in Kürze bei Ihnen melden. Falls Sie nicht kooperieren oder die Polizei einschalten, ist Ihre Familie tot."

Dann packte er mich am Hemdkragen und versetzte mich mit einem Kopfstoß ins Reich der Träume.

+++

Als ich wieder zu mir kam, wusste ich für einen kurzen Moment nicht wo ich war. Erst als ich den schimmligen Geruch wahrnahm, realisierte ich, dass ich mich in meinem Büro befand. Ich lag im Bett eines von mir notdürftig eingerichteten Schlafraums, der eigentlich als Aktenlager diente. Nachdem meine Frau mich zuhause rausgeworfen hatte, hatte ich mich mit dieser Notlösung arrangiert. Leider war der Altbau feucht und es roch muffig, aber mit Ausnahme meines letzten Falles hatte meine Arbeit als Detektiv nicht gerade viel abgeworfen und ich hatte kein Geld für Wohnung und Büro gehabt. Dies würde sich nun mit dem Schweigegeld des Profikillers ändern. Vorausgesetzt ich überlebte den aktuellen Fall.

„Das wurde aber auch Zeit", sagte Frank als ich die Augen aufschlug. Er saß neben mir am Bett und wischte mit einem feuchten Lappen über meine Stirn.

„Dieter, man hat dich ganz schön zugerichtet."

Ich brauchte einen Moment, um eine Antwort zu formulieren.

„Es ging mir schon besser."

„Ich habe ehrlich gesagt nicht damit gerechnet, dich noch einmal lebend wiederzusehen, nachdem ich gehört habe, dass Stefan Candels mit dem Auto den Abhang hinuntergestürzt ist."

„Du hättest den Jungen nicht in die Sache hineinziehen dürfen", warf ich meinem Freund vor. Frank machte ein betrübtes Gesicht.

„Als ich in Manderscheid ankam, war die Feuerwehr bereits mit der Bergung seines Fahrzeugs beschäftigt. Glaube mir, ich bereue meine Entscheidung zutiefst."

„Das bringt ihn auch nicht wieder zurück."

„Dieter hör auf! Es war ein Fehler. Das weiß ich. Erzähl mir lieber, was in Manderscheid geschehen ist."

Ich berichtete Frank von meinen Zusammentreffen mit Shabal. Staunen und Entsetzen wechselten sich in seinem Gesicht ab.

Mit besorgter Miene reichte er mir ein Blatt Papier und erklärte: „Als ich dich vor einer Stunde bewusstlos vor deinem Schreibtisch fand, lag dieser Brief neben dir auf dem Boden. Das solltest du dir ansehen. Sieht nach deinem Mordauftrag aus."

Obwohl die Buchstaben des Computerausdrucks vor meinen Augen noch leicht verschwommen wirkten, verstand ich den Zusammenhang durchaus.

Ihre Zielperson wird heute Abend den „Prümer Sommer" besuchen. Sie werden sich punkt acht Uhr an eine der Bierzeltgarnituren setzen und weitere Anweisungen abwarten.

Wir erwarten einen gezielten Schuss in Brust oder Kopf der Zielperson.

„Was hast du jetzt vor?", fragte Frank, als er mein nachdenkliches Gesicht sah.

„Zuerst muss ich den beschissenen Peilsender in meiner Schulter loswerden."

„Vergiss das lieber mal. Jede Manipulation daran könnte für deine Familie das Todesurteil bedeuten."

Mein Freund hatte Recht. Ich konnte es nicht riskieren, den Peilsender aus der Schulter zu doktern. Vielmehr musste ich meinen Plan, den ich mir gerade zurechtgelegt hatte, ummodeln.

„Frank, ich brauche noch einmal deine Hilfe!", bat ich.

„Klar! Was immer du willst..."

Plötzlich klingelte es an der Tür.

„Wer kann das sein?", wollte ich wissen.

„Keine Ahnung. Ich sehe mal nach."

„Unter dem Bett liegt Holgers Armbrust. Nimm die lieber mit", schlug ich vor.

„Denkst du, es könnte der Araber sein?"

„Wäre möglich!"

Frank beugte sich nach vorne und tastete nach Holgers Spezialwaffe, die er kurze Zeit später unter dem Bett hervorzog.

„Ich habe keine Ahnung, wie man mit so was umgeht", meinte mein Freund, während er den Aktenraum verließ und zur Haustür marschierte.

Bereits wenige Sekunden später kam er freudestrahlend in Begleitung von Holger zurück.

Angesteckt von Franks Strahlen, begrüßte ich meinen Mitarbeiter: „Holger! Was für eine Überraschung! Hat das BKA dich freigelassen?"

Der Hüne nickte grinsend. „Hauptkommissar Wielwers konnte die Terroranschuldigungen gegen mich nicht aufrechterhalten. Wie ich dir bereits sagte, habe ich Beziehungen im BKA, die meine Freilassung beschleunigt haben."

„Ich sitze wirklich sehr tief in der Scheiße!", klagte ich und sah meine Freunde an. „Aber ich habe eine Idee, wie ich da wieder rauskomme."

In der folgenden Stunde brachte ich Holger auf den aktuellen Stand und schilderte den Beiden in der Hoffnung, dass sie mich unterstützten, meinen waghalsigen Plan.

Als die Beiden gegangen waren, legte ich mich schlafen. Immerhin hatte ich noch ein paar Stunden Zeit bis das Volksfest „Prümer Sommer" beginnen würde. Der Festplatz lag zum Glück nur wenige Minuten von meiner Detektei entfernt, so dass ich beschloss, bis sieben Uhr zu schlafen.

+++

Kapitel 6:

Plötzlich klopft es an der Tür. Der Terrier, sichtlich verärgert über die Störung schreit: „Ja!"
Eine junge Polizistin öffnet die Tür einen kleinen Spalt und steckt den Kopf in den Raum.
„Entschuldigen Sie die Störung, Herr Klein, aber die Herren vom BKA sind gerade eingetroffen und verlangen, dass wir Dieter Schulz übergeben."
„Bestellen Sie den Herren bitte, dass ich hier die Ermittlungen leite und mich nicht länger bevormunden lasse."
„Ich glaube nicht, dass die Herren sich von mir in die Schranken weisen lassen. Vielleicht wäre es besser, Sie sprechen selbst mit den Beiden."
Der Terrier brummt irgendetwas Unverständliches vor sich hin. Schließlich erhebt er sich und hinkt zur Tür.
„Ich komme", sagt er zu der Beamtin, dann dreht er sich zu mir und meint:
„Bin gleich zurück."
Nach geschätzten zehn Minuten kommt der Terrier mit tief verärgerter Miene zurück und brummt: „Ich kann die Beiden nicht mehr lange vertrösten. Die Anzugträger wollen unbedingt mit Ihnen sprechen. Also kommen Sie endlich zum Punkt."
Ich beuge mich nach vorne und flüstere: „Was ich Ihnen jetzt erzähle, bleibt unter uns. Das müssen Sie mir versprechen. Davon hängt das Leben meiner Familie ab."
Der Terrier sieht mir in die Augen.
„Herr Schulz, Sie können sich darauf verlassen."
„Also gut", flüstere ich und beuge mich noch etwas mehr nach vorne.

Holger war bereits kurz vor achtzehn Uhr nach Luxembourg aufgebrochen. Seine Aufgabe in meinem Plan war die waghalsigste. Er sollte, während ich auf dem „Prümer Sommer" die weiteren Instruktionen der Terroristen abwartete, bei ES Enterprises einbrechen und meine Familie befreien. Ich war mir sicher, dass sich Simone und Maximilian in unmittelbarer Nähe von Emir Ab Shabals Büro befinden mussten. Hatte ich doch Simones Schmerzensschreie bis ins Büro des Konzernchefs gehört.

Als ehemaliger Einzelkämpfer und Elitesoldat war Holger der einzige Mensch, dem ich die Befreiungsaktion zutraute. Blieb nur zu hoffen, dass das relativ kleine Zeitfenster für die Mission ausreichte.

Gegen halb acht drängte ich mich durch die Feiernden des „Prümer Sommer". Wie abgesprochen kaufte ich mir am Grillstand eine Bratwurst. Die Rolle des dicken Wurstverkäufers stand Chippy äußerst gut. Er war wie dafür gemacht und niemand, nicht einmal Emir Ab Shabal würde bei seinem Anblick Verdacht schöpfen. Mein Bratwurstkauf war für Chippy das Signal, dass ich Emir Ab Shabal höchstpersönlich auf dem Festplatz ausgemacht hatte. Der Konzernchef von ES Enterprises stand neben dem Verbandsbürgermeister an einem Weinstand. Die Beiden schienen sich persönlich zu kennen, zumindest schloss ich dies aus der Gestik und Mimik während ihres Gesprächs.

Angespannt nahm ich an einer der Bierzeltgarnituren Platz und biss ich in meine Bratwurst. Bisher verlief alles nach Plan. Wie erwartet war Emir Ab Shabal höchstpersönlich auf dem Volksfest erschienen, was mich aufgrund seiner überheblichen und selbstsicheren Art nicht wirklich überrascht hatte.

Kurz vor acht setzte sich Emir Ab Shabal zu mir an den Tisch und reichte mir eine kleine Schachtel. Ich öffnete sie und sah mir den Inhalt an. Fast hätte ich beim Anblick meiner P99 Freudensprünge gemacht. Mein Plan ging auf. Ich hatte Emir Ab Shabal richtig eingeschätzt. Er wollte, dass ich Karin Dringen mit meiner eigenen Waffe erschieße.

Wortlos zeigte der Terroristenführer auf eine junge blonde Frau die am Nachbartisch saß. Ich nickte, stand wortlos auf und zwängte mich durch die Feiernden. Im Gedränge zog ich die Pistole aus der Schachtel, führte unbemerkt die Platzpatrone, die ich in meiner Tasche bei mir trug, ins Magazin und legte es ein. Ich lud durch und trat vor die Blondine. Lächelnd sah sie zu mir auf.

Ich erwiderte ihr Lächeln nicht, sondern richtete die Pistole auf ihre Brust und drückte ab.

Jetzt begann Karins Teil meines ausgeklügelten Plans. Die junge Frau fasste sich wie instruiert an die Brust und drückte den dort plat-

zierten Blutbeutel auf, bevor sie sich auf den Boden fallen ließ und sehr überzeugend die Sterbende spielte. Es kam zu Schreien und Panik. Die Menschen auf dem Festplatz rannten hektisch umher. Zwei Polizisten, die sich gerade auf Fußstreife im Festgelände befanden, zogen ihre Waffen und schrien mich an.
„Waffe weg! Polizei!"
Ich ließ sofort die Pistole fallen und kniete mich auf den Boden.
Während die Polizeibeamten mir die Handfesseln anlegten, sah ich wie Frank, als Rettungssanitäter verkleidet, herbeieilte und sich über Karin beugte. Er fühlte den Puls an ihrem Hals. Mit versteinerter Miene saht er zu den Polizisten und schüttelte den Kopf.
Einer der Beamten rammte mir unterdessen sein Knie in den Rücken.
Ich fiel nach vorne und blieb auf dem Gesicht liegen.
Aus dem Augenwinkel erkannte ich Emir Ab Shabal, der das Volksfest mit zufriedener Miene verließ.
Phase zwei meines Plans, sah nun vor, möglichst viel Zeit zu gewinnen, bevor der Schwindel auffliegt. Wir mussten Karin vom Festgelände wegschaffen, bevor die Polizei den Tatort absperrt und die Leiche, die keine war, in Augenschein nimmt.
Weil die beiden Polizeibeamten mit meiner Festnahme gebunden waren, eilte Chippy herbei, wies sich als Kollege aus und erklärte sich bereit die Leiche bis zum Eintreffen von Verstärkung zu bewachen. Kaum hatten die Polizisten mit mir das Festgelände verlassen, fühlte Frank erneut Karins Puls und schrie so laut, dass es möglichst viele der Schaulustigen hören konnten: „Sie hat Puls, sie hat Puls. Wir müssen sie sofort ins Krankenhaus bringen."
Meine Freunde luden Karin umgehend in den Rettungswagen und brachten sie in Sicherheit. Um Zeit zu gewinnen, erklärte Chippy der Polizei gegenüber, dass man Karin ins Krankenhaus transportiert habe. Um alles möglichst glaubhaft darzustellen, hatte ich sogar eigens für meinen Plan einen OP angemietet und die Chirurgen mit einer nicht gerade geringen Geldspende zur Mitwirkung überredet. Ich hoffte, so genügend Zeit für Holgers Rettungsaktion gewinnen zu können.

„Darf ich Holger anrufen? Ich möchte wissen, ob der Befreiungsversuch erfolgreich war.", frage ich den Terrier.

109

„Nicht hier! Die Anzugträger stehen vor der Tür. Bitte haben Sie einen Moment Geduld. Ich versuche die Beiden abzulenken."
Wolfgang Klein erhebt sich schwerfällig vom Stuhl und verlässt den Vernehmungsraum. Geschlagene fünf Minuten später kommt er zurück und sagt:
„Ich werde Sie zur Toilette begleiten. Dort können Sie mit meinem Handy telefonieren. Danach müssen Sie sich den Fragen des BKA stellen."
Einverstanden mit dem Vorschlag des Kriminalhauptkommissars begleite ich ihn aus dem Vernehmungsraum.
Vor der Tür stehen Mr. Smith und sein Kollege von der CIA. Mit einem fetten Grinsen im Gesicht passiere ich die Beiden und folge dem Terrier zur Toilette.
„Das Lachen wird Ihnen noch vergehen", ruft Mr. Smith, während sich die Toilettentür hinter mir schließt.

„Ich hätte ihn besser Mr. Unsympathisch getauft", knurre ich während der Terrier sein Smartphone aus der Hosentasche zieht. Er tippt darauf herum und meint, ohne zu mir aufzusehen: „Heute ist ein schwarzer Tag in Ihrem Leben."
„Wie meinen Sie das?", frage ich verwundert.
Jetzt sieht mich der Terrier an und erzählt: „Vor ein paar Wochen machte ich Vertretungsdienst in der Staatsschutzabteilung der Kriminalpolizei. Just an diesem Tag erschien Ihr treuer Mitarbeiter Franz Franzen und erzählte von den Virusforschungen bei ES Enterprises."
Ich spüre, wie sich meine Halsschlagader mit Blut füllt und der rote Saft unaufhörlich in meinen Kopf gepumpt wird. Außer mir vor Wut drohe ich zu explodieren: „Sie sind die undichte Stelle! Nicht Wielwers ist der Verräter, sondern Sie!"
„Herr Schulz, Sie sollten sich beruhigen. Wenn meine Tarnung auffliegt, sterben Ihr Sohn und Ihr Freund Rößler."
„Was…Was ist mit Holger?", frage ich. Dann fällt mir auf, dass der Terrier meine Frau nicht erwähnt hat.
Die Zwillinge konnten Rößler vor wenigen Minuten in der Tiefgarage überwältigen. Fast wäre es ihm gelungen, Ihre Frau und Ihren Sohn in Sicherheit zu bringen. Zu seinem Pech konnte ich die

Zwillinge vor fünf Minuten über den Befreiungsplan informieren.
Dafür möchte ich Ihnen danken."
Ich springe nach vorne, packe den Terrier an der Gurgel und drücke ihn gegen die Wandfliesen. Er rutscht mit dem Hinterteil nach unten und bleibt auf dem Pissoir sitzen.
„Ich mach dich kalt, du fettes krankes Schwein", drohe ich mit gefletschten Zähnen.
Unbeeindruckt antwortet der Terrier: „Sie wollten Emir Ab Shabal reinlegen. Nun müssen Sie mit den Konsequenzen leben."
Obwohl ich Wolfgang Klein immer noch mit dem Kopf gegen die Fliesen presse, schafft er es sein Smartphone vor mein Gesicht zu halten.
Augenblicklich lockere ich den Griff und flehe: „Nein, bitte nicht. Ich mache alles was Sie wollen."
„Tut mir leid. Sie hatten Ihre Chance."
Im Display erkenne ich meine Frau. Man hat ihr den Nasenbereich verbunden und beide Hände auf dem Rücken zusammengebunden. Sie kniet in ihrem kahlen Verlies auf dem Boden. Maximilian und Holger sehe ich nicht, dafür aber den Araber. Er steht regungslos hinter Simone und hat eine Art Samurai Schwert zum Schlag erhoben.
„Möchten Sie Ihrer Frau noch etwas sagen?", fragt Klein mit einem hämischen Lächeln auf den Lippen.
Ich spucke ihm ins Gesicht und zische: „Wenn Sie das zulassen, werde ich Sie töten. Das verspreche ich."
„Zügeln Sie ihre Zunge, sonst ist Ihr Sohn der Nächste."
Während der Terrier sich meine Rotze aus dem Gesicht wischt, reicht er mir das Smartphone.
Weinend spreche ich in das Gerät: „Simone, es tut mir leid. Ich wollte Maximilian und dich nicht in die Sache hineinziehen. Ich liebe Dich von ganzem Herzen."
In diesem Moment rauscht das Schwert des Arabers nach unten und enthauptet meine geliebte Frau mit einem einzigen Schlag.

3. Abschnitt:

Folter

Kapitel 7:

„Im Namen Allahs des Barmherzigen und seines Propheten Mohammed. Friede sei mit ihm. Mein Name ist Yusuf Zahid und ich werde die Vereinigten Staaten von Amerika und ihre Verbündeten im Namen Allahs ihrer gerechten Strafe zuführen. Sie müssen begreifen, dass sie das größte Ungeziefer sind, das diesen Planeten jemals bevölkert hat. Sollten die USA und Europa meine Forderungen nicht erfüllen, werden weitere Virenstämme des REX-V in den großen Metropolen freigesetzt. Im Namen Allahs des Barmherzigen und seinem Propheten Mohammed. Friede sei mit ihm."

Fassungslos sehe ich den Araber an, der meiner Frau das Leben nahm. Er sitzt mir gegenüber und ist genau wie ich, nackt auf einem massiven Holzsitz fixiert. Unsere Arme sind mit Lederriemen an die Armlehnen der Stühle und die Fußknöchel an die Stuhlbeine gefesselt. Ein etwas breiteres Lederband führt quer über den Bauch und verhindert ein Aufrichten der Oberkörper.

„Was haben Sie mit uns vor?", frage ich den CIA-Agenten.

Der junge Araber, der sich selbst Yusuf Zahid nennt, und ich befinden uns in einem fensterlosen und leeren Raum. Keine Möbel, keine Gerätschaften, nicht einmal Fenster. Nur die zwei Stühle, eine flackernde Neonröhre an der Decke, wir und der CIA-Agent Erik Mathis. Die Wände weisen hier und da einige braune Flecken auf, ansonsten ist der gesamte Raum in einem langweiligen Grauton gehalten. Nur der alte Röhrenfernsehen in der Ecke und eine Wanduhr, dessen Sekundenzeiger deutlich zu hören ist, stechen aus der Leere hervor und wirken wie Überbleibsel aus einer längst vergangenen Zeit. Die Uhr zeigt zehn nach zehn.

„Ich möchte von Ihnen die Antworten auf zwei kleine Fragen. Das ist alles.", antwortet Mathis, geht zum Fernsehen und schaltet das Gerät ein. „Sehen Sie sich das hier an", sagt der Agent und dreht unsere Stühle zum Fernsehgerät.

Während ich geschockt in das Gerät starre, legt sich auf Yusuf Zahids Gesicht ein zufriedenes Lächeln.

Ein bekannter deutscher Nachrichtensender berichtet über eine Quarantäne Situation in der U.S. Air Base in Spangdahlem. Mit

besorgtem Gesichtsausdruck befragt die Moderatorin einen Repor-
ter vor Ort.

„Ich befinde mich hier vor dem sogenannten Main Gate, dem
Haupteingang zur U.S. Air Base, im Eifelörtchen Spangdahlem.
Das gesamte Gelände steht seit mehreren Stunden unter Quaran-
täne. Niemand kommt rein oder raus. Bisher ist noch völlig unklar,
weshalb die US-Streitkräfte zu solch drastischen Maßnahmen ge-
zwungen wurden. Unbestätigten Gerüchten zufolge soll innerhalb
der Air Base ein tödlicher Killervirus freigesetzt worden sein. Von
den Maßnahmen sind auch hunderte Deutsche betroffen, die in der
Air Base arbeiten.

Vor wenigen Minuten fuhren vier Sonderwagen der deutschen
Polizei an unserem Kamerateam vorbei. Die Fahrzeuge gelten als
ABC sicher, was für mich ein Indiz dafür ist, dass womöglich tat-
sächlich ein Virus in der Air Base ausgebrochen sein könnte.
Neueste Spekulationen gehen sogar von einem gezielten Terroran-
schlag mit einer biologischen Waffe gegen die US-Militärs aus.“

Die Nachrichtensprecherin stellt dem Reporter eine weitere Frage:
„Wie geht die Zivilbevölkerung, insbesondere die Einwohner der
Eifelortes Spangdahlem, mit der Situation um?“

„Nun, ich denke man ist noch relativ gelassen. Viele haben bereits
mittels Handy Kontakt zu Freunden oder Bekannten aufgenom-
men, die in der Air Base arbeiten. Dadurch wissen wir, dass sei-
tens der Air Force eine strikte Ausgangssperre verhängt wurde
und keiner seinen Arbeitsplatz oder das Gebäude, in dem er sich
gerade befindet, verlassen darf. Es scheint aber bisher keine be-
kannten Krankheitsfälle zu geben, die ein Horrorszenario bestäti-
gen würden.“

„Konnten Sie bereits mit den US-Behörden oder der deutschen
Polizei sprechen?“

„Die Air Force-Leitung hat für zweiundzwanzig Uhr dreißig eine
Pressekonferenz angekündigt. Daran sollen auch namhafte Füh-
rungskräfte der rheinland-pfälzischen Polizei und der Innenminis-
ter teilnehmen.“

„Was erwarten Sie sich von der Pressekonferenz…?“

Eric Mathis schaltet den Ton ab und sagt: „In zwanzig Minuten
wird die Öffentlichkeit über die Freisetzung des REX-V informiert.
Die bisherigen Todesfälle konnten wir geheim halten. Das wird

uns nach der Pressekonferenz vermutlich nicht mehr gelingen. Die folgende Aufnahme unseres Militärs wird Ihnen hoffentlich deutlich machen, was Sie angerichtet haben. Durch den Virus sterben nicht nur Soldaten. Nein! Vor allem Frauen, Kinder, alte und kranke Menschen."

Mathis schaltet auf einen internen Sender und gibt irgendeinen Code in die Fernbedienung ein. Augenblicklich startet ein mit verwackelter Kamera aufgenommener Film.

Gezeigt wird eine Turnhalle in der hunderte Notliegen stehen, auf denen vor Schmerzen schreiende Menschen liegen. Die Kamera schwenkt auf einige der Erkrankten. Es sind Männer, Frauen und Kinder. Viele haben dicke Pusteln auf der Haut. Manche bluten aus Ohren und Nase. Militärangehörige stehen in Atemschutzmaske und Kampfmontur, verteilt an den Ausgängen der Sporthalle. Man sieht einen infizierten Mann mit deutlicher Pustelbildung im Gesicht, der mit einem der Soldaten diskutiert. Wild gestikulierend redet der Mann auf den Soldaten ein. Dieser schüttelt den Kopf und schiebt den Mann zur Seite.

Die Kamera schwenkt zu einer mit einem Seuchenschutzanzug bekleideten Person, die einem kleinen Mädchen einen Becher mit milchiger Flüssigkeit reicht. Bevor das Kind den Becher greifen kann, beginnt sie zu zucken, beugt sich krampfend nach vorne und erbricht ein Gemisch aus Blut und Fleischbrocken. Dann bricht sie zuckend zu Boden. Zwei weitere Personen in Schutzmontur eilen herbei. Gemeinsam legen sie das Kind auf die Liege. Einer öffnet einen silbernen Alukoffer, entnimmt eine bereits gefüllte Spritze und sticht sie dem Mädchen in den Hals.

Das Kind zuckt kurz auf, dann bekommen ihre Augen einen starren Glanz, sie hört auf zu zucken und das Leben verlässt ihren Körper. Die Männer decken sie zu und widmen sich einem anderen Kranken, der wenige Liegen entfernt ebenfalls unter den zuckenden Krämpfen zu Boden fällt.

Die Kamera schwenkt zum Haupteingang.

Mehrere Soldaten in weißen Schutzanzügen betreten die Halle. Die Maschinengewehre im Anschlag drängen sie fünf Infizierte zurück, die sich von den Liegen erhoben haben und aus der Halle flüchten wollen. Einer der Männer greift nach dem Gewehr des vordersten Soldaten. Augenblicklich schießt einer der anderen mehrmals auf den vermeintlichen Angreifer, der daraufhin tödlich getroffen zu Boden sackt.

Die anderen Infizierten lassen erschrocken von den Soldaten ab und ziehen den Erschossenen beiseite.

Einer der Soldaten scheint etwas zu rufen, dreht sich nach hinten und winkt hastig. Auf einer Trage wird eine junge Frau in die Halle gebracht. Das Militär legt sie auf einer freien Liege ab, dann ist plötzlich das Bild weg.

„Das gefällt dir, du perverse Sau. Sterbende Menschen machen dich geil. Kriegst wohl sonst keinen hoch, du beschissener Kameltreiber!“, schreie ich Yusuf an und zerre wie ein wilder Stier an den Lederriemen. Der Mörder meiner Frau zeigt sich von meinen Beschimpfungen unbeeindruckt. Stattdessen beginnt er laut zu lachen und schaut zu mir rüber.

„Herr Schulz, Ihre Frau war eine ungläubige Hure. Sie wollte sich von Ihnen trennen. Seien Sie doch froh, dass ich Ihnen diese Last genommen habe.“

„Ich werde dich gleich von deiner Last befreien“, fauche ich.

„Mathis, machen Sie mich los. Ich bringe das Schwein liebend gerne für Sie um“, flehe ich den Agenten an. Mathis hingegen schüttelt den Kopf. „Zuerst muss ich sicher sein, dass Sie kein Komplize sind.“

„Wenn Sie mich losmachen, beweise ich es. Ich schneide dem Mistkerl die Eier ab.“

„Das genügt nicht. Einer von Ihnen wird mir verraten, wo sich der Impfstoff für dieses Virus befindet.“, fordert Mathis.

„Ich weiß es nicht. Glauben Sie mir, ich habe keine Schimmer, wo der beschissene Impfstoff ist“, mache ich den Anfang.

„Dieser nutzlose Versager weiß es wirklich nicht. Herr Schulz ist mit Sicherheit kein Komplize von mir. Ganz im Gegenteil. Er hat versucht mich an der Freisetzung des Virus zu hindern. Wie Sie sehen aber ohne Erfolg.“, erklärt der Araber.

Mathis schaltet das Fernsehgerät aus und beugt sich über den Araber.

„Wie Sie gesehen haben, ist die Ausbreitung des Virus eingedämmt. Die U.S. Air Base wurde unter Quarantäne gestellt. Niemand kommt rein bzw. raus. Seuchenschutz und Air Force haben die Lage im Griff. Machen Sie sich nicht unglücklich und retten

Sie den Infizierten, insbesondere den Frauen und Kindern das Leben und verraten Sie mir, wo sie den Impfstoff versteckt haben. Ihr Plan, den amerikanischen und europäischen Kontinent mit einer Viruspandemie zu überrollen, ist fehlgeschlagen. Sie sollten die Sache jetzt beenden."

Yusuf sieht zu dem Agenten auf und grinst: „Im Namen Allahs des Barmherzigen und seines Propheten Mohammed. Das war erst der Anfang."

Mathis weiß nicht recht, was er von Yusufs Bemerkung halten soll, und sieht fragend in die Ecke oberhalb der Tür. Erst jetzt bemerke ich dort die Kamera, schwer zu erkennen, bei dem flackernden matten Neonlicht.

„Er hat noch weitere Virenkapseln", sage ich.

„Was? Sie wissen also doch Bescheid?", fragt Mathis und kommt zu mir an den Stuhl.

Ich nicke. „Yusuf Zahid besitzt 6 Kapseln des waffenfähigen REX-Virus. Nur eine Kapsel wurde hier auf dem Gelände der Air Base geöffnet. Die anderen fünf muss er irgendwo versteckt haben."

Yusuf Zahid sieht erneut auf die Wanduhr und schreit auf: „Ihr Ungläubigen! Was wisst ihr schon? Das Virus wird schon in wenigen Stunden das Ende der uns bekannten Welt einläuten. Es liegt in der Allmacht Allahs zu entscheiden, wer weiter leben darf und wer an dem Virus stirbt."

„Sie sprachen von Forderungen. Was wollen Sie, damit der Wahnsinn gestoppt wird?", fragt Mathis in fast kameradschaftlicher Tonlage.

„Ich fordere ein öffentliches Statement des amerikanischen Präsidenten, dass die USA ihre Truppen aus sämtlichen muslimischen Staaten abziehen. Weiterhin stellen die USA und Europa, allen voran Deutschland, ihre Rüstungsexporte nach Saudi Arabien und Israel komplett ein. Alle muslimischen Strafgefangenen, die unter dem Deckmantel des Terrorverdachts in Guantanamo einsitzen, sollen noch heute auf freien Fuß gesetzt werden…"

„Ich glaube, dir haben sie ins Gehirn geschissen!", unterbreche ich den Araber. „Kein Staat der Welt würde auf solch absurde Forderungen eingehen. Nein, du Dreckschwein! Wir finden die Viren auch ohne deine Hilfe."

118

Mathis beginnt, nervös an seinen Fingernägeln zu kauen. Sichtlich angespannt sagt er: „Herr Schulz, Sie werden die Viren sicherlich nicht finden. Sie sind ebenfalls ein Gefangener. "
Ich schüttele den Kopf: „Verstehen Sie denn immer noch nicht? Ich bin kein Komplize. Wenn er nicht redet, bin ich ihre einzige Chance. Es wäre besser, Sie hören mir ganz genau zu. "

Ich hatte Wolfgang Klein vertraut und ihm erzählt, dass der REX-Virus den Firmenkomplex von ES Enterprises nie verlassen hatte. Ein fataler Fehler!
Aber wie hätte ich auch ahnen sollen, dass gerade der als unbestechlich und verbissen geltende Terrier zu den Schergen Emir Ab Shabals gehörte?
„Sie haben drei Tage Zeit, den Datenstick zu besorgen, ansonsten ereilt Maximilian das gleiche Schicksal wie seine Mutter. Ich lenke die Typen von CIA und BKA ab und Sie machen den Abgang durchs Toilettenfenster", verlangte er.
Mir war durchaus bewusst, dass ich nur wenig Zeit hatte, bis die Polizei meine Flucht bemerken würde. Ich sprang aus dem Toilettenfenster in den Hinterhof der Wache, lief im toten Winkel der Überwachungskamera zur Noteinfahrt, kletterte übers Tor und rannte schnellstmöglich im Schutz der einbrechenden Dunkelheit zu meiner Detektei, die sich direkt auf der anderen Straßenseite gegenüber der Polizeiwache befindet. Dort packte ich hastig die notwendigsten Dinge in einen Rucksack, rief meinen Freund Chippy an und verließ Sekunden später die Detektei gerade noch rechtzeitig durch den Hinterausgang, bevor die ersten Polizeikräfte anrückten, um nach mir zu suchen.
Knapp fünf Minuten später saß ich bereits in Chippys Auto und verließ mit meinem Freund die Stadt.
„Gib mir dein Messer", bat ich.
„Was hast du vor?", fragte Winfried während er sein Multifunktionsmesser aus der Hosentasche zog.
„Der Peilsender muss raus."
Mein Freund nickte.
„Nicht gerade steril, aber was bleibt uns anderes übrig…", meinte ich, während ich mein Hemd öffnete und nach dem Messer griff. Vor

Schmerz stöhnend ritzte ich die Narbe an meiner rechten Schulter ein Stück auf und pulte mit dem linken Zeigefinger in der Wunde. „Ahhhhhhh! Scheiße, tut das weh!", schrie ich. Glücklicherweise ertastete ich den Fingernagel großen Peilsender recht zügig und riss ihn mit einem kräftigen Ruck aus dem Fleisch.

„Hollywoodreife Vorstellung!", sagte Chippy und sah für einen kurzen Moment zu mir rüber. Ich ließ die Seitenscheibe herab und warf den Peilsender irgendwo zwischen Rommersheim und Giesdorf aus dem fahrenden PKW.

„Wo fahren wir hin?", fragte ich als, der Schmerz allmählich nachließ.

„Die Anderen sind im alten Kloster in Schönecken."

Ich nickte zufrieden. Holger hatte das Kloster in den letzten Jahren von innen systematisch renoviert und den alten Geheimgang, der auf den Berg zur Schönecker Burgruine führte freigelegt. Für den Fall, dass man unser Versteck ausfindig machen würde, war dies der ideale Fluchtweg. Offiziell gemeldet war in dem Kloster ein gewisser Heinrich Brockmann, in dessen Auftrag Holger das Kloster restaurierte.

Chippy fuhr mit deutlich zu hoher Geschwindigkeit in Schönecken ein, erst in Höhe einer etwa hundert Meter hinter dem Ortsschild gelegenen Tankstelle reduzierte er auf fünfzig Stundenkilometer und meinte:

„Ich schmeiß dich in der Van-Hersel-Straße raus. Du kannst die letzten Meter zum Kloster zu Fuß gehen. Ich suche einen Parkplatz, auf dem mein Auto nicht weiter auffällt, und komme dann nach."

Ich stimmte meinem Freund zu und schnallte mich ab, weil wir die Van-Hersel-Straße erreicht hatten. Chippy hielt an.

„Bis gleich!", rief er mir hinterher, als ich aus dem Auto sprang und die ansteigende Straße hinauf zum Kloster lief.

Die enge kopfsteingepflasterte Gasse war eingerahmt von alten ortstypischen Gebäuden, die zum Teil deutlichen Renovierungsbedarf aufwiesen.

Nach dem kurzen Anstieg flachte die Straße ab, bevor sie erneut in einen etwa hundert Meter lange Steigung überging. Der Vollmond warf seinen hellen Schein in die Gasse und ich konnte, obwohl die Straßenbeleuchtung zu dieser Zeit nicht mehr brannte, das alte Kloster am Ende der Straße bereits erkennen.

Früher lebten dort Nonnen in Abgeschiedenheit zusammen, um ihre Religion frei von den Zwängen und Verlockungen der Gesellschaft auszuüben.

Irgendwann musste es allerdings wegen Geldmangel und der stetig sinkenden Anzahl von Ordensmitgliedern geschlossen werden. Die Anlage wurde nach jahrelangem Leerstand schließlich an den Milliardär Heinrich Brockmann verkauft, der eine Sanierung des denkmalgeschützten Gebäudes zugesagt hatte.

Mit einem mulmigen Gefühl im Bauch erreichte ich das alte Gemäuer.

Von außen wirkte es immer noch wie eine verlassene Ruine

Neben einer breiten hölzernen Eingangstür hing ein Informationsschild mit der Aufschrift „Altes Kloster". Nach kurzer Überlegung drückte ich vorsichtig die Klinke nach unten. Es war offen.

Die Tür führte in einen kleinen Innenhof, in dessen Mitte ein steinernes Kreuz stand. Der etwa zehn mal zehn Meter große gepflasterte Hof wurde vom Klostergebäude eingerahmt und wirkte dadurch gedrückt und kalt, zumal der Mond ein beängstigendes Licht auf die Spitze des zwei Meter hohen Kreuzes warf.

Ich hatte keine guten Erinnerungen an diesen mystischen Ort. Vor zwei Jahren war mein Freund und Vorgesetzter KHK Johann Hauser von einem perversen Serienmörder an das Kreuz gefesselt und enthauptet worden. Die schrecklichen Bilder tanzten wie düstere Dämonen vor meinen Augen umher und mir wurde für einen kurzen Moment übel.

„Hey, Dieter. Warum so zögerlich?", riss Frank mich aus meinen Gedanken.

Mein Freund kam aus dem rechtsseitig gelegenen Gebäudetrakt, der zum Wohn- und Wirtschaftsgebäude gehört hatte. Die Gebetsräume befanden sich darunter in den Kellerräumen. Der Betende sollte durch die Abgeschiedenheit keine Ablenkung in seinem Gebet erfahren.

„Ich habe keine guten Erinnerungen an diesen Ort."

„Glaubst du, mir geht es anders?", antwortete Frank. Er war es gewesen, der den Kindermörder vom Totenmaar hier im Kloster erschossen hatte.

„Dieter, ich möchte dir mein herzliches Beileid aussprechen. Simone war eine wundervolle Frau. Ihr Verlust reißt eine riesige Lücke in unsere Herzen."

Mit tränenden Augen kam er auf mich zu und nahm mich in den Arm. Ich begann, zu weinen. Durch die Flucht hatte ich meine Emotionen unterdrücken müssen, aber jetzt brach alles aus mir raus. Heulend lag ich in seinen Armen und schrie die ganze Trauer und Wut aus mir raus:

„Ich bring dieses Schwein um. Das schwöre ich. Er wird für den Mord an Simone büßen."

„Überlass das der Polizei. Lass dich nicht auf sein Niveau herab. Wir sollten uns lieber überlegen, was für Optionen uns noch bleiben."

Ich sah meinen Freund fragend an.

„Glaubst du wirklich, was du gerade gesagt hast? Wenn schon der als unbestechlich geltende Terrier von Emir Ab Shabal gekauft wurde, was glaubst du wie viele Bullen werden wohl noch auf der Gehaltsliste Shabals stehen?"

Frank biss sich auf die Unterlippe.

„Dieter, du hast Recht. Ich schätze wir sind vorerst auf uns allein gestellt."

Während ich mir die Tränen aus dem Gesicht wischte, reichte Frank mir eine Papiertaschentuch und fragte: „Was hast du jetzt vor?"

„Ich werde mit Karin Dringen sprechen. Sie muss mir alles erzählen, was sie über Emir Ab Shabal und ES Enterprises weiß."

„Dann lass uns runter gehen. Sie schläft in einer Gebetszellen."

Ich folgte meinem Freund zu einer alten Eichentür an dem rechtsseitig gelegenen Wirtschaftsgebäude.

„Die Tür führt direkt in den Keller zu den alten Gebetszellen…"

„Ich weiß. Nach Johanns Ermordung haben wir doch das gesamte Kloster auf den Kopf gestellt", unterbrach ich.

Frank meinte fast zickig: „Das weiß ich doch. Lass mich ausreden. Holger hat in einer der Zellen, den Zugang zu dem seit Jahrhunderten verschütteten Geheimgang gefunden und ihn in den letzten zwei Jahren freigelegt. Wusstest du das?"

„Ich wusste, dass er den Geheimgang gefunden hat. Mehr nicht. Das hat mich ehrlich gesagt nicht interessiert."

„Du hattest noch nie Interesse an Geschichte und Kultur!"

Wir stiegen eine alte Steintreppe hinab in einen dunklen Keller. Frank ging vor und leuchtete mit seiner Taschenlampe voran.

„Dunkel wie im Arschloch einer Kuh.", meinte er.

„Geht die Deckenbeleuchtung nicht?", fragte ich, als ich eine Neonröhre im Schein seiner Lampe entdeckte.

„Nee. Erst unten im Flur ist Strom."

„Dann leuchte auch mal hinter dich. Ich kann nichts sehen, wenn du das Licht vor deine Nase hältst."

„Du hättest die Eichentür nicht zuziehen sollen, dann wäre es jetzt nicht so dunkel."

Ich ersparte mir jeden weiteren Kommentar und taste mich so gut es ging hinab in den Keller. Unten Angekommen schaltete Frank die Flurbeleuchtung an und grinste: „Simsalabim. Es werde Licht."

Zeitgleich klingelte Franks Handy.

„Simsalabim. Da ruft jemand an.", fügte ich hinzu.

Frank wischte über sein Smartphone und legte es ans Ohr.

„Ja. Alles klar. Bin sofort da", plärrte er ins Telefon, wischte erneut übers Gerät und wandte sich an mich: „Das war Chippy. Er steht vor der Tür. Ich gehe hoch und mache ihm auf."

„In welcher Zelle liegt Karin?", fragte ich.

„Zelle 4. Die Tür ist offen."

Dann hechtete er mit sportlichen Schritten die Treppe hinauf.

Ich ging langsam durch den schmalen Flur. Linksseitig sah ich drei verschlossene Eichentüren, rechts waren drei identische Türen, von denen eine offen stand. Ich betrat die Gebetszelle und sah mich um. Karin lag schlafend in einem alten rostigen Metallbett. Ein muffig riechendes Bettlaken bedeckte ihren Körper. Das Zimmer war etwa dreimal drei Meter groß, die Wände waren feucht und Schwarzschimmel hatte sich bereits großflächig auf ihnen angesiedelt. An der Decke des kahlen fensterlosen Raumes hing eine flackernde Neonröhre. Mein Blick wanderte zur Zimmertür. Sie war aus robustem Eichenholz und hatte keinen Griff. Der Raum erinnerte mehr an eine Gefängniszelle als an einen Gebetsraum. Neben der Tür befand sich ein vor Schmutz triefendes Waschbecken. Unmittelbar daneben erblickte ich ein Gebilde, das mich an eine Toilette erinnerte. Urinstein und Fäkalien klebten daran und Wasser tropfte aus einem alten Spülkasten an der Wand. Ein Kreuz suchte ich vergeblich.

Ich räusperte mich. Karin zuckte zusammen und richtete sich vorsichtig auf. Während die überaus attraktive Blondine sich auf den Rand des Bettes setzte, rieb sie sich den Hinterkopf und schaute mich an.

Karin war Mitte Vierzig, trug einen modischen Kurzhaarschnitt und besaß trotz ihrer schlanken Figur eine beachtliche Oberweite, die sich durch ihr braunes Top deutlich abzeichnete.

„Guten Tag. Ich bin Dieter Schulz.", stellte ich mich vor.

„Ich weiß. Sie haben auf mich geschossen."

„Winfried Schäfer und Frank Schneider haben Sie sicherlich darüber informiert, dass ich dieses Schauspiel als einzige Möglichkeit sah, meine Familie zu befreien. Ich möchte mich für ihre Hilfe noch einmal recht herzlich bedanken."

„Herr Schulz, das habe ich gerne gemacht. Es ging immerhin auch um mich."

„Sagen Sie doch Dieter zu mir", bot ich an.

„Gerne. Ich bin Karin. Setz dich doch", antwortete sie und deutete neben sich. Als ich auf dem Bett Platz nahm, ertappte ich mich dabei, wie ich auf Karins Brüste starrte. Im Gedanken schlug ich mir auf die Finger und schloss für einen kurzen Moment meine Augen.

„Karin, leider ist mein Plan gescheitert. Emir Ab Shabal weiß, dass du noch lebst und er weiß auch, dass Heiko Junker den REX-V zu dir in Level 2 gebracht hat."

Die Blondine schüttelte den Kopf. „Es ist noch nicht alles verloren."

„Was meinst du?", fragte ich verwundert.

„Nachdem Heiko die gestohlenen Behälter in meinem Labor versteckt hatte, begann ich mit der Untersuchung der Viren. Das REX-V ist ein wirklich unvorstellbar gefährliches und tödliches Virus, das in den falschen Händen innerhalb weniger Stunden Hunderttausende von Menschen infizieren könnte. Ich konnte nicht zulassen, dass der Virus jemals wieder in die Hände der Terroristen fällt und beschloss den Großteil der REX-Viren zu vernichten."

„Was heißt den Großteil? Hast du nicht alles vernichtet?"

„Nein. Bei meinen Versuchen stellte ich fest, dass es zwei unterschiedliche Virusvarianten gibt, die auf den Behältern als Alpha und

Beta Variante gekennzeichnet sind. Der Impfstoff wirkt aber nur bei der Alpha Variante. Er ist bei der Beta Variante absolut wirkungslos. Ich konnte mich nicht zur Vernichtung der Beta Variante überwinden."

„Warum? Das verstehe ich nicht."

„Dieter, wenn Emir Ab Shabal irgendwo weitere REX-V Beta gelagert hat, benötigen wir einen brauchbaren Impfstoff. Diesen können wir am ehesten aus der Virenprobe herstellen."

„Also ich blicke ehrlich gesagt im Moment nicht mehr durch", gab ich zu.

Karin schnaufte leise und versuchte eine Erklärung:

„Das ist doch gar nicht so schwer zu verstehen. Der REX-V Alpha ist zwar die gefährlichere Variante, weil sie eine sehr lange Inkubationszeit hat, aber es gibt eine Prophylaxe. Deshalb habe ich den Virus vernichtet und den Impfstoff behalten. Die Beta Variante ist aufgrund ihrer kurzen Inkubationszeit besser durch Quarantänemaßnahmen zu kontrollieren, aber es gibt noch keinen wirksamen Impfstoff."

Obwohl ich mir nicht sicher war, dass ich alles richtig verstanden hatte, nickte ich und fragte: „Dann hast du alle Alpha Varianten beseitigt?"

„Ja. Es gibt nur noch zwei Alpha Impfdosen und vier Behälter mit Beta Viren. Also insgesamt 6 Behälter."

„Die sich jetzt wieder in den Händen von Emir Ab Shabal befinden", seufzte ich.

Karin schüttelte den Kopf mit einem leichten Grinsen auf den Lippen, das mich irgendwie an das Lächeln meiner Frau erinnerte.

Vermutlich hatte mein Gesichtsausdruck Rückschlüsse auf meinen Gemütszustand zugelassen. Karins Lächeln wich einer besorgten Mine und sie fragte: „Ist alles in Ordnung?"

„Du erinnerst mich an meine Frau."

„Frank hat mir erzählt, was geschehen ist. Es tut mir leid. Du hast mein tiefstes Mitgefühl."

Die hübsche Blondine nahm meine Hand und streichelte darüber.

„Dieter, ich habe die fünf Behälter mit einfachen Grippeviren aus meinem Labor vertauscht."

Karins Bemerkung ließ mich aufhorchen.

„Du hast was?"

„Die Virenstämme und Impfdosen befanden sich in 6 Reagenzgläsern mit Metallummantelung. Wir verwenden in Level 2 die gleichen Behälter für unsere Grippeforschungen. Ich habe einfach die Beschriftungsaufkleber des REX-V mit den Grippeviren getauscht. Emir dürfte jetzt im Besitz einfacher Grippeviren sein."

„Emir Ab Shabal wird die Viren doch sicher überprüfen lassen?"

„Klar. Aber nicht heute Nacht. Die ersten Virologen beginnen ihren Dienst morgen früh um fünf."

„Dann habe ich noch vier Stunden um bei ES Enterprises einzusteigen und den REX-V zu stehlen."

„Es wird aber nicht leicht. Das Gebäude wird nachts von einem Sicherheitsdienst überwacht."

Ich stand auf und ging zur Zellentür. „Ich rufe Chippy und Frank. Du musst uns alles erzählen, was du über die Sicherheitsvorkehrungen bei ES Enterprises weißt. Außerdem brauche ich deine Level 2 Zugangskarte."

+++

Chippy und ich erreichten das Firmengelände von ES Enterprises um halb drei. Es war eine milde Sommernacht, der Vollmond stand wie ein großes Leuchtfeuer am Himmel, umgeben von tausenden funkelnder Sterne.

Mir stand der Sinn jedoch nicht danach, das Firmament zu bewundern. Ich war aus einem ganz anderen Grund dort in Luxembourg. In Kürze würde ich in die Forschungsabteilung bei ES Enterprises einbrechen, die Viren samt Impfstoff stehlen, sowie Maximilian und Holger befreien. Zumindest hatte ich das vor.

„Gib mir zehn Minuten", sagte ich zu Chippy, griff nach meinem Rucksack und stieg aus dem Auto.

Mein Freund sah auf seine Uhr, nickte mir zu und fuhr los. Er hatte mich vor der Tiefgarage abgesetzt und sollte nun vor dem Haupteingang wie abgesprochen für ein Ablenkungsmanöver sorgen.

Frank hatten wir nicht mitgenommen und auf seine Beteiligung bei dem Einbruch verzichtet, weil wir beschlossen hatten, Karin nicht alleine im Kloster zurückzulassen.

Das Rolltor der Tiefgarage war geschlossen. Ein 1500 Watt Strahler beleuchtete den Einfahrtsbereich und den neben dem Tor montierten Tastenblock. Eine Kamera hing etwa zehn Zentimeter unter dem Strahler und überwachte den ausgeleuchteten Bereich.

Ich näherte mich der Überwachungskamera im toten Winkel, zog ein Prepaid-Handy aus der Tasche und rief Chippy an.

„Bist du soweit?", fragte ich.

„Gib mir noch zwei Minuten."

Ich wartete genau zwei Minuten, dann lief ich zum Tastenblock und gab 2929 ein. Als Yusuf Zahid mich zu Emir Ab Shabal gebracht hatte, war es mir gelungen den Zahlencode abzulesen, den er bei der Toreinfahrt eingegeben hatte.

Der Wachdienst wurde in diesem Moment von Chippy abgelenkt, der als Obdachloser verkleidet an den Haupteingang von ES Enterprises urinierte.

Eine grüne Kontrollleuchte am Tastenblock leuchtete auf und das Rolltor öffnete sich langsam. Ich lief in die Garage und direkt zum Aufzug am gegenüber liegenden Ende. Dort angekommen, setzte ich alle Hoffnungen in Karins Level 2 Karte. Wenn sie gesperrt war, hatte ich ein Problem.

Gespannt hielt ich die Codekarte an den Scanner neben der Aufzugstür und wartete ab.

Nach einer gefühlten Ewigkeit hörte ich endlich das erlösende „Kling" und der Aufzug öffnete sich. Mit Karins Karte würde ich ins 1. OG zum Level 2 fahren können, um den REX-V aus ihrem Labor zu entwenden. Von dort musste ich es aber irgendwie noch ins 4. OG zu Emir Ab Shabals Büro schaffen.

Als einer der Zwillinge Simone die Nase abgeschnitten hatte, konnte ich ihre Schreie bis in Emir Ab Shabals Büro hören. Sie und Maximilian mussten sich folglich auf dieser Etage befunden haben.

Ich betrat den Aufzug und zog die Karte durch ein Lesegerät im Innern. Die Tür schloss sich und der Lift fuhr nach oben. Bereits wenige Sekunden später hielt er an, die Tür öffnete sich und eine Frauenstimme aus dem Lautsprecher sagte:

„Virologie Level 2"

Ich zog eine Taschenlampe aus dem Rucksack, schaltete sie ein und leuchtete in einen breiten Flur. Rechtsseitig befand sich ein Warteraum, links die Toilettenräume. Geradeaus sah ich eine Panzertür mit

der Aufschrift: RESTRICTED AREA Level 2. Eine Überwachungskamera war unmittelbar auf die Aufzugstür gerichtet und schickte
Livebilder ins Foyer im EG. Ich hoffte, dass der Sicherheitsdienst
noch mit Chippy beschäftigt, war und hechtete nach vorne zur Stahltür, zog die Magnetkarte durch den Schlitz am Kontrollfeld und wartete. Ein kurzes Summen, dann öffnete sich die Tür.
Bisher war alles so, wie Karin es beschrieben hatte. Ich gelangte in
einen weiteren Flur, der zu den einzelnen Labors führte.
„Das dritte Labor auf der rechten Seite. 2-E. Auch diese Tür öffnet
sich mit der Karte", hatte Karin gesagt und genauso war es. Problemlos konnte ich Labor 2-E betreten und fand den von Karin beschrie-
benen Aluminiumkoffer in einem der Stahlschränke.
Obwohl das REX-V in dem Koffer sicher verstaut war, hatte ich ein
mulmiges Gefühl im Bauch. Erschwerend kam hinzu, dass Chippys
Anruf bereits überfällig war. War sein Ablenkungsmanöver vielleicht
gescheitert oder hatte ihn die Security gar festgenommen?
Angespannt hockte ich hinter der Panzertür und nagte an meinen
Fingernägeln. Dann endlich kam der erlösende Anruf.
„Das wurde aber auch Zeit", sagte ich erleichtert.
„Tut mir leid. Der Sicherheitsdienst hat meine Personalien aufge-
nommen. Das hat gedauert."
„Schon ok. Dann haben die keinen Verdacht geschöpft?"
„Nö, die Security hat mich für einen versoffenen Penner gehalten,
wie du es geplant hast."
„Alles klar. Ich schicke den Aufzug in genau zwei Minuten nach
unten. Er braucht zwölf Sekunden bis zur Tiefgarage. Du hast also
132 Sekunden, um das Rolltor zu öffnen und zum Aufzug zu rennen.
Dann maximal weitere zwei Minuten zum Verschwinden. Die Zeit
läuft ab jetzt."
Diesmal verzichtete ich auf die Taschenlampe und tastete mich im
Dunkeln zur Aufzugstür, um nicht von der Überwachungskamera
erfasst zu werden.
Ich stellte den Koffer im Aufzug ab und drückte die UG-Taste. Jetzt
lag alles Weitere an Chippy. Er musste den Koffer in der Tiefgarage
entgegen nehmen und den REX-V in Sicherheit bringen, während ich
mich an die Befreiung von Holger und Maximilian machte. Soweit
ich wusste, gab es keine Treppe zu Emir Ab Shabals Büro. Nur die-

sen Fahrstuhl, mit dem ich mit einer Level 2 Berechtigung nicht nach oben fahren konnte.

Eilig streifte ich meinen Rucksack von der Schulter und nahm eine Brechstange, eine Stirnlampe, Handschuhe und ein Kletterseil heraus. Irgendwie musste ich es durch den Aufzugschacht nach oben zu Emir Ab Shabals Büro schaffen. Bisher kannte ich solche Manöver nur aus Hollywoodfilmen und ich hatte ehrlich gesagt eine scheiß Angst im Bauch, was mich aber nicht von meinen Vorhaben abhalten sollte. Mit dem Brecheisen hebelte ich die Tür zum Fahrschacht auf und stieg mit der Stirnlampe auf dem Kopf ins Dunkel. An einem Eisenträger, der sich direkt hinter der Tür befand, knotete ich das Bergsteigerseil fest und wickelte es um meinen Bauch. Sollte ich abrutschen, so würde ich wenigstens nicht bis ganz nach unten fallen, sondern hier in Level 2 von meinem Seil aufgefangen werden. Ich schnaufte kurz durch, konzentrierte mich und begann an der seitlichen Aufzugführung nach oben zu klettern. Die Stahlkonstruktion bot mir genügend Möglichkeiten mich festzuhalten, so dass ich zügig und deutlich gefahrloser als erwartet vorankam. Als ich kurz vor der nächsten Etage war, bewegten sich plötzlich die dicken Stahlseile in der Mitte des Schachtes und ein beunruhigendes Motorengeräusch bestätigte meine schlimmsten Befürchtungen. Der Aufzug kam nach oben, direkt auf mich zu.

+++

„Scheiße", fluchte ich und presste mich so dicht es ging an die Wand. Der Fahrstuhl rauschte in einem Affentempo heran und ich hoffte, dass der Abstand zwischen Mauerwerk und Aufzug ausreichend für mich war. Ich klebte wie ein plattgedrückter Gecko an der Wand, als der Metallkasten an mir vorbeischoss und fast hätte ich die ganze Aktion auch verletzungsfrei überstanden, hätte sich nicht mein Kletterseil irgendwie an dem Lift verfangen. Ich wurde plötzlich mit einem gewaltigen Ruck von der Mauer weggerissen, in die Mitte des Fahrstuhlschachts geschleudert und nach oben gerissen. Während der Aufzug mich gnadenlos in die Höhe zog drehte ich mich an dem Seil wie ein trudelnder Ahornsamen. Zu allem Überfluss schlug ich mit dem Hinterkopf gegen einen der Stahlträger und verlor dadurch für einen kurzen Moment die Besinnung.

Als ich wieder zu mir kam, hatte der Fahrstuhl angehalten und ich hing kopfüber unter dem Aufzugkorb am Kletterseil.
Unweigerlich schossen mir Franzens Zitate der Apokalypse in den Kopf.
Ich erblickte unter mir im Schacht vier Engel. Sie standen an den vier Ecken der Stahlkonstruktion und rüttelten daran. Ihre Flügel waren ausgebreitet und mit blutroten leuchtenden Augen schauten sie hasserfüllt empor und stießen mir laute dämonisch wirkende Schreie entgegen. Trotz der Finsternis konnte ich ihre verzerrten Fratzen erkennen. Die vier Engelwesen trugen die Gesichter von Mohamed Abdull, Abu Shabal, Yusuf Zahid und Emir Ab Shabal. Plötzlich erhob sich Zahid flügelschlagend in die Luft und flog auf mich zu. In seiner Hand hielt er Simones abgetrennten Kopf, den er mir mit einem lauten Schrei zuwarf, bevor er wieder in die Tiefe glitt. Weil ich immer noch an meinem Kletterseil hing, konnte ich den Kopf meiner Frau mit beiden Händen auffangen. Ihr Gesicht wirkte kalt und leer. In den Augäpfeln tummelten sich zahlreiche Maden und dort wo sich einst ihre Nase befunden hatte, klaffte ein tiefes Loch. Tränen schossen in meine Augen. Was geschah hier gerade?
Ich schrie die Wesen an: „Was seid ihr? Engel? Knechte Gottes oder Schergen des Satans?"
Dann stiegen die anderen drei Dämonen zu mir auf und jeder von ihnen hielt einen Kopf in den Händen.
Ich erkannte die toten Häupter meiner Freunde Chippy, Frank und Holger in ihren Armen.
Der Todesengel, der aussah wie Emir Ab Shabal sprach mit tiefer verzerrt klingender Stimme zu mir: „Dieter Schulz, du erbärmliches Nichts. Schon bald werde ich auch deinen Kopf in meinen Händen halten. Dann kann uns niemand mehr aufhalten."
Ich spürte, wie das Blut aus dem Cut an meinem Hinterkopf nach vorne in mein Gesicht lief, und die Halluzination der vier Dämonen verschwand so plötzlich, wie sie gekommen war.
„Reiß dich zusammen! Jetzt nur nicht durchdrehen!", versuchte ich mich zu ermutigen. Ich musste einen klaren Kopf behalten und durfte

nicht in eine Bewusstlosigkeit abgleiten. Das wäre hier im Schacht mein sicherer Tod.

Mit Pendelbewegungen versuchte ich von der Mitte des Fahrstuhlschachts nach außen zur Stahlträgerkonstruktion zu schwingen. Deutlich einfacher als erwartet klammerte ich mich schon Sekunden später an einen der Außenträger und atmete erleichtert durch. Mir blieb allerdings nicht viel Zeit zum Verschnaufen, weil sich der Aufzug plötzlich erneut in Bewegung setzte. Ein zweites Mal würde ich nicht den gleichen Fehler machen. Eilig löste ich das Kletterseil von meinem Bauch und presste mich noch gerade rechtzeitig an die Wand des Aufzugsschachtes, bevor der Metallkorb an mir vorbei in die Tiefe raste.

Ohne Sicherungsseil hangelte ich mich anschließend an der Stahlkonstruktion nach oben und erreichte völlig erschöpft die letzte Etage des Firmenkomplexes. Weil ich das Brecheisen nicht mitgenommen hatte, musste ich die Schiebetür diesmal mit meinem Taschenmesser aufhebeln. Das erforderte etwas Geschick, war aber kein unlösbares Problem und so konnte ich schon nach wenigen Minuten die Fahrstuhltür zu Emir Ab Shabals Büro aufdrücken.

„Geschafft!", keuchte ich und kletterte aus dem Schacht ins Büro des Iraners.

Anstatt das Licht einzuschalten, ließ ich meine Stirnlampe durch sein Arbeitszimmer wandern. Zu gerne hätte ich mich dort genauer umgesehen, aber mir blieb keine Zeit. Die Befreiung von Maximilian und Holger hatte oberste Priorität. Der Raum, in die Beiden festgehalten wurde, musste sich irgendwo hinter der in der Wandverkleidung eingelassenen Tür befinden. Sonst hätte ich Simones Schreie nicht hören können.

Vorsichtig drückte ich die Klinke nach unten. Die Tür war offen. „Endlich mal Glück!" Ich öffnete vorsichtig die Tür und leuchtete in den dahinter befindlichen Gang.

Am Ende des etwa zwanzig Meter langen Flurs, dessen Boden und Wände komplett mit weißem Marmor verkleidet waren, entdeckte ich eine weitere Tür, vor der einer der Zwillinge schnarchend in einem Wohnzimmersessel hockte.

Zahlreiche Zeitungsberichte, die Emir Ab Shabal bei diversen Wohltätigkeitsveranstaltungen, Spendengalas und gemeinnützigen Aktivitäten zeigten, säumten die Wände des Durchgangs und ließen in den

Betrachtern keine Zweifel am sozialen Engagement des Iraners aufkommen.

Plötzlich setzte das zuvor gleichmäßige Schnarchen des Russen aus. Augenblicklich schaltete ich meine Stirnlampe ab und drückte mich an die Wand. Für einen Moment stand ich regungslos in der Dunkelheit und wagte es nicht zu atmen. Erst als der Zwilling wieder Luft zog und seinen Schnarchrhythmus fortsetzte, schlich ich mich langsam voran. Obwohl meine Augen sich an die Dunkelheit gewöhnt hatten, konnte ich nichts erkennen und so orientierte ich mich fast ausschließlich an den Schnarchgeräuschen des Russen. Als ich glaubte mich kurz vor ihm zu befinden, schaltete ich meine Lampe an, erhob die Fäuste und schlug dem völlig überraschten Söldner so lange ins Gesicht, bis er bewusstlos aus seinem Sessel rutschte und zu Boden sackte.

Es hatte bestimmt zehn bis fünfzehn Schläge gebraucht, den Bodybuilder auf die Bretter zu schicken, aber nun lag er mit aufgeplatzter Schläfe und blutverschmiertem Gesicht vor mir und gab keine Regung mehr von sich.

„Als nächstes ist dein Bruder dran, du verschissenes Arschloch!", zischte ich und trat ihm zum Abschluss meiner Prügelorgie mit dem Fuß noch mehrmals ins Gesicht. Erst als ich ein seltsames Knackgeräusch wahrnahm, realisierte ich, dass ich kurz davor war den Zwilling totzutreten. Ich ließ von ihm ab und fuhr mir zitternd durchs Gesicht. Was hatte ich getan? Genau diese Art von Ausrastern hatte mich meinen Job bei der Polizei gekostet. Manchmal hatte ich mich einfach nicht unter Kontrolle. Wurde ich langsam verrückt? Halluzinationen, Wutanfälle, Gewaltausbrüche. Wo führte das noch hin?

Ich kniete mich neben den Russen und durchsuchte ihn. In seiner Hosentasche fand ich einen Schlüsselbund, den ich ebenso an mich nahm, wie die Pistole, die in seinem Schulterholster steckte.

Ich nahm die Waffe in die Hand, schloss mit einem der Schlüssel die Tür auf, vor der der Zwilling gewacht hatte, drückte die Klinke nach unten und zog die Tür einen Spalt weit auf. Ich leuchtete mit meiner Stirnlampe in einen dunklen kahlen Raum, in dessen hinterster Ecke ich Holger und Maximilian erblickte. Der Hüne hielt meinen Sohn schützend in seinen muskulösen Armen und blickte mit zusammengekniffenen Augen in den Strahl meiner Lampe.

„Holger, Maximilian!", rief ich erleichtert.

„Papa?", antwortete mein Sohn überrascht, löste sich aus Holgers Umarmung und lief mir entgegen. Ich nahm Maximilian in die Arme und drückte ihn an meine Brust.

„Alles wird gut mein Junge. Ich hole euch hier raus."

Zeitgleich drückte ich Holger, der sich zwischenzeitlich auch erhoben hatte, die Pistole des Zwilling in die Hand und sagte: „Wir haben nicht viel Zeit."

„Schon klar, Dieter. Ich geh vor. Du bleibst mit Maximilian direkt hinter mir."

Wir verließen den Raum, der so gar nicht in das ansonsten nobel eingerichtete Gebäude passte, und ich fragte mich, zu welchem Zweck Emir Ab Shabal die Räumlichkeit normalerweise nutzte, kam aber zu keinem Ergebnis.

Im Durchgang drückte Holger den Lichtschalter und unsere Blicke fielen auf den Zwilling. Er lag schnaufend am Boden und rang nach Luft wie ein Fisch, der ans Ufer gespült wurde. Das Blut aus seinen Kopfwunden hatte sich wie ein großer See über den Fußboden verteilt.

Ich hielt Maximilian die Augen zu und sagte: „Schau nicht dahin."

Während ich meinen Sohn mit dem Gesicht an meinen Bauch drückte, kniete Holger sich zu dem Russen und flüsterte: „Du hast es bald überstanden."

„Hilf mir! Bitte!", flehte der Zwilling und streckte meinem Freund die Hand entgegen. Rößler sah zu mir auf und sagte: „Geht. Ich komme gleich nach."

Als ich Maximilian daraufhin durch den Gang nach vorne schob, konnte ich aus den Augenwinkeln erkennen, wie Holger den Kopf des Russen packte und dessen Genick mit einer gekonnten Dreh-Ziehbewegung brach. Das Knacken des Halswirbels jagte mir einen eiskalten Schauder über den Rücken. Es hatte sich einmal mehr gezeigt, dass mein hünenhafter Freund eine Tötungsmaschine war. Bewusst hatte er auf den Einsatz der Pistole verzichtet und stattdessen die lautlosere, aber nicht weniger effektive Genickbruchvariante gewählt.

Als Maximilian und ich Emir Ab Shabals Büro erreichten, hatte Holger bereits zu uns aufgeschlossen.

„Was ist los?", fragte Holger als er meinen besorgten Gesichtsausdruck sah.

Ich deutete auf das Display über der Aufzugstür und sagte: „Er kommt nach oben."

„Na, dann sollten wir vorbereitet sein", antwortete er und richtete die Pistole auf die Fahrstuhltür, während ich Maximilian unter den Schreibtisch drückte.

„Denk dran, die Leute vom Wachdienst machen nur ihren Job. Sie gehören nicht zu den bösen Jungs", mahnte ich.

„Die Security ist bewaffnet und sie werden uns unter allen Umständen festhalten wollen. Vielleicht habe ich keine andere Wahl."

„Es gibt immer eine Alternative."

„Mir fällt keine ein. Dir etwa?"

Ich blieb eine Antwort schuldig, weil der Fahrstuhl in diesem Moment das Büro erreicht hatte.

+++

Kapitel 8:

„Sie wollen mir also tatsächlich weißmachen, dass sie es geschafft haben, den REX-V samt Impfstoff unbemerkt aus dem Firmenkomplex von ES Enterprises zu entwenden und im Anschluss daran noch den Mut besaßen, eine Gefangenenbefreiung durchzuführen?", brüllt mich der CIA-Beamte ungläubig an und beugt sich zu mir herunter. „Herr Schulz, woher soll ich wissen, dass Sie nicht mit den Terroristen zusammenarbeiten und mir hier nur Scheiße auftischen?"

„Glauben Sie mir! Ich wünsche mir nichts mehr als seinen Tod!", fauche ich mit Blick auf Yusuf Sahid. „Niemals würde ich mit einem solchen Schwein kooperieren."

Der Araber zeigt sich von meiner Verbalattacke unbeeindruckt und meint grinsend: „Schulz, Sie haben versagt. Gestehen Sie sich das endlich ein. In Kürze werden in Ihrer geliebten Eifel Virenkapseln gezündet und der REX-V wird sich zuerst im ganzen Land und schließlich auf der ganzen Welt ausbreiten und Ihrem Volk und allen ungläubigen den Tod bringen."

Mathis schlägt dem Terroristen mit der Faust ins Gesicht und schreit:

„Du verdammte Ratte! Wo hast du die Sprengkapseln versteckt? Glaube mir, ich prügele das notfalls aus dir raus."

Yusuf Zahid leckt sich das Blut von seiner aufgeplatzten Lippe und antwortet:

„Allah steht mir bei. Er erwartet mich mit offenen Armen."

Eric Mathis scheint die Geduld zu verlieren. Er greift in sein Jackett und zieht ein langes Messer mit glänzender Klinge hervor.

„Sie sind Kriegsgefangener und besitzen deshalb keinerlei Rechte. Ich habe die Genehmigung von oberster Stelle notfalls bis zum Äußersten zu gehen."

Der Araber grinst nur und meint: „Tun Sie was Sie tun müssen. Ich werde Ihnen auf keinen Fall verraten wo die Viruskapseln sind."

Ich bemerke die Nervosität in Mathis Gesicht und mische mich ein: „Sie sind nicht entschlossen genug. Er weiß ganz genau, dass sie nur bluffen und ihn nicht foltern werden. Sie sind ein junger kar-

rieregeiler Beamter, der sich strikt an die Vorschriften hält. Man
sieht Ihnen das an. Ganz ehrlich! Vor Ihnen hätte nicht einmal
mein Sohn Respekt."
„Ah, Herr Klugscheißer meldet sich wieder zu Wort. Was soll ich
Ihrer Meinung nach denn tun, damit er auspackt. Ihm den Arsch
lecken?", kontert Mathis.
„Nein. Machen Sie mich einfach nur los. Ich bringe ihn schon
zum Sprechen."
„Halten Sie mich für größenwahnsinnig?"
In diesem Moment ertönt eine Stimme über den Lautsprecher:
„Mr. Mathis. Get out of there! Right now!"
Sichtlich verwundert verlässt der CIA Beamte den Raum. Yusuf
Zahid nutzt den Moment und lächelt mich mit einem überhebli-
chen Grinsen an:
„Ihr Deutschen seid einer der weltweit größten Waffenproduzen-
ten. Eure Wirtschaft wächst mit den Kriegen in unseren Ländern.
Zuerst verdient ihr Milliarden mit dem Waffenhandel, danach
nochmal ein Vielfaches mehr mit dem Wiederaufbau der zerstörten
Länder. Ihr habt euch mit den Verbündeten in NATO und UN
zusammengeschlossen und wägt euch in Sicherheit vor Angriffen.
Mein Krieg wird euch eine neue Dimension des Terrors und der
Angst aufzeigen. Ihr werdet euch ängstlich in den Häusern ein-
schließen und beten, dass der REX-Virus euch verschont. Abertau-
sende werden sterben und niemand wird es zu verhindern wissen."
„Glaubst du wirklich, das Virus macht vor der Landesgrenze Halt?
Auch dein Volk wird folgenschwere Verluste erleiden", antworte
ich.
Yusuf sieht mich verständnisloser Mine an. „Allah wird diejenigen
beschützen, die seiner würdig sind."
In diesem Moment betritt Mathis wieder den Raum. Er trägt eine
Jeans, ein paar Schuhe und mein geliebtes Hawaiihemd im Arm.
Kopfschüttelnd legt er die Kleidung auf meinem Oberschenkel ab,
zerschneidet unter den verwunderten Blicken des Arabers meine
Fesseln und seufzt: „Ich bin raus. Mein Vorgesetzter ist aufgrund
Ihres Profils der Meinung, dass Sie der geeignete Mann für die
Vernehmung sind."
„Was zum Henker geht hier vor? Warum überlässt die CIA einem
Zivilisten die Befragung eines Terrorverdächtigen?", frage ich.

*„Befragung ist vielleicht das falsche Wort", antwortet Mathis. „Die
wollen, dass Sie Zahid zum Sprechen bringen. Mit allen Mitteln.
Er hat Ihre Frau ermordet. Vergessen Sie das nicht. Offiziell wurde er niemals festgenommen. Verstehen Sie, was ich damit meine?"*

„Er soll diesen Raum nicht mehr lebend verlassen."

*Mathis durchtrennt die letzte Fessel und nickt: „Ziehen Sie sich
etwas an."*

*Nachdenklich streife ich mir die Kleidung über und murmele:
„Mir ist klar, worauf die Sache hinauslaufen soll. Die CIA will
sich die Hände nicht schmutzig machen und missbraucht mich als
Folterknecht. Falls die Sache aus irgendeinem Grund publik wird,
dann werde ich zum Sündenbock. Ich sehe schon die Schlagzeile
vor mir. Der Ex-Bulle, der einst wegen Folter eines Verdächtigen
aus dem Polizeidienst entlassen wurde, foltert Terrorverdächtigen
zu Tode."*

„Mir gefällt die Sache auch nicht", antwortet Mathis.

„Kann ich Ihren Vorgesetzten sprechen?", frage ich.

„Später. Zuerst müssen Sie Zahid zum Reden bringen."

„Dann geben Sie mir bitte Ihr Messer."

Mathis schüttelt den Kopf.

„Das geht nicht. Sie bekommen keine Waffen."

*Ich drehe mich fragend zu der Überwachungskamera und rufe:
„Was soll das? Ihr wollt doch Ergebnisse?"*

*Wieder ertönt die Stimme aus dem Lautsprecher: „Mr. Mathis.
Please."*

Zögernd reicht der junge Beamte mir sein Messer.

*„Geht doch!", sage ich und beuge mich zu Yusuf Zahid, der mich
fassungslos anstarrt.*

*„Du weißt, weshalb ich aus dem Polizeidienst entlassen wurde?"
Der Araber nickt.*

*„Gut. Dann ist dir bewusst, dass ich keine Probleme damit habe,
mein Gegenüber notfalls auch mit Gewalt zu einer Aussage zu
überreden."*

„Fick dich, Schulz! Es war mir eine Freude, deine Frau zu töten."

*Ich muss mich zusammenreißen, ihm nicht augenblicklich an die
Kehle zu springen und mache folgenden Vorschlag:*

„Ich glaube, es wird die Herren von der CIA interessieren, wie es weiterging. Vor allem, wie das Virus wieder in deine flinken Fingerchen gelangen konnte. Aber pass auf! Jedes Mal, wenn ich deinen Namen in meiner Erzählung erwähne, muss einer deiner Finger dran glauben…Ach und als letztes schneide ich dir dann den Schwanz ab. Das wird mir eine besondere Freude sein."
Yusuf Zahid spuckt mir ins Gesicht und flucht:
„Du ungläubiger Bastard. Ich habe weder Angst vor Schmerz, noch vor dem Tod."
„Nun…das haben schon ganz andere behauptet. Sag mir einfach, wo du die Viruskapseln zünden wirst und dir bleibt die Demütigung erspart."

Als sich die Tür des Fahrstuhls öffnete, rechneten Holger und ich mit einem oder zwei Wachmännern des Sicherheitsunternehmens und waren deshalb nicht wenig überrascht, als uns Yusuf Zahid und der zweite Zwilling mit ebenso überraschten Gesichtern entgegenblickten.

Ich packe den Zeigefinger des Arabers und schneide ihn mit sägenden Bewegungen ab. Wortlos lässt Yusuf Zahid die Qual über sich ergehen. Ich schreie ihn an „Lässt dich das kalt? Na warte! Du wirst schon bald auspacken und um Gnade flehen."
Ich fluche, weil Blutspritzer mein Hemd beschmutzt haben und erinnere mich an Yusuf Zahid, wie er im Aufzug stand, die Kleidung vom Blut meiner Frau besudelt.

„Schulz!", stieß er hervor und griff nach seinem Samurai Schwert, das er auf seinem Rücken trug.
„Ich würde das lassen!", fauchte Holger und richtete die Pistole auf den Kopf des Arabers.

Ich greife nach dem Mittelfinger und trenne ihn ab. Diesmal verzieht Yusuf Zahid das Gesicht. Mathis sieht mich angeekelt an und sagt: „Das reicht. Hören Sie auf." Er blickt in die Kamera und ruft: „Wie können Sie das zulassen? Sie müssen diesen Wahnsinn sofort stoppen."

Es erfolgt keine Reaktion, so dass ich mit der Erzählung fortfahre.

Der Zwilling stand regungslos in der Ecke es Fahrstuhls und schien darüber nachzudenken, ob bzw. wie er aus der scheinbar ausweglosen Situation entkommen konnte. Auf dem Boden des Fahrstuhls erkannte ich eine Schleifspur aus Blut. Es bedurfte keine hellseherischen Fähigkeiten um zu erahnen woher die Blutspur stammte. Yusuf Zahid und der Zwilling hatten vermutlich soeben Simones Leiche in den Aufzug geschleift und sie irgendwo wie ein Stück Abfall entsorgt.

Diesmal wähle ich den Ringfinger. Anstatt ihn einfach nur abzutrennen schiebe ich die Messerklinge unter den Fingernagel bewege sie langsam hin und her. Yusuf Zahid schreit nun wie ein kleines Kind.
„Ahhh! Stopp! Halt...Ah!"
„Wo hast du den Virus deponiert?"
„Fuck you, Schulz!"
Ich ziehe das Messer aus dem Finger und schneide ihn ab.

Nachdenklich betrachtete ich die Schleifspur. Tief in mir stieg eine Wut auf, die sich zunehmend in ein grausames Verlangen wandelte. Das Verlangen, diesen Araber zu töten. Er sollte für den bestialischen Mord an meiner Frau büßen.
„Gib mir deine Waffe!", forderte ich von Holger.
Der Hüne antwortete, ohne seinen Blick von den Beiden abzuwenden: „Maximilian sitzt unter dem Tisch. Willst du das wirklich tun?"
Holger hatte Recht. Ich konnte Yusuf Zahid nicht vor den Augen meines Sohnes töten.

Ich schneide den kleinen Finger ab.
Yusuf Zahid hat bereits viel Blut verloren. Kalter Schweiß macht sich auf seiner Stirn breit. Er beginnt, zu zittern.
„Sie sollten jemand schicken, der seine Wunden versorgt. Er darf nicht das Bewusstsein verlieren", schlage ich Mathis vor.

„Sofort runter auf den Boden!", schrie ich die Beiden an.

Widerwillig folgten sie meiner Aufforderung und ließen sich auf die Knie fallen. Vorsichtig ging ich zwei Schritte vor und sagte: „Ihr legt euch jetzt sofort mit euren verschissenen Fressen auf den Boden und streckt die Arme nach vorne. Eine falsche Bewegung und mein Freund jagt euch eine Kugel in den Kopf. Du zuerst, du frauenmordender Feigling!"

Eine junge Frau mit langem blondem Haar und weit ausgeschnittenem weißen Shirt betritt gerade in dem Moment den Raum, als ich den Daumen von Yusuf Zahid abtrenne. Ein keuchender Schrei kommt aus seiner Kehle. Ich ignoriere seine Schreie und zische:
„Das war die erste Hand mein Freund. Es wird höchste Zeit, endlich auszupacken."
Die äußerst attraktive junge Frau trägt einen kleinen Koffer bei sich. Sie kniet sich neben den Araber und flüstert mit sanfter, fast zärtlicher Stimme:
„Yusuf, ich kann Ihnen helfen. Ich kann dafür sorgen, dass dieser kranke Mensch Ihnen nichts mehr antut."
Sie streichelt ihm über die Oberschenkel und berührt dabei immer wieder leicht seinen Penis. Ich weiß nicht, ob die Berührung Zufall oder Absicht ist, jedenfalls beginnt Yusuf zu heulen wie ein kleines Kind. Die Blondine setzt sich auf seinen Schoß drückt seinen Kopf zwischen Ihre wohlgeformten Brüste. Dann beginnt sie seine verstümmelte Hand zu verbinden.
„Yusuf, lassen Sie mich Ihnen helfen. Nur Sie können den Wahnsinn stoppen."
Plötzlich wandelt sich das klägliche Heulen des Arabers in ein hasserfülltes Schreien und er beißt der Blondine mit voller Kraft in die Brust. Während sie schreiend von seinem Schoß springt, sehe ich, wie sich ihr weißes Shirt im Brustbereich zunehmend rötlich färbt.
„Er hat mich gebissen. Er hat mich gebissen", schreit sie und schaut mich ungläubig an.
„Was bitte schön wolltet ihr damit überhaupt erreichen?", frage ich die Frau. Sie hält sich ihre Brust und antwortet: „Es war einen Versuch wert."
„Bringen Sie mir lieber seine Familie", schreie ich in die Kamera.

Mathis mischt sich ein: „Er hat Familie? Davon wissen wir nichts."

„Es gibt so viel wovon ihr Geheimdienstler nichts weiß. Er hat eine Lebensgefährtin und zwei Söhne. Sie leben unter dem Namen der Frau in Luxembourg-Stadt. Sie ist Deutsche. Ihr Name ist Wingels, Susanne Wingels."

„Woher haben Sie die Informationen? Wir haben ihn von oben bis unten durchleuchtet, konnten aber keine Hinweise auf Familie oder sonstige Angehörige finden."

„Das werde ich Ihnen gerne erklären."

Yusuf Zahid und der Zwilling legten sich wie befohlen auf den Boden und ich begann mit ihrer Entwaffnung. Der Russe trug eine Pistole im Schulterholster unter seinem Jackett, während Yusuf Zahid lediglich mit dem Samurai-Schwert bewaffnet war. Ich zog das Schwert vorsichtig aus seiner Rückenscheide und legte die Klinge an seinem Hals an.

„Du hast Glück, dass mein Sohn im Raum ist. Heute werde ich dein Leben verschonen."

„Was hast du mit ihnen vor?", fragte Holger.

„Wir sperren sie hinten in den Raum."

„Gute Idee."

Während Holger die Beiden in ihr Gefängnis geleitete, nutzte ich die Gelegenheit, um den Schreibtisch von Emir Ab Shabal zu durchsuchen.

„Wonach suchst du?", fragte Maximilian, dem ich zwischenzeitlich erlaubt hatte, wieder unter dem Schreibtisch hervorzukommen.

„Ich suche alles über einen gewissen Emir Ab Shabal. Außerdem wüsste ich gerne den Namen des Arabers, der deine Mutter tötete."

„Sie nennen ihn Yusuf!"

„Was?", fragte ich nach. „Du kennst seinen Namen?"

„Nur den Vornamen. Die Zwillingsbrüder haben ihn immer Yusuf genannt."

„Das ist wunderbar. Damit lässt sich doch schon was anfangen. Du bist ein kluger Junge."

Ich durchsuchte den gesamten Schreibtisch nach Notizen oder sonstigen Aufzeichnungen. Fehlanzeige. Es gab kein Papier, nicht einmal einen Notizblock, geschweige denn einen Kugelschreiber auf und in dem Schreibtisch. Emir Ab Shabal schien alles in dem schwarzen Notebook festzuhalten, das sich in der obersten Schreibtischschublade befand.

„Das nehmen wir mit", sagte ich schließlich und krallte mir den Laptop.

Bereits wenige Minuten später fuhren Holger, Maximilian und ich mit dem Aufzug hinunter in die Tiefgarage.

Glücklicherweise begegnete uns hier kein Sicherheitsdienst und wir konnten die Garage im Schutz der Dunkelheit unbemerkt verlassen.

Wir liefen etwa zweihundert Meter in südlicher Richtung durch eine Seitenstraße, dann nochmal fünfzig Meter über einen Fußpfad und erreichten schließlich wie vereinbart einen gut gefüllten Anwohnerparkplatz. Dort wurden wir bereits sehnsüchtig von Chippy erwartet.

„Das wurde aber auch Zeit. Ich dachte schon, man hätte dich geschnappt."

„Hat nicht viel gefehlt. Und jetzt fahr endlich los", antwortete ich.

„Wie oft habe ich deinen Namen jetzt gesagt? Vier oder fünfmal? Ach scheißegal! Ich nehme einfach die ganze Hand…oder besser noch die Nase!", fauche ich den Terroristen an.

Yusuf sieht mich sichtlich geschwächt vom Blutverlust mit ängstlichen Augen an.

„Na du Ratte. Langsam vergeht dir dein beschissenes Grinsen!", fauche ich und lege das Messer beiseite.

„Meine Geschichte ist noch nicht zu Ende. Hör gut zu!"

Mit Tagesanbruch erreichten wir unser Versteck im alten Kloster in Schönecken. Während wir uns in die Zellen verzogen, um etwas zu schlafen, versuchten Frank und Karin sich daran, das Passwort von Emir Ab Shabals Notebook zu hacken.

Als ich gegen Mittag in die sporadisch eingerichtete Küche kam, duftete es nach Rührei mit Speck. Holger stand am Herd und stocherte mit einer Gabel in der gefüllten Pfanne. Frank und Karin saßen an einem alten Eichentisch und schienen immer noch in das Notebook des Iraners vertieft zu sein.

„Willst du Eier?", fragte Holger als er mich sah.

„Gerne. Ich könnte ein ganzes Huhn fressen."

Ich sah mich in der Küche um. Obwohl ich das Kloster vor zwei Jahren durchsucht hatte, konnte ich mich an diesen Raum beim besten Willen nicht erinnern.

„Was ist los? Du siehst verwundert aus?", fragte Holger.

„Es ist seltsam. Ich habe das gesamte Gebäude nach Johanns Ermordung mehrfach durchsucht, diesen Raum hier aber nicht betreten."

„Es gibt hier mehrere Geheimzimmer. Dies ist eines davon. Außerdem habe ich den Geheimgang zur Burg freigelegt. Ein idealer Fluchtweg, falls ungebetener Besuch kommt."

„Jetzt verstehe ich auch, warum deine Küche keine Fenster hat."

„Nun. Eigentlich war der Raum nie als Küche vorgesehen, aber irgendwie fand ich keine sinnvollere Verwendung dafür."

„Naja. Eine Küche ohne Tageslicht ist nicht gerade der Traum einer Hausfrau."

Holger grinste. „Dieter, setzt dich hin und halt den Mund oder ich verdonnere dich zum Spüldienst."

„Nicht einmal eine Spülmaschine hast du?", flachste ich und setzte mich zu Frank und Karin, die immer noch gebannt auf den Laptop starrten.

„Habt ihr etwas gefunden?", fragte ich.

Keine Reaktion.

„Hallo? Erde an Schneider und Dringen! Gibt es Neuigkeiten?"

So, als hätte ich bis dato nicht existiert, sah Frank zu mir hoch und sagte:

„Ah, Dieter. Du bist wach! Wir haben das Passwort geknackt und ich kann dir sagen, die Aufzeichnungen von Emir Ab Shabal sind der absolute Hammer."

Holger reichte mir einen Teller mit Rührei und Brot.

Während ich aß, brachte Frank mich auf den neuesten Stand.

„Emir Ab Shabal hat über alle seine Freunde und Mitarbeiter akribische Nachforschungen betrieben. Vermutlich hat er keinem, nicht einmal seinem Bruder getraut. Aufgrund seiner Aufzeichnungen können wir davon ausgehen, dass die Terrorzelle aus vier Personen besteht, die von diversen Söldnern unterstützt werden. Die Planung des Bioanschlags geht zweifelsfrei auf die Brüder Emir Ab und Abu Shabal zurück. Während Emir Ab Shabal sich mit seinem Unternehmen um die Entwicklung des REX-V kümmerte, versuchte Abu Shabal möglichst viele Terrorzellen in die Planung einzubeziehen, um eine weltweite Ausbreitung des Virus zu garantieren. Er legte dazu als Kommunikationsplattform jenen Chatroom an, der von Franz geknackt wurde. Auf Befehl seines Bruders tötete er Franz und nahm sich dann selbst das Leben.

Mohamet Abdull war eigentlich als sogenannter Virusträger vorgesehen. Er sollte das REX-V an Flughäfen, Bahnhöfen und auf öffentlichen Veranstaltungen freisetzen.

Der Vierte im Bunde heißt Yusuf Zahid und scheint eine Art Vollstrecker zu sein. Seine Aufgabe besteht darin, Störungen von Außen und Eindringlinge in das Netzwerk zu eliminieren.

Aber auch sämtliche Kontaktpersonen hat Emir Ab Shabal namentlich benannt. So hat er sogar die Geldzahlungen an Kriminalhauptkommissar Wolfgang Klein bis ins kleinste Detail aufgeführt. Damit kriegen wir den korrupten Kollegen am Arsch."

„Was ist mit diesem Wielwers vom Bundeskriminalamt? Steht er auch auf der Gehaltsliste von Emir Ab Shabal?"

„In den Aufzeichnungen ist ein gewisser T. W. mit dem Klammervermerk BKA aufgeführt. Er hat bisher die üppigsten aller Schmiergeldzahlungen erhalten."

„Ich wusste es."

„Emir Ab Shabal hat seine Terroristenfreunde von Privatdetektiven beschatten lassen. Sogar sein Bruder wurde überwacht. Anscheinend haben sich die Terrorfreunde gegenseitig nicht getraut. Der Araber hat zum Beispiel verschwiegen, dass er mit einer deutschen Frau zusammenlebt, die sich um seine Söhne aus erster Ehe kümmert. Mohamed Abdull war schwul. Ein absolutes No Go bei gläubigen Moslems."

„Wofür brauchte Emir Ab Shabal die Informationen? Hat er seine Mitstreiter erpresst?"

„Keine Ahnung. Davon steht nichts hier."

„Was ist mit diesem Yusuf Zahid? Ist er geschieden?"

„Nein. Seine Frau kam vor sieben Jahren im Irak bei einem Raketenangriff des US-Militärs ums Leben. Sie war als Ärztin ehrenamtlich im Kriegsgebiet tätig, um verletzten Kindern zu helfen. Seither muss sich der zuvor bodenständige und unauffällige Betreiber einer

Kampfkunstschule zu einem äußerst gefährlichen und hasserfüllten Menschen gewandelt haben."

„Nun gut. Was hast du sonst noch?"

„Oh, eine ganze Menge. Emir Ab Shabal hat nie geplant das REX-V tatsächlich freizusetzen. Er hat seine Mitstreiter an der Nase herumgeführt. Seine Interessen sind ganz anderer Art. Er will die waffenfähige Variante des REX-V samt Impfstoff an die meistbietende Nation verkaufen. Er war und ist Geschäftsmann und Waffenhändler. Seine drei Komplizen hat er lediglich als „Promotion" für das Virus missbraucht. So bin ich mittlerweile fast davon überzeugt, dass Emir Ab Shabal die Hintertür zu dem Chatroom absichtlich für Geheimdienste geöffnet hat und Franz irgendwie zufällig mit durchrutschte."

„Das verstehe ich nicht."

„Dieter, das ist doch ganz einfach. Wenn die Geheimdienste der Russen, Chinesen, der USA oder sonstiger Militärmächte von der Existenz dieses Killervirus erfahren, werden sie alles tun, um in den Besitz dieser ultimativen Waffe zu gelangen."

„Das ist mir schon klar. Warum hat Emir Ab Shabal den Virus nicht einfach verkauft? Warum die Sache mit der Terrorzelle?"

„Ich sagte bereits, Emir Ab Shabal ist ein Geschäftsmann. Wenn er das Virus zum Beispiel an die USA verkauft, die es im Übrigen niemals einsetzen würden, kann er den anderen Staaten immer noch den Impfstoff andrehen. Diese werden, allein aufgrund der Möglichkeit, dass Terroristen bereits in Besitz einer Viruskultur sein könnten, den Impfstoff zu fast jeder Preisforderung annehmen."

Ich verstand, was Frank meinte.

„Was machen wir mit den Viren?", fragte ich und sah dabei Karin an.

„Ich könnte sie vernichten, das geht aber nur in einem Speziallabor", antwortete sie.

„Ich habe eine bessere Idee!", mischte Holger sich ein, der gerade eine weitere Schüssel geschlagene Eier in die Pfanne goss.

„Wir sind gespannt", sagte ich

„Du erinnerst dich doch an meinen Kontaktmann beim BKA. Er hat dafür gesorgt, dass ich trotz Terrorverdacht wieder freigelassen wurde. Er ist nicht bloß ein kleiner Fisch, sondern der Leiter des BKA höchstpersönlich."

Ich schnaufte überrascht.

„Holger, du hast Recht. Wir wenden uns direkt an den Chef und übergehen damit das korrupte Arschloch von Wielwers.“

+++

Kurz nach drei klopfte es am Tor des Klosters. Während ich die Tür vorsichtig öffnete, stand Holger mit Pistole im Anschlag neben mir, bereit jederzeit auf einen ungebetenen Eindringling zu schießen.
„Hey, Holger was soll das?“, fragte ein älterer, aber äußerst attraktiver Mann in den Mittfünfzigern. Er trug einen schwarzen Mantel und hatte graues, fast weißes Haar. Ungewollt musste ich bei seinem Anblick an den US-Schauspieler Richard Gere denken.
Holger steckte die Pistole weg und lief auf den Mann zu.
„Mensch, Werner! Komm her und lass dich drücken.“
Holger legte seine Arme um den BKA-Leiter und drückte ihm fast die Luft weg.
„Hey, mein Junge! Nicht so heftig. Du erdrückst mich.“
Mein Freund lockerte die Umarmung und sagte: „Ich konnte mich noch gar nicht für die Freilassung bedanken. Du hast einiges für mich riskiert.“
„Ach, das war halb so wild. Herr Wielwers hatte keine Beweise, die eine Festnahme gerechtfertigt hätten.“
„Darf ich dir meinen Freund Dieter Schulz vorstellen?“, sagte Holger und deutete auf mich. Ich konnte erkennen, wie die zuvor lockeren Gesichtszüge des Beamten einer deutlichen Anspannung wichen.
„Holger, was geht hier vor? Er ist ein gesuchter Schwerverbrecher und Terrorist. Du arbeitetest doch nicht etwa mit ihm zusammen?“
„Ach Werner, das ist eine verdammt lange Geschichte. Ich hoffe, du hast genügend Zeit mitgebracht.“
Holger Rößler legte den Arm um die Schulter seines Freundes und geleitete ihn in die Küche zu Frank und Karin. Ich beschloss, in den Keller zu gehen und Chippy und Maximilian zu wecken, die immer noch schliefen.

+++

Kapitel 9:

Die Blondine hat den Raum verlassen. Jetzt muss ich mit der Folter weitermachen, ob ich will oder nicht. Ich greife nach dem Messer. In diesem Moment sieht Mathis auf die Wanduhr und gibt mir ein Stopp per Handzeichen.
„Halb elf, die Pressekonferenz", sagt er und schaltet das Fernsehgerät ein.
Der Innenminister, der stellvertretende Leiter des Bundeskriminalamtes und ein gewisser Professor Wittkowsy von der Seuchenschutzbehörde sitzen vor einer Schar an Reportern. Blitzlichter prasseln im Sekundentakt auf die Drei. Der Innenminister eröffnet die Pressekonferenz mit der Vorstellung seiner Mitstreiter und übergibt das Wort an den stellvertretenden Leiter des BKA.
„Zum gegenwärtigen Zeitpunkt kann ich Ihnen leider noch keine konkreten Informationen liefern. Die amerikanischen Behörden haben für die US-Airbase in Spangdahlem eine Quarantäne angeordnet. Dies betrifft auch die deutschen Zivilangestellten der Militärbasis. Unbestätigten Gerüchten zu Folge, soll es innerhalb der Air Base zu mehreren undefinierbaren Krankheitsfällen gekommen sein. Nach Angaben der US Behörden bestünde aber kein Grund zur Panik."
„Sehen Sie einen Zusammenhang zwischen der Ermordung ihres Vorgesetzten Herrn Gutknecht und der Quarantänemaßnahme? Immerhin wurde die Leiche von Herrn Gutknecht in einem Unternehmen aufgefunden, das sich in der Virenforschung einen Namen gemacht hat", warf einer der Reporter ein.

Der CIA-Beamte schaltet das Fernsehgerät aus, schaut sich die Verletzungen von Yusuf Zahid an und meint: „Ich denke, wir sollten die Folter hier unterbrechen. Das genügt. Gönnen wir ihm eine Pause. Er hat viel Blut verloren. Ich sehe mal nach, was die Suche nach seiner Familie macht." Dann verlässt der Agent den Vernehmungsraum.
„Du dreckige Ratte! Endlich sind wir alleine. Jetzt wirst du für den Mord an meiner Frau bezahlen."

147

Yusuf sieht mich mit einer Mischung aus Angst und Überheblich-keit an.

„Wenn Sie mich töten, wird es um ihr Volk geschehen sein."

„Glaubst du wirklich, das würde mich noch interessieren. Du hast mir meine Liebste genommen. Ich werde die Viruskapseln auch ohne dich noch rechtzeitig finden."

„Das glaube ich nicht." Yusuf sieht auf die Uhr und faucht: „Es ist jetzt dreiundzwanzig Uhr. Die Kapseln werden in genau drei Stunden gezündet."

„Du perverses Schwein!", schreie ich ihn an. „Wenn du das wirk-lich durchziehst, werde ich dich und deine Familie töten. Das ver-spreche ich dir. Ich schneide deinen Kindern die Haut von ihren Gesichtern und stecke sie dir ins Maul."

Ich greife nach dem Penis des Terroristen, ziehe ihn nach vorne und stoße das Messer mittig durch sein Geschlecht.

„Jaär", schreit er auf. Blut spritzt aus der Wunde hervor, besudelt seine Oberschenkel und läuft an den Schienbeinen herunter zu Boden, wo es sich zu einer großflächigen Blutlache formiert. Yusuf Zahid stammelt etwas Unverständliches, dann verliert er das Be-wusstsein.

Nach etwa einer Stunde kommt er wieder zu sich. Die Blondine hat zwischenzeitlich sein Geschlecht verbunden und ihm eine Infusion angehangen. Sie blickt den Iraner an, deutet auf mich und meint: „Herr Zahid, meine Vorgesetzten lassen diesem Verrückten freie Hand. Er wird Sie zu Tode foltern. Bitte, in Ihrem Interesse. Reden Sie!"

„Halt die Fresse, du dumme Fotze", faucht Zahid. Ein Gemisch aus Blut und Speichel spritzt dabei aus seinem Mund und trifft mich am Arm. Angeekelt wische ich seine Rotze ab und schaue ungeduldig auf die Uhr. Sie zeigt kurz nach Mitternacht. Wo bleibt Mathis?

Gegen viertel nach zwölf betritt er endlich den Raum. Er schickt die Blondine mit zornigem Blick nach draußen und meint: „Wie ich hörte, hat unser Freund Ihnen den Zeitpunkt der geplanten Freisetzung mitgeteilt. In Anbetracht der geringen uns noch ver-

bleibenden Zeit haben Sie, trotz meines Widerspruchs, die Geneh-
migung erhalten, mit ihrer Befragung fortzufahren."
Ich fühle mich bestätigt. Die einzige Möglichkeit, den Terorristen
zum Reden zu bringen, ist in meinen Augen die Folter. Durch Bit-
ten, Betteln oder Androhung einer Haftstrafe werden wir nichts
aus ihm herausbekommen. Nein! Es gilt, ihn zu brechen.
„Du wirst mir jetzt erzählen, warum du Emir Ab Shabal und den
BKA- Leiter Thomas-Werner Gutknecht umgebracht hast oder ich
schneide dir hier und jetzt die Eier ab."
Yusuf Zahid scheint nachzudenken. Er sieht auf die Wanduhr und
verzieht sein Gesicht zu einem Grinsen. Schließlich entschließt er
sich, vielleicht auch nur um Zeit zu gewinnen, von den Gescheh-
nissen zu berichten:

Normalerweise empfängt Emir Ab Shabal mehrere Edel-Nutten in
dem Raum, in dem Simone und Maximilian gefangen gehalten wurden. Er treibt dort mit ihnen seine perversen Spielchen und filmt das
Ganze mit der Überwachungskamera.
Genau in diesen Sado-Maso-Raum hat Holger Rößler mich und Ivan
in jener Nacht eingesperrt. Es gelang uns erst nach Stunden die Tür
aufzubrechen und in Emirs Büro zu gehen. Ivan und ich waren mehr
als überrascht, als wir Emir vor dem Bildschirm sitzend antrafen. Er
hatte uns die ganze Zeit beobachtet und es nicht für nötig befunden,
die Tür zu öffnen.
„Ich dachte schon, ihr wollt euch gegenseitig vernaschen", spottete
er.
„Du wusstest, dass wir dort festsitzen, und lässt uns einfach stundenlang mit einem Toten in dem Raum?", fragte ich erzürnt.
Auch Ivan schien geladen zu sein. Schließlich hatte die Leiche seines
Bruders die ganze Zeit mit uns in dem Raum gelegen. Holger Rößler
hatte Igors toten Körper noch schnell in Emirs Sex- und Folterraum
geschoben, bevor er uns dort eingeschlossen hatte.
Emir Ab Shabal grinste mich mit einen überheblichen Lächeln an
und meinte:
„Während ihr euch im Sexzimmer vergnügt habt, habe ich herausgefunden, wo sich Dieter Schulz mit Gefolge versteckt. Die Dummköp-
fe haben meinem BKA-Kontakt Thomas Werner Gutknecht den

REX-V ausgehändigt. Er wird in Kürze hier eintreffen und mir den REX-V übergeben.
Ihr begebt euch bitte umgehend nach Schönecken. Das liegt direkt hinter der Grenze im Altkreis Prüm. Die Möchtegern-Helden verstecken sich dort in einem alten Kloster in der Van-Hersel-Straße. Ich möchte, dass ihr ihrem Treiben endgültig ein Ende bereitet."

Ivan und ich machten uns, wie von Emir befohlen, sofort auf den Weg nach Schönecken. Während der gesamten Fahrt konnte ich in Ivans Augen seinen Durst nach Rache deutlich erkennen.
„Der Privatschnüffler gehört mir, damit das klar ist", knurrte er, als wir die Van-Hersel-Straße in Schönecken erreichten.
Etwas unterhalb des alten Klosters parkten wir unseren Wagen und liefen die letzten Meter zu Fuß bis zu dem denkmalgeschützten Gebäude. Eine ältere Dame in blauer Kittelschürze saß vor einem renovierungsbedürftigen Haus direkt gegenüber des Klosters und zog an einer langen Holzpfeife.
„Lurt wannt kenen", rief uns die Alte zu.
„Was hat die gesagt?", fragte ich Ivan.
„Keine Ahnung. Vergiss die Alte. Wir müssen die Eingangstür zum Kloster irgendwie öffnen."
„Wie wäre es mit einem Kick?"
„Massive Eiche. Die treten wir nicht ein", stellte Ivan fest.
„Ich denke, wir sollten ohnehin die Dunkelheit abwarten. Es bringt nichts, jetzt blindlinks hier einzumarschieren. Das Gebäude gleicht einer Festung. Wenn wir bei Tageslicht eindringen, haben wir keine Chance. Ich fahre zurück nach Luxembourg und besorge uns Nachtsichtgeräte. Du quartierst dich zwischenzeitlich bei der alten Dame ein und behältst das Kloster im Auge."
Ivan schien wenig erfreut über meinen Vorschlag und erwiderte knurrig: „Was soll der Scheiß? Seit wann hast du solche Angst? Ich gehe jetzt da rein und reiß den Pennern die Ärsche auf. Dieser Schulz hat meinen Bruder auf dem Gewissen. Dafür muss er bezahlen!"
Ich zog meinen Dolch aus dem Gürtelholster und drückte ihn gegen Ivans Bauch.
„Jetzt hör mir mal gut zu, du russischer Schwachkopf. Deine Rachegedanken sind mir scheißegal. Hier geht es um eine viel größere

Sache. Ich lasse nicht zu, dass du unsere Mission gefährdest. Vergiss nicht, wofür du bezahlt wirst."

„Ist ja schon gut", fauchte Ivan. Er hatte einen riesen Respekt vor meinen Kampfkünsten und wollte es nicht zu einer Konfrontation mit mir kommen lassen. „Ich warte hier und kümmere mich um die alte Dame."

„Geht doch!", antwortete ich und steckte meinen Dolch zurück ins Holster.

Dann lief ich zu unserem Auto und machte mich auf den Weg nach Luxembourg.

Eine knappe Stunde später fuhr ich bereits in die Tiefgarage von ES Enterprises ein, parkte den Wagen in einer freien Bucht und fuhr mit dem Fahrstuhl nach oben zu Emirs Büro.

Er hatte Besuch von unserem BKA-Kontakt T.W.Gutknecht. Beide schienen von meinem plötzlichen Erscheinen überrascht. Emir sprang hastig hinter seinem Schreibtisch auf und schrie verärgert:

„Was willst du hier? Hatte ich nicht befohlen, diesen Schulz und seine Kameraden auszuschalten?"

„Das ist bei Tageslicht zu unsicher und gefährlich. Ivan und ich wollen die Nacht abwarten."

„Bullshit! Du wirst deinen Hintern sofort wieder nach Schönecken bewegen und Dieter Schulz endgültig beseitigen."

Emirs Befehlston gefiel mir nicht und das gab ich ihm deutlich zu erkennen. Ich fauchte: „Du hast mir nichts zu befehlen! Ich bin keiner deiner Söldner."

Emir trat hinter dem Schreibtisch hervor und kam auf mich zu. Erzürnt über meine Widerworte, deutete er mit dem Zeigefinger auf mich und sagte: „Vergiss nicht, wer die ganze Sache geplant und organisiert hat."

„Oh, das vergesse ich nicht. Es war dein Bruder Abu. Nicht du. Es war einzig und allein Abus Idee."

„Abu ist tot. Der ganze Plan hat sich dadurch geändert."

Ich sah Emir verwundert an. Was hatte das zu bedeuten?

Emir ging ein paar Schritte zurück und griff nach dem Aktenkoffer auf seinem Schreibtisch.

„T.W. und ich haben beschlossen, den REX-V nicht freizusetzten und dadurch Millionen unschuldiger Menschen zu töten. Nein! Wir werden den Virus an die meistbietende Nation verkaufen."

151

Für einen kurzen Moment war ich sprachlos.

„Yusuf, wir werden Millionen mit dem Verkauf des Virus verdienen und noch viel mehr mit dem Verkauf des Impfstoffes.

„Du weißt genau, dass Geld mich nicht interessiert", zischte ich.

„Dann ist es an der Zeit, dass sich unsere Wege hier trennen", antwortete Emir. Er zog eine Pistole aus seinem Jackett und richtete sie auf mich.

„Willst du die Kugel kommen sehen oder soll ich dir in den Hinterkopf schießen? Noch hast du die Wahl."

„Ich möchte gerne durch mein Schwert sterben", antwortete ich und zeigte auf mein Samurai Schwert, das neben Emirs Schreibtisch in der Ecke lag.

Emir überlegte kurz und meinte schließlich: „In Ordnung!"

Er reichte Gutknecht die Pistole. „Wenn er sich bewegt, knall ihn ab."

Dann nahm Emir das Schwert und trat bis auf einen Meter an mich heran.

„Auf die Knie!"

Ich folgte der Aufforderung und senkte mein Haupt.

„Hast du noch etwas zu sagen?", wollte Emir wissen und hob das Schwert mit beiden Händen zum Schlag in die Luft.

„Allah wird über unser Schicksal entscheiden", antwortete ich.

In diesem Moment ließ Emir die Klinge herabschnellen. Geistesgegenwärtig warf ich mich zur Seite, drehte meinen Körper und trat Emir in die Genitalien. Er zuckte zusammen. Den Moment der Unachtsamkeit nutzte ich aus, um mich auf die Beine zu schwingen, und gegen seine Unterarme zu kicken. Zeitgleich zog ich in der Drehung meinen Dolch aus dem Gürtelholster und schleuderte ihn nach vorne auf T.W. Gutknecht. Mein Wurfmesser traf den BKA-Chef ins rechte Auge. Er begann zu taumeln und schrie laut auf. Ein Schuss löste sich aus seiner Pistole und hämmerte in den Schreibtisch.

Mir gelang es zwischenzeitlich, Emirs Unterarme zu greifen und diese mit Schwung zur Seite zu wuchten. Zeitgleich sprang ich hoch und trat ihm mit dem Spann ins Gesicht. Emir war für einen kurzen Moment benommen und taumelte zurück. Blitzschnell entriss ich ihm mein Schwert, drehte es gekonnt nach vorne und durchstieß den Hals meines Freundes mit einem gezielten Stich.

Emirs Blut sprudelte fontänenhaft zu Boden. Er sah mich mit weit aufgerissenen Augen an und gurgelte: „Allah…" Ich zog die Klinge aus seinem Hals. Sofort sackte Emir zu Boden.

Aus den Augenwinkeln erkannte ich, wie Gutknecht das Messer aus seinem Auge zog und taumelnd auf mich zukam. Die Pistole in der rechten Hand, das Messer in der linken schrie er mich an: „Du verdammte Ratte! Ich leg dich um!"

Gutknecht feuerte zweimal in meine Richtung. Glücklicherweise verfehlte er mich. Mit zwei großen Schritten lief ich auf ihn zu und sprang in die Luft. Im Sprung erhob ich mein Schwert, ließ es zusammen mit meinem gesamten Körpergewicht nach unten schnellen und enthauptete Gutknecht mit einem einzigen Schlag. Sein Kopf kullerte zu Boden und blieb neben dem Schreibtisch mit weit aufgerissenem Mund liegen. Dunkelrotes Blut sprudelte literweise aus Gutknechts Torso und ergoss sich über den braunen Teppichboden.

„Allah hat entschieden", sagte ich und nahm den Koffer mit dem REX-V an mich. Nun lag es ganz allein an mir, Abu Shabals Plan in die Tat umzusetzen.

Ich wusste, dass mir nicht mehr viel Zeit blieb. Schon in Kürze würden Emirs Verbündete Verdacht schöpfen und die Jagd nach mir eröffnen.

+++

Kapitel 10:

…und dann hast du die Viruskapseln mit Minisprengzündern aus-
gestattet und an verschiedenen Orten versteckt?
Yusuf grinst.
„Ich habe schon viel zu viel erzählt. Es bleiben noch etwas mehr
als zwei Stunden, dann wird das Ungeziefer Mensch endgültig ver-
nichtet. Sehen Sie sich die verlogene Gesellschaft doch an. Ihre
Regierung wusste, dass Emir biologische Waffen in seinem Labor
produzierte. Trotzdem hat niemand etwas dagegen unternommen,
weil er einer der größten Geldgeber und Parteispender war. Ihre
Regierung ist unterwandert von Lobbyisten und Korruption. Emirs
Firma ist nur die Spitze des Eisbergs. Schmiergeldzahlungen von
Rüstungsfirmen an deutsche Spitzenpolitiker sind an der Tages-
ordnung. Deutschland gibt sich nach außen als „Saubermann"
und beteiligt sich weitgehend nicht an Kriegseinsätzen, hat aber
eine der weltweit größten Rüstungsindustrien. Ihr Land ist deshalb
nicht besser als die USA oder England und trägt die Verantwor-
tung für den Tod vieler unschuldiger Menschen."
„Dein Gesülze kotzt mich an", knurre ich. „Pack endlich aus. Wo
sind die Viruskapseln?"
„Von nun an liegt es in Allahs Händen", antwortet Yusuf.
Mathis sieht mich vorwurfsvoll an und meint: „Herr Schulz, Sie
haben ihn trotz ihrer brutalen und menschenunwürdigen Folter-
methoden nicht zum Sprechen gebracht. Wir wissen immer noch
nicht, wo er die restlichen fünf Virenkapsel sprengen wird. Wir
sollten unsere Taktik ändern und mittels seriöser Ermittlungsarbeit
nach den Kapseln suchen."
Mathis wirkt auf mich wie ein Traumtänzer. Glaubt er wirklich,
dass wir in zwei Stunden die nur etwa 10cm großen Kapseln, die
vermutlich alle an unterschiedlichen Orten versteckt sind, finden
können?

Während Holger den REX-V an seinen Freund T.W.Gutknecht übergab, sah ich mir die von Frank entschlüsselten Dateien auf Emir Ab
Shabals Computer an.

In einem der Ordner befand sich eine Auflistung, der für die Terroristen in Betracht kommenden Anschlagsziele.

Neben den US-Air Basen Spangdahlem und Ramstein waren die Flughäfen Frankfurt, Köln, München und die Bahnhöfe Berlin, Hamburg und Bremen aufgeführt. Zahlreiche Fotos und Videoaufnahmen der Örtlichkeiten deuteten darauf hin, dass die Terrorzelle sich bereits eingehend mit den Sicherheitsvorkehrungen der Einrichtungen beschäftigt hatte.

In einem zweiten Ordner waren Ziele in Frankreich, England und den USA aufgelistet, zu denen aber keine Foto- und Videoaufnahmen vorlagen.

„Wir sollten das Notebook ebenfalls ans BKA übergeben", schlug Frank vor. Ich stimmte ihm zu, meinte aber: „Zieh aber bitte noch schnell eine Kopie der Daten auf einen USB-Stick."

„Wieso? Was hast du damit vor?"

„Der Fall ist mit der Übergabe des REX-V für uns noch nicht abgeschlossen. Wir wissen immer noch nicht, wer Dr. Jansen umgebracht hat und den USB-Stick mit den REX-V Bauplänen gestohlen hat."

In diesem Moment betraten Holger und T.W. Gutknecht die Küche. Der BKA-Chef hielt den Koffer mit den Viren in seiner rechten Hand.

„Er benötigt auch das Notebook", sagte Holger.

Ich sah Frank fragend an. Er schüttelte den Kopf.

„Was ist los?", fragte Holger als er Franks Geste bemerkte.

„Ich brauche eine Kopie der Festplattendaten", warf ich ein.

„Bei allem Respekt, Herr Schulz", sagte Gutknecht in forschem Ton, „nach allem was Sie für unser Land und die Bevölkerung getan haben, sollten Sie nun dem Bundeskriminalamt die weitere Arbeit überlassen. Wir werden die Terrorzelle noch heute zerschlagen und die Schuldigen festnehmen. Darauf können Sie sich verlassen."

Mit gemischten Gefühlen übergab ich den Laptop an Gutknecht, verabschiedete ihn mit Handschlag und meinte: „Holger vertraut Ihnen, deshalb werde ich mich seinem Urteil anschließen. Bringen Sie Emir Ab Shabal und seine Verbündeten hinter Gitter."

Ein weiteres Mal hatte ich mein Vertrauen der falschen Person geschenkt…

+++

Nachdem Gutknecht das Kloster verlassen hatte, trafen wir uns zu einer Besprechung in Holgers Küche. Chippy, Frank und Karin setzten sich an den Küchentisch, während Holger und ich es vorzogen uns an die Arbeitsplatte der Küchenzeile zu lehnen.

Ich ergriff das Wort. „Die größte Gefahr ist gebannt. Das BKA wird die weiteren Maßnahmen einleiten und die Terroristen festnehmen. Weiterhin ungeklärt bleibt aber die Ermordung unseres Freundes Dr. Jansen und der Verbleib des USB-Sticks mit den Forschungsdaten des REX-V Programms. Deshalb ist der Fall für mich noch nicht abgeschlossen."

Während ich mir ein Glas Mineralwasser einschenkte, fragte ich: „Wer von euch ist dabei?"

Meine Freunde gaben mir ausnahmslos ihre Zustimmung, was mich mit Freude und Stolz erfüllte. Ich leerte das Glas mit einem kräftigen Schluck und bedankte mich.

„Wie willst du vorgehen?", fragte Holger.

In diesem Moment wurde die Küchentür mit voller Wucht aufgestoßen und hämmerte gegen Holgers Gesicht, der unmittelbar neben der Tür stand. Während mein Freund mit aufgeplatzter Nase zu Boden ging, sprang Ivan mit gezogener Waffe in die Küche und feuerte wild umher.

Geistesgegenwärtig hatte ich mich in letzter Sekunde mit einem Hechtsprung unter dem Eichentisch in Deckung gebracht.

„Schuuulz! Du wirst für den Mord an Igor zahlen", schrie der Russe und feuerte eine Pistolensalve in meine Richtung.

Zwischenzeitlich waren Frank und Chippy aufgesprungen und versuchten Karin aus dem Schussfeld des Russen zu bringen.

„Unter den Tisch", zischte Frank und drückte die junge Frau nach unten, während Chippy den Tisch nach vorne schob und seinen korpulenten Körper schützend vor Karin und Frank warf.

Plötzlich sackte Chippy schlaff zu Boden und blieb reglos neben dem Tisch, direkt neben mir liegen. Schockiert sah ich in die weit aufgerissenen Augen meines Freundes. Eine der Pistolenkugeln hatte ihn genau zwischen die Augen getroffen. Chippy war tot.

Fast zeitgleich stoppte der Beschuss und ich konnte laute Kampf-
und Stöhngeräusche wahrnehmen. Vorsichtig sah ich unter dem
Tisch hervor und erkannte Holger, der sich mit Ivan einen heftigen
Faustkampf lieferte. Scheinbar hatte mein Freund dem Russen die
Pistole aus der Hand getreten und versuchte nun ihn mit unbarmher-
zigen Fausthieben in Gesicht und Leber zu überwältigen, was Ivan
mit Kniestößen und Fußtritten zu erwidern wusste.
Die Beiden waren sich in Sachen Körpergröße und Muskelmasse fast
ebenbürtig und für einen kurzen Moment fühlte ich mich wie ein
Zuschauer eines Wrestling-Kampfes. Ich schnappte mir die Pistole
des Russen, die zu Holgers Füßen lag und richtete sie auf Ivan.
„Keine Bewegung!", schrie ich.
Ivan schien unbeeindruckt und setzte seine Attacke gegen Holger
fort. Die Beiden schenkten sich nichts. Der Russe hatte meinen
Freund am Arm gepackt und ihm diesen auf dem Rücken verdreht.
Nun schlug er mit geballter Faust in die Rippen meines Freundes,
während dieser vergeblich versuchte sich aus dem Kreuzfesselgriff
des Söldners zu befreien.
„Lass ihn los oder ich knall dich ab", brüllte ich und schoss zur Ver-
deutlichung meiner Drohung in die Decke.
Erst jetzt schien Ivan die Ernsthaftigkeit meiner Forderung zu ver-
stehen und lockerte den Griff an Holgers Arm. Mein Freund nutzte
die Situation, wand sich aus dem Haltegriff und schlug Ivan mit der
Faust ins Gesicht.
„Volltreffer!", jauchzte ich, als der Russe daraufhin bewusstlos zu-
sammenbrach.
„Was für eine Scheiße!", schrie Frank heulend. Er hatte sich zu
Chippy auf den Boden gekniet und hielt den leblosen Körper unseres
Freundes fest umklammert in seinen Armen.
Holger macht sich daran, den Russen zu fesseln, während ich zu
Karin unter den Tisch kroch, um die völlig verängstigte Frau zu be-
ruhigen.
„Er ist überwältigt. Du musst jetzt hier rauskommen. Ich brauche
deine Hilfe."
Karin sah mich mit feuchten Augen an.
„Was…Was ist mit Chippy?"
Ich schüttelte den Kopf und nahm sie weinend in den Arm.

Kapitel 11:

„Ivan sollte auf mich warten. Seine Rachegedanken siegten aber schließlich über die Vernunft", sagte Yusuf.
Ich sehe auf die Uhr an der Wand. „Noch eine Stunde. Letzte Chance, du verschissenes Schwein. Wo hast du die restlichen Kapseln deponiert?"
Yusuf sieht mich mit einem hämischen Grinsen an und faucht: „Fuck you, Schulz!"
„Also gut! Du hast es nicht anders verdient", mahne ich und rufe mit Blick in die Kamera: „Bringt mir die Frau!"
Als wenig später die Blondine Yusufs Lebensgefährtin in den Vernehmungsraum führt, weiten sich die Augen des Terroristen ungläubig.
„Danke! Sie können gehen", sage ich zu der Blondine und widme mich Yusufs Freundin. Susanne Wingels ist eine wunderschöne Frau mit langem dunklem Haar, pechschwarzen Augen und sportlicher Figur. Sie trägt eine türkisfarbene Jeans, eine weiße Bluse und darüber eine aquamarinfarbene Strickweste.
„Frau Wingels, mein Name ist Dieter Schulz. Ich unterstütze das Bundeskriminalamt und den amerikanischen Geheimdienst bei der Vernehmung ihres Lebensgefährten. Er ist ein Terrorist und plant die Vernichtung der westlichen Welt. Yusuf hat mehrere Metallkapseln mit kleinen Sprengzündern bestückt, die in etwas weniger als einer Stunde ein tödliches Virus freisetzen werden. Das sogenannte REX-Virus kann innerhalb weniger Tage Millionen Menschen infizieren und töten."
Susanne sieht mich mit fassungslos an. Ihr Blick wandert zu Yusuf und verharrt für einen kurzen Moment auf seiner verstümmelten Hand.
„Oh, Yusuf. Was haben Sie dir angetan?", fragt sie entsetzt.
„Allah wird die Ungläubigen dafür bestrafen."
„Dann stimmt es, was dieser Mann sagt?"
Yusuf schweigt.
Ich greife erneut nach dem Messer des CIA-Agenten und drücke es an Yusufs Kehle.
„Nein. Tun Sie ihm nichts!", fleht Susanne mich an.

„Halt die Fresse!", schreie ich und zische mit gefletschten Zähnen:
„Letzte Chance, du Drecksack! Wo sind die Kapseln?"
Yusuf sieht mich an und grinst.
„Sie werden mich nicht töten." Dann spuckt er mir ins Gesicht.
Wortlos wische ich den Speichel ab und gehe zu Susanne. Ich packe die junge Frau am Schopf, ziehe sie zu mir heran und drücke das Messer so fest ich kann in ihre Brust.
Mit weit aufgerissen Augen sieht sie zu Yusuf hinüber und stammelt irgendwelche arabischen Worte, bevor sie langsam auf ihre Knie sinkt.
„Du Schwein! Schulz, dafür wirst du büßen", brüllt Yusuf.
Susannes Körper zuckt einige Sekunden hektisch hin und her, dann fällt sie zu Boden und bleibt regungslos liegen.
Ich wische mir ihr Blut von den Händen und lächele Yusuf an:
„Du nahmst mir meine Frau, jetzt habe ich dir deine genommen."
„Schon bald wirst auch du an dem REX-V verrecken. Ihr werdet alle sterben", faucht Yusuf heulend.
Ich grinse nur und meine: „Du wirst mir jetzt endlich verraten, wo du die Viren freisetzen wirst."
„Niemals!"
„Oh, das glaube ich doch", antworte ich, blicke zur Kamera und schreie:
„Bringt mir seine Kinder!"

+++

Ich habe lange darüber nachgedacht, wie weit ich bereit bin zu gehen. Ist die Folter eines Verdächtigen gerechtfertigt, wenn ich dadurch Hunderttausenden von Menschen das Leben retten kann? Was ist zu tun, wenn er trotz qualvoller Schmerzen nicht redet und ich seinen Willen nicht brechen kann?
Ist es vertretbar noch einen Schritt weiter zu gehen und unschuldige Familienangehörige oder Freunde des Terroristen zu foltern oder sogar zu töten?
Kann ich ein, vielleicht zwei Menschenleben mit tausenden aufwiegen?

Erstmals kam mir die Befürchtung, dass ich mit rechtsstaatlichen und moralischen Mitteln nicht mehr weiter kommen würde, als ich im Kloster in einer der Gebetszellen versuchte, von Ivan Informationen zu bekommen.

„Woher wusstest du von unserem Versteck?", fragte ich den Russen. Er hockte in der Ecke der alten Gebetszelle und blickte ausdruckslos ins Leere. Seine Hände und Füße waren mit zwei dicken Hanfstricken zusammengebunden und hinderten ihn daran mich mit bloßen Händen zu zerquetschen, was ihm in Anbetracht seiner mächtigen Figur sicherlich nicht schwer gefallen wäre.

„Du bist kein Terrorist. Das weiß ich. Du bist Söldner. Sei kein Narr und rede endlich. Wer hat dir von unserem Versteck hier im Kloster erzählt?"

Ivan schwieg.

„Nun gut. Ich muss dann wohl zu anderen Maßnahmen greifen." Ich beugte mich nach unten, packte einen Finger des Russen und überstreckte diesen nach hinten bis zum Handrücken.

Ivan versuchte sich den Schmerz nicht anmerken zu lassen, konnte aber die dicken Schweißperlen auf seiner Stirn nicht unterdrücken. Er erlitt höllische Schmerzen.

Wissentlich seiner Qualen, nahm ich einen zweiten Finger. Das war zu viel. Ivan schrie auf: „Stopp, Stopp, hören Sie auf. Ich rede." Sofort ließ ich seine Finger los und meinte: „Weise Entscheidung!" Der Muskelberg schluckte, so als müsse er die Schmerzen den Hals hinunterspülen, dann erklärte er: „Emir Ab Shabal hat Yusuf Zahid und mich beauftragt, Sie zu töten."

„Yusuf Zahid?", fragte ich nach. „Wo ist er?"

„Er war der Meinung, dass ein Angriff ohne Spezialequipment zu gefährlich sei und fuhr zurück zur Konzernzentrale."

„Tja, wie recht er hatte. Du hast mir aber immer noch nicht erzählt, wer euch vom Kloster erzählt hat"

Emir Ab Shabal hat den Tipp von einem Freund bekommen. Irgendein hohes Tier beim BKA. Sein Name ist Gutknecht oder so ähnlich."

Als ich das hörte, konnte ich mich vor Schreck fast nicht auf den Beinen halten. Konnte man denn niemandem mehr trauen?

Ich lief hastig die Treppe hinauf zur alten Kapelle. In dem kleinen Gebetshaus hatten die Nonnen ihren Gott verehrt und angebetet, was aber schon Jahre zurücklag. Meine Meinung über die katholische Kirche war alles andere als gut und doch rührte mich der Anblick, der mich in der Kapelle erwartete zu tränen.

Frank und Holger hatten unseren Freund Chippy vor dem Altar auf einer roten Decke abgelegt und seine Hände wie zum Gebet gefaltet. Neben ihm brannten drei kleine Kerzen, deren Flackern einen warmen Lichtschein auf Chippys Gesicht warf. Es sah aus, als würde er schlafen. Lediglich das Einschussloch in der Stirn meines Freundes machte auf grausame Weise deutlich, dass er nie wieder aufwachen würde.

Ich hielt für einen kurzen Moment inne und ertappte mich bei einem kleinen Stoßgebet. Als Frank, der vor Chippy kniete und betete, mich bemerkte, sagte er: „Das hat er nicht verdient."

Holger stand mit andächtig verschränkten Armen neben dem Altar und sah schweigend zu dem Verstorbenen. Ich kniete mich neben Frank und nahm Chippys Hand.

„Mein Freund, ich werde die Verantwortlichen zur Rechenschaft ziehen", schwor ich. Danach erhob ich mich und wandte mich an Holger:

„T.W. BKA auf Emir Ab Shabals Notebook bedeutet nicht Tobias Wielwers, sondern ist die Abkürzung für Thomas Werner Gutknecht."

Holger sah mich überrascht an.

„Das ist nicht dein Ernst!"

„Doch! Gutknecht arbeitet für Emir Ab Shabal."

„Dann hat er unser Versteck verraten?"

Ich nickte.

„Denkst du, er hat Shabal das Virus zurückgebracht?"

Ich nickte erneut.

Frank sah mit tränenden Augen zu uns auf.

„Wir müssen etwas unternehmen. Chippys Tod soll nicht umsonst gewesen sein."

„Was können wir denn noch unternehmen, wenn wir weder BKA noch Polizei trauen können?", warf Holger ein.

„Emir Ab Shabal hat alle, die er bestochen hat in seinem Notebook aufgeführt. Dass es sich bei T.W. nicht um Tobias Wielwers, sondern

um Thomas Werner Gutknecht handelte, war ein unglücklicher Zu-
fall, bedeutet aber im Gegenzug, dass Wielwers nicht auf der Gehaltsliste von Shabal steht und wir ihm vertrauen können", gab ich zu
bedenken.
„Ich kann ihn trotzdem nicht ausstehen.", knurrte Holger.
„Mir ist er auch unsympathisch, aber was haben wir noch zu verlieren?"
Frank mischte sich in unser Gespräch ein: „Dieter, glaubst du nicht,
dass Wielwers dich sofort festnehmen wird?"
„Ich werde ihm alles erzählen. Er wird mir schon glauben. Ohne
Polizei sind wir aufgeschmissen."
Mein Freund sah mich skeptisch an: „Ich weiß nicht, ob das eine
gute Idee ist. Die Polizeiermittlung könnte die Terroristen dazu bewegen, den Virus vorzeitig freizusetzen. Außerdem stehst du ganz
oben auf der Terroristenliste des BKA. "
„Wir haben keine andere Wahl. Schon bald wird dieser Zahid hier
auftauchen. Wäre doch gut, wenn er von einer SEK-Einheit begrüßt
wird."
Frank schien nicht überzeugt, trotzdem gab er sich zufrieden und
fragte: „Was kann ich tun?"
„Du bringst bitte Karin und Maximilian in Sicherheit."

+++

*Scheinbar widerwillig führt Mathis die beiden Kinder von Yusuf in
den Raum. Es sind hübsche Kinder. Ein elfjähriges Mädchen und
ein zwölfjähriger Junge. Damit den Beiden der Anblick ihrer toten
Stiefmutter erspart bleibt, hat der CIA-Beamte Susannes Körper
vor wenigen Minuten bereits aus dem Vernehmungsraum ge-
schleppt.*
*Yusuf sieht seine Kinder mit tränenden Augen an, dann schweift
sein Blick auf die Uhr. Es ist fünf vor zwei in der Nacht. Er beginnt zu grinsen. Ich packe unterdessen seinen Sohn am Schopf
und drücke ihm das Messer an die Kehle.*

Der Junge schreit und schlägt wild mit den Armen um sich. Das Mädchen rennt unterdessen zu ihrem Vater und wirft sich um seinen Hals. Jetzt sehe auch ich auf die Uhr.

„Noch fünf Minuten. Du hast noch fünf Minuten um das Leben deines Sohnes zu retten", schreie ich Yusuf an.

„Nein, Schulz. Die Menschheit hat noch fünf Minuten, dann wird Allah über unser aller Schicksal entscheiden, auch über das meiner Kinder."

„Ich werde Allah bei dieser Entscheidung zuvorkommen und deinem hübschen Sohn die Haut vom Gesicht schälen."

„Nein, bitte nicht!", fleht Yusuf

„Dann rede!"

Yusuf sieht erneut auf die Uhr und nickt im Wissen, dass die verbleibenden Minuten nicht mehr ausreichen um die Freisetzung der Viren noch zu verhindern.

„Also gut. Air Port Luxembourg, Terminal 1 Mülltonne vor Schalter 12. Innenstadt Trier, Fußgängerzone, Mülltonne vor Porta Nigra. Hauptbahnhof Trier, Mülltonne vor dem Eingangsbereich., Bitburg Fußgängerzone, Mülltonne an der Ampel."

„Das sind erst vier. Zwei fehlen noch!", brülle ich.

„Nummer fünf habe ich hier in der Air Base freigesetzt! Das wissen Sie doch!"

„Und Nummer sechs?"

„Damit habe ich mich selbst infiziert."

Yusuf streckt die Zunge heraus. Erst jetzt sehe ich die Blaufärbung darauf.

Ich lasse den Jungen los und laufe nach vorne zu Yusuf, löse seine Fesseln und hebe seine Arme nach oben.

Wie konnte ich das übersehen? In den Achseln hatten sich bereits die typischen Anfangsmerkmale der REX-V-Infektion gebildet, dicke eitrige Pusteln.

4.　Abschnitt:

Pandemie

Kapitel 12:

*Ich öffne die Augen. Mein Kopf schmerzt und ich friere. Dicke
Pusteln, gefüllt mit grün-gelblichem Eiter bedecken meine Arme.
Nur mit einem weißen Kittel bekleidet liege ich in einem Kranken-
bett.*
*Neben mir am Bett sitzt mein Freund Frank. Er wischt mir mit
einem feuchten Lappen über die Stirn und lächelt. Frank trägt zu
meiner Verwunderung keine Schutzmaske.*
„Was ist geschehen? Wo ist Maximilian?"
*„Mach dir keine Sorgen. Der Bauernhof, zu dem du uns geschickt
hast ist ein Kinderparadies. Maximilian hat viele Freunde auf dem
Hof gefunden. Ihm geht's gut."*
„Was ist mit Mathis?"
„Tut mir leid. Er hat es nicht geschafft."
Ich schließe für einen kurzen Moment die Augen.
„Warum trägst du keine Schutzmaske? Bist du etwa auch…"
*Frank unterbricht mich: „Nein, Dieter. Keine Sorge. Die Ärzte
haben mir versichert, dass du nicht mehr ansteckend bist."*
Erleichtert atme ich auf.
*„Die letzten Stunden waren die absolute Hölle für mich. Manch-
mal wusste ich nicht genau, auf welcher Seite ich stand. Gehörte
ich zu den Guten oder den Bösen? Verstehst du?"*
*Frank sieht mich fragend an. „Ehrlich gesagt verstehe ich nur
Bahnhof. Was ist denn geschehen, nachdem Karin, Maximilian
und ich das Kloster verlassen haben?"*
*Schwerfällig setze ich mich auf und erzähle meinem Freund von
den grauenvollen Geschehnissen der letzten Stunden.*

Vor Jahren hatte ich meinen Urlaub auf dem Ferienhof Feinen in
Fleringen verbracht und mich mit dem Juniorbauer Markus ange-
freundet. Diese Freundschaft verbindet uns noch heute und ich wusste, dass ich ihn auch zur Nachtzeit um ein Quartier für Karin, Maximilian und dich bitten konnte.

„Kein Problem. Ich habe noch eine hübsche Ferienwohnung frei. Ihr seid jederzeit willkommen.", hatte Markus mir am Telefon geantwortet, woraufhin ich euch sofort losgeschickt hatte.

Der kleine idyllisch gelegene Eifelort Fleringen liegt ja nur weniger Kilometer vom Kloster entfernt, am anderen Ende der „Schönecker Schweiz". Das im Naturpark gelegene Waldgebiet schließt sich unmittelbar an das Wiesental von Fleringen und an den Ferienbauernhof Feinen an. Meiner Meinung nach war dies der ideale Ort für euch, vor allem aber für Maximilian.

Holger und ich warteten unterdessen im ehemaligen Speisesaal auf das Eintreffen von Tobias Wielwers, den ich unmittelbar nach dem Telefonat mit Bauer Markus angerufen hatte.

Ich hatte mit offenen Karten gespielt und Wielwers alles erzählt, was in den letzten Tagen geschehen war.

„Ich bin mittlerweile dazu geneigt Ihnen zu glauben und möchte mich dafür endschuldigen, dass ich Sie der Mitwirkung in der Terrorzelle bezichtigt habe. Alles Weitere besprechen wir, wenn ich bei Ihnen bin. Ich muss Sie unbedingt persönlich sprechen", hatte Wielwers erklärt.

Bei Tagesanbruch klopfte es endlich an der Klostertür.

„Das könnte er sein", meinte ich. Mein hünenhafter Freund ging gähnend zu einem der verbretterten Außenfenster und spähte durch einen schmalen Spalt im Bretterverschlag, durch den bereits die ersten morgendlichen Sonnenstrahlen ins Kloster drangen. Wir hatten die ganze Nacht gewacht, mit der Befürchtung, Yusuf Zahid könnte versuchen ins Kloster einzudringen, umso erlösender war der sommerliche Sonnenaufgang für uns.

„Er ist es!", sagte Holger.

„Ist er allein?", wollte ich wissen.

„Kann ich nicht sagen. Sein Auto steht direkt vor der Tür. Ich kann nicht erkennen, ob sich noch jemand darin befindet."

„Scheiß drauf! Wir haben keine Wahl. Ich mach die Tür jetzt auf."

Holger und ich liefen eilig in den Innenhof des Klosters, vorbei an dem steinernen Kreuz direkt zur alten Eichentür.

„Herr Schulz, Herr Schulz!", hörte ich Wielwers bereits ungeduldig rufen.

„Einen Moment", antwortete ich lauthals und öffnete die Tür.

Vor mir stand Tobias Wielwers, dessen Ähnlichkeit mit Mr. Smith aus der Matrix-Saga mir augenblicklich wieder in den Sinn kam und als Folge ein freches Grinsen auf meine Stirn zauberte.

„Ihnen scheint das Lachen noch nicht vergangen zu sein", stichelte Wielwers.

„Im Gegensatz zu Ihnen kann ich meine Gesichtsmuskeln bewegen", konterte ich.

„Das liegt am Botox. Dr. Jansen hat es mit seinen Dosierungen über- trieben. Er ist halt Pathologe und kein Schönheitschirurg."

Was wie ein lockeres Begrüßungswitzeln begonnen hatte, schien nun in unangenehme Gefilde abzudriften. Späße über verstorbene Freun- de konnte ich in der derzeitigen Phase absolut nicht vertragen und antwortete deshalb mit zornigem Unterton: „Bitte unterlassen Sie die Scherze über meine verstorbenen Freunde. Ich denke das ist mehr als unpassend."

„Sie finden meine Bemerkung unpassend? Ich denke, Sie werden Ihre Meinung in Kürze ändern."

Wielwers steckte zwei Finger in den Mund und gab einen lauten Pfiff in Richtung seines Autos ab. Kurz darauf öffnete sich die Bei- fahrertür und unser totgeglaubter Freund Dr. Jansen stieg aus dem Wagen.

+++

Ich war sprachlos. Was geschah hier gerade?

„Dieter, es tut mir leid. Ich musste meinen Tod vortäuschen. Mir blieb keine andere Wahl. Lass uns reingehen, dann wirst du alles erfahren", entschuldigte sich der Doktor.

Holger und ich geleiteten die Beiden in den Innenhof zu einer alten Holzbank, die neben dem Steinkreuz stand. Als wir uns darauf nie- derließen, streichelten die morgendlichen Sonnenstrahlen über mein Gesicht und ließen mich für einen kurzen Moment die Ernsthaftigkeit der Lage vergessen. Holger hatte es vorgezogen stehen zu bleiben, was dazu führte, dass sein breites Kreuz einen dunklen Schatten auf Wielwers und Jansen warf, so dass ihnen die Gunst der morgendlichen Sonne verwehrt blieb.

„Sagt Ihnen der Name Prism etwas?", fragte Wielwers.

Ich kratzte mich am Kopf. „Ist das nicht dieses Überwachungsprogramm der USA?"

„Ja richtig. Die NSA späht mit diesem Programm Telefonate, E-Mails, Chatrooms usw. aus. Vor etwa vier Monaten wurde der Nachrichtendienst auf einen verschlüsselten Internetchat aufmerksam, der eindeutig einer Terrorzelle zuzuordnen war und in dem ein Anschlag mit einer biologischen Waffe in Deutschland angepriesen wurde. Die NSA hat sich daraufhin in Abstimmung mit der CIA dazu entschlossen, das deutsche Bundeskriminalamt über die geplanten Terrorangriffe zu informieren.

Kurz darauf verschwand der Chatroom aus dem Netz und einer der Wortführer, Abu Shabal, nahm sich das Leben."

„Nachdem er meinen Freund erschossen hatte", warf ich ein.

Wielwers nickte. „Es tut mir leid. Ihr Freund ist da in eine Sache reingerutscht, die ein paar Nummern zu groß für ihn war. Jedenfalls ließ das plötzliche Verschwinden des Chats und der überraschende Suizid von Abu Shabal den Verdacht aufkommen, dass es eine undichte Stelle beim BKA geben muss. In Absprache mit dem CIA-Chefermittler Erik Mathis, beschloss ich die Ermittlungen so diskret wie möglich fortzuführen. Leider war mir Ihre Rolle in dem Gesamtbild nicht klar. Mathis und ich beschlossen deshalb Sie zu überwachen. Dazu mussten wir Ihnen zuerst natürlich einmal die Flucht aus dem Klinikum in Aachen ermöglichen."

„Soll das bedeuten Sie haben mich absichtlich entkommen lassen?", fragte ich verdutzt.

„Natürlich. Glauben Sie wirklich, ich wäre ein Amateur und würde Sie so einfach entkommen lassen? Es war alles bis in kleinste Detail vorbereitet. Die Krankenschwester hatte klare Instruktionen, das Handy und die Kleidung in der Umkleide…"

„Stopp, Stopp. In der Umkleide lag nur Damenkleidung."

Wielwers grinste bis über beide Ohren. „Das war meine Idee. Männerkleidung, vielleicht sogar noch in Ihrer Größe hätte zu gestellt gewirkt, außerdem sahen sie in Rock und Pumps wirklich gut aus." Ich konnte den Humor des BKA-Beamten nicht teilen und versuchte von dem peinlichen Thema abzulenken: „Dann haben Sie also das Gespräch mit Dr. Jansen abgehört?"

„Ganz genau! Wir fanden, wie von Ihnen beschrieben, den Datenstick im After von Mohamed Abdull. Leider sind die Daten größtenteils verschlüsselt und wir mussten einen Experten hinzuziehen. Er hat es aber mittlerweile geschafft, den Code zu knacken und er wird uns in Kürze den Inhalt präsentieren können."

„Sofern er nicht auch von Abu Shabal gekauft wurde", stichelte ich.

„Oh nein. Es ist niemand vom BKA. Ich habe den Milliardär Heinrich Brockmann mit der Dekodierung beauftragt. Er ist Experte auf dem Gebiet und hat mehr Geld als er jemals ausgeben kann. Außerdem gehört ihm eine BIOTECH Firma in Köln und er könnte, sofern der Stick tatsächlich die entsprechenden Daten enthält, sofort mit der Herstellung eines geeigneten Impfstoffes beginnen."

Kopfschüttelnd sah ich den BKA-Beamten an. „Das wird Sie, auch wenn durch den Impfstoff Tausende gerettet werden, Ihren Job kosten."

„Das ist mir schon klar. Ich kann es aber nicht riskieren, offizielle Wege zu gehen. Emir Ab Shabal hatte Kontakte bis in die Spitzen der Politik. Vielleicht sind Personen involviert, von denen wir es heute nicht einmal vermuten würden. Sie wissen selbst am besten, wie das ist. Sie haben Ihren Beruf verloren, weil sie zwei Kinder retten wollten und deshalb gegen die Regeln gespielt haben."

„Heinrich Brockmann ist mein Freund. Es gibt keinen loyaleren Menschen. Dafür lege ich meine Hand ins Feuer", warf Holger ein.

Ich ersparte mir einen Kommentar. Bei Gutknecht hätte mein hünenhafter Freund sich die Hand verbrannt. Stattdessen fragte ich Jansen: „Warum hast du deinen Tod vorgetäuscht?"

Noch bevor der Doktor antworten konnte, sagte Wielwers: „Das diente seinem persönlichen Schutz. Wir wussten nicht, wer alles für Emir Ab Shabal arbeitete."

„Ihr Boss war die undichte Stelle und hat die Viren vermutlich bereits an Emir Ab Shabal übergeben", erklärte ich. Mir war nicht aufgefallen, dass Wielwers einige Sätze zuvor von Emir Ab Shabal in der Vergangenheitsform gesprochen hatte.

Der Beamte schüttelte den Kopf und rieb sich dabei mit den Handflächen durchs Gesicht. Er machte einen erschöpften und ausgelaugten Eindruck auf mich.

„Emir Ab Shabal und T.W. Gutknecht wurden vor einer Stunde von der Putzfrau tot in Emirs Büro aufgefunden.

Die CIA durchsucht zurzeit gemeinsam mit der Luxemburger Polizei die Gebäude von ES Enterprises. Bisher gibt es aber keine Hinweise auf den Verbleib der Virenstämme."

„Bedeutet das, Emir Ab Shabal und Gutknecht wurden ermordet?"

„Ja. Der oder die Mörder müssen Profis gewesen sein. Mathis fand einen weiteren Toten, in einer Art Gefängniszelle. Vermutlich handelt es sich dabei um den Leibwächter von Emir Ab Shabal."

„Das ist Igor, ein russischer Söldner. Sein Bruder ist der Angreifer, von dem ich Ihnen bereits am Telefon erzählt habe und der sitzt jetzt hier unten in einer der Gebetszellen", erklärte ich, verschwieg aber, dass Igor von Holger umgebracht worden war.

„Verstehe!", antwortete Wielwers.

„Was ist mit diesem Zahid?", meldete Holger sich zu Wort.

„Einer meiner Verbindungsmänner ist an ihm dran", stieß Wielwers hervor.

„Wie das?", fragte ich.

„Ich habe bereits vor Wochen einen V-Mann aus dem Wachdienst von ES Enterprises anwerben können. Sein Name ist Markus Schiffmann, Ex-Polizist."

„Der Name sagt mir was. War er nicht beim SEK?", fragte ich.

„Ja. Er hat aber schon vor drei Jahren gekündigt und beim Wachschutz für ES Enterprises angefangen. Jedenfalls hat er beobachtet, wie Yusuf Zahid das Firmengelände mitten in der Nacht äußerst hektisch verlassen hat. Weil seine Schicht ohnehin gerade vorbei war, hat Schiffmann beschlossen, Yusuf zu folgen."

„Denken Sie, Zahid könnte Emir Ab Shabal und Gutknecht getötet haben?", fragte Holger.

Wielwers zuckte mit den Schultern. „Vielleicht. Wir wissen es nicht."

„Wenn er die Beiden umgebracht hat, dann hat er auch den Koffer mit den Viren", sagte ich in äußerst besorgtem Ton.

„Wie sind die Viren verpackt?", wollte Jansen wissen.

„Wenn ich die Virologin Karin Dringen richtig verstanden habe, ist der eigentliche Virus in einer etwa Tampon großen Glaskanüle eingeschlossen, die wiederum von einer Aluminiumhülle ummantelt ist. Um die Viren freizusetzen, muss demnach zuerst die Alu-Hülle entfernt werden. Erst im zweiten Schritt kann das Glasbehältnis zerbrochen oder aufgeschraubt werden."

„Um wie viele Virenbehälter handelt es sich?", fragte Wielwers.

Ich wollte gerade antworten, als das Mobiltelefon des BKA-Beamten klingelte.

Er zog sein Handy hervor, stand auf und ging ein paar Schritte zur Seite, um in Ruhe zu telefonieren.

„Warum hast du mich nicht angerufen? Mensch! Ich dachte, du wärst tot!", hielt ich Jansen mit einer Mischung aus Wut und Erleichterung vor.

Mein korpulenter Freund, den ich auf Anfang sechzig schätzte, weil er keine Angaben über sein Alter machte, trug einen dunkelbraunen Anzug mit weißem Hemd, allerdings ohne Schlips. Sein Gesicht war durch seinen chronisch hohen Blutdruck knallrot und schien mit meiner Bemerkung noch an Farbe zu gewinnen.

Mein Freund wusste nichts auf meinen Vorhalt zu antworten und streckte stattdessen die Arme nach mir aus. Während ich sein Angebot annahm und ihn umarmte, flüsterte er: „Dieter, es tut mir wirklich leid. Ich wusste nicht wem ich noch vertrauen kann."

In diesem Moment trat Wielwers, der sein Telefonat beendet hatte, an uns heran und sagte: „Ich störe ihre nur ungern. Aber ich glaube, die Zeit wird langsam knapp. Wir sollten uns diesen Yusuf Zahid unbedingt vorknöpfen. Mathis hat mir soeben mitgeteilt, dass Zahid definitiv der Mörder von Emir Ab Shabal ist. Anscheinend war Shabal ein Überwachungsfanatiker. Er hatte überall, sogar in seinem eigenen Büro Überwachungskameras installiert. Auf einem der Videos sieht man wie der Iraner Gutknecht und Emir Ab Shabal tötet und einen Koffer an sich nimmt. Herr Schulz, Sie hatten Recht. Yusuf Zahid ist mit dem REX-V auf der Flucht."

+++

In den folgenden Minuten mussten wir unsere Vorgehensweise ab-
stimmen, was in Anbetracht des undefinierbaren Zeitfensters, wel-
ches uns zur Verfügung stand, alles andere als einfach war.
„Wir dürfen ihn keinesfalls noch länger mit dem Virus durchs Land
fahren lassen. Vermutlich sucht er nur nach einer geeigneten Örtlich-
keit, um es freizusetzten", sagte Wielwers.
Der BKA-Beamte zog seine Pistole aus dem Holster und lud durch.
„Herr Rößler, Sie bleiben mit Dr. Jansen hier im Kloster und warten
auf mein Tatortteam. Die müssten in Kürze hier eintreffen. Ich fahre
mit Herrn Schulz..."
„Dieter", warf ich ein.
„OK. Mein Name ist übrigens Tobias", antwortete er und fuhr ohne
Unterbrechung fort: „Dieter und ich werden uns mit Erik Mathis
treffen und dann diesen Zahid endgültig festnehmen."
Holger protestierte: „Ich will bei der Festnahme dabei sein."
Wielwers musterte den Hünen mit strengem Blick.
„Herr Rößler, Sie sind zweifelsfrei eine kleine Ein-Mann-Armee und
ich könnte Sie sehr gut gebrauchen, aber ich möchte Sie bitten für
die Sicherheit von Dr. Jansen zu sorgen, bis meine Leute hier eintreffen."
„Bitte kümmere dich um Chippy", ergänzte ich.
Widerwillig gab Holger sich geschlagen. „Du hast Recht. Jemand
sollte seine Familie informieren."
Insgeheim war ich froh, dass Holger diesen unangenehmen Part nun
übernahm und hätte ich zu diesem Zeitpunkt gewusst, welche Gefahr
bei Zahids Festnahme auf mich zukommt, ich hätte trotzdem nicht
mit ihm getauscht.

Wielwers und ich fuhren von Schönecken nach Lasel und von dort
auf direktem Weg auf die A 60 in Richtung Trier. Wielwers hielt das
Lenkrad vorschriftsmäßig mit beiden Händen in der viertel vor drei
Stellung umklammert und genoss den erfrischenden Fahrtwind der
durch die herabgelassene Seitenscheibe ins Innere blies. Mir fielen

unterdessen ständig die Augen zu, was zweifelsohne Tribut der aufwühlenden Nacht war.

„Sind Sie müde?", fragte Wielwers. Ich fand seine Frage überflüssig. Warum sollten mir sonst wohl die Augen zufallen? Trotzdem bemühte ich mich um eine höfliche Antwort: „Es war eine harte Nacht!"

„Das glaube ich Ihnen. Sie haben die letzten Tagen mehr erlebt, als mancher meiner Kollegen in seiner gesamten Dienstzeit."

„Hätten Sie mich nicht für Ihre Zwecke benutzt, ginge es mir jetzt bedeutend besser."

„Ich hatte keine Wahl. Die Beweislage gegen Emir Ab Shabal war einfach viel zu dünn. Mir waren die Hände gebunden. Sie waren in diesem Fall meine einzige Chance."

„Schöne Chance. Hätte man mich beim Einbruch ins Gebäude von ES Enterprises ertappt, hätte ich ganz allein dagestanden."

„Tja, so ist das nun einmal."

Ich verkniff mir weitere Kommentare und wechselte stattdessen das Thema: „Haben die Amerikaner tatsächlich den Email- und Telefonverkehr im gesamten europäischen Raum überwacht?"

Wielwers grinste.

„Noch viel mehr als das. Mathis rückt ja auch nur mit Bruchstücken raus. Jedenfalls hat das PRISM-Programm es geschafft, den verschlüsselten Terroristenchat aus dem Netz zu filtern. Wenn Sie mich fragen, eine unglaubliche Leistung."

„Franz hat es ohne Computerprogramm geschafft. Das ist eine Leistung."

„Verschonen Sie mich bitte mit Ihrem Freund. Hätten er und dieser Junker nicht dazwischengefunkt, wäre die Terrorzelle längst hochgenommen und der Virus in Sicherheit."

„Bei Ihrem Boss?", stichelte ich.

„Dieter, hören Sie doch auf. Sie sind auch auf ihn reingefallen. Letztlich hat Gutknecht das Virus von Ihnen bekommen."

Bevor ich antworten konnte, klingelte das Handy des BKA-Beamten.

„Das ist Schiffmann", sagte er und stellte auf Freisprechen.

„Ich bin Yusuf Zahid den ganzen Vormittag gefolgt. Irgendwie hatte ich den Eindruck, dass er planlos umherirrte und nur die Zeit totschlagen wollte."

„Wo sind Sie jetzt?", fragte Wielwers.

„Ich bin noch an ihm dran. Er verlässt gerade die A60 bei der Ausfahrt Spangdahlem und fährt in Richtung der US-Air Base."

„Das ist es!", sagte ich zu Wielwers. „Er will die Viren in der Air Base freisetzen."

„Viren? Was hat das zu bedeuten?", fragte Schiffmann.

Wielwers räusperte sich. „Zahid hat ein hochansteckendes Killervirus von ES Enterprises gestohlen und ist gewillt es in Kürze freizusetzten."

„Ist er ein Terrorist?"

„Einer der ganz üblen Sorte."

„Wie gefährlich ist das Virus? Er biegt jetzt übrigens kurz vor der Air Base in einen Waldweg ab. Dort kann ich ihn nicht verfolgen ohne aufzufallen."

„Herr Schiffmann, das Virus ist in der Lage tausende von Menschen innerhalb weniger Tage zu töten. Sie sind unsere einzige Chance. Sie dürfen ihn keinesfalls aus den Augen verlieren. Ich melde mich in zwei Minuten wieder bei Ihnen."

Wielwers legte auf und rief Erik Mathis an.

„Ich kenne sein Anschlagsziel. Kommen Sie sofort zur Air Base nach Spangdahlem…und informieren Sie die Militärpolizei. Womöglich bleiben uns nur noch wenige Minuten."

„Ich bin bereits auf dem Weg. In der Umkleide für Angestellte bei ES Enterprises haben wir in Yusuf Zahids Spind eine Luftbildaufnahme der Air Base gefunden. Als Anschlagsziel hat er die Wohnanlagen im östlichen Bereich eingezeichnet. Diese liegen direkt am Wald und er könnte die Virenbehälter mit einem weiten Wurf bis auf die Kinderspielplätze befördern. Wir haben ebenfalls Skizzen und Entwürfe gefunden, die darauf hindeuten, dass er die Kapseln mit einem Zeitzünder bestückt hat. Vermutlich bringt eine kleine Sprengladung das Glas zu einer von ihm festgelegten Zeit zum Bersten und die Viren können sich ungehindert verteilen."

Der BKA-Beamte machte mit Mathis einen Treffpunkt aus und wählte anschließend die Nummer von Markus Schiffmann.

„Wo sind Sie?"

„Er ist dem Feldweg gefolgt, immer durch den Wald am Zaun der Air Base entlang. Nun steht er in der Nähe von mehreren Wohnblocks. Ich konnte ihm nicht verdeckt folgen, also habe ich mich für eine offene Observation entschieden."

„Wie hat er reagiert?", fragte Wielwers verwundert.

„Er hat so getan, als gäbe es das Verfolgerfahrzeug gar nicht."

„Halten Sie durch! In wenigen Minuten wird die Militärpolizei bei Ihnen sein."

„Er steigt aus!"

„Was macht er?"

„Er hält einen Alukoffer in den Händen. Jetzt legt er den Koffer auf der Motorhaube seines Autos ab und öffnet ihn…er geht zum Kofferraum und nimmt einen Gegenstand heraus. Es sieht aus wie eine Armbrust."

„Logisch. Er will die Virenkapseln damit über den Zaun schießen", rufe ich.

Wielwers sieht mich mit aufgerissen Augen an, dann sagt er in ernster Tonlage: „Herr Schiffmann, sind Sie bewaffnet?"

„Ja. Ich habe meine Pistole dabei."

„Gut! Sie müssen Zahid unbedingt daran hindern, das Virus freizusetzen."

„Er steckt gerade eine Kapsel auf einen Pfeil."

Wielwers versuchte das Gaspedal bis in den Motorraum durchzutreten. Wir fuhren bereits 280 km/h und mehr gab die Karre bei aller Liebe nicht her. Ich sah das Hinweisschild Ausfahrt Spangdahlem.

„Wir sind gleich da!", sagte ich.

„Das schaffen wir nicht rechtzeitig!", schrie Wielwers. „Schiffmann, Sie müssen zugreifen, jetzt sofort. Notfalls knallen Sie das Schwein ab."

+++

Als wir wenige Minuten später am Außenzaun der Wohnsiedlung eintrafen, bot sich uns ein ernüchterndes Bild. Markus Schiffmann lag tot neben seinem Auto, die Pistole noch fest umklammert in der Hand. Ein Armbrustpfeil steckte in seinem rechten Auge. Von Yusuf

Zahid hingegen fehlte jede Spur. Sein PKW stand mit geöffnetem Kofferraum unmittelbar neben dem Zaun.

„Glauben Sie, er ist auf das Fahrzeugdach gestiegen und von dort über den Zaun gesprungen?", fragte ich Wielwers, obwohl ich es eher als Feststellung wie als Frage meinte.

„Kann schon sein. Ich muss Mathis anrufen", brummte Wielwers, während er hastig auf seinem Smartphone rumtippte.

„Ich bin's. Wir haben ein Problem…", hörte ich ihn sagen, bevor er sich so weit entfernt hatte, dass ich nichts mehr verstehen konnte.

Unterdessen kniete ich mich neben den toten V-Mann und sah ihn mir genauer an. Schiffmann war eine schmale Gestalt mit kurzen dunklen Haaren. Er lag auf dem Rücken, mit weit aufgerissenem Mund, den Kopf leicht nach links zur Seite gedreht. Der Pfeil war leicht unter dem Auge ins Jochbein eingedrungen und hatte sich vermutlich direkt ins Stammhirn gebohrt. Yusuf Zahid wusste, wie er effektiv tötete, soviel stand fest.

Ich richtete mich auf und musterte Schiffmanns dunkelblauen Oldtimer Porsche. Der Security-Mann schien ein Autoliebhaber gewesen zu sein. Das Fahrzeug war mit viel Liebe restauriert worden und machte Lust auf eine Spritztour.

Wie vermutet konnte ich an seinem PKW nichts Interessantes feststellen. Weil Wielwers immer noch telefonierte, ging ich zu Yusufs schwarzem Audi. Auf der Motorhaube entdeckte ich mehrere Fußabdrücke, die meine Vermutung bestätigten.

„Er ist über den Zaun gesprungen", rief ich Wielwers zu, der mir mit dem Handy am Ohr zunickte.

Mein Blick fiel auf den geöffneten Kofferraumdeckel. Vorsichtig ging ich näher und sah hinein.

Augenblicklich stieß ich einen grellen lauten Schrei aus und torkelte zwei Schritte zurück.

„Was ist los?", rief Wielwers mir zu. Er hatte seine Telefonate beendet und näherte mit zügigen Schritten.

Ich war nicht in der Lage, ihm zu antworten. Schockiert hatte ich mich auf die Knie fallen lassen und starrte ins Leere.

Der BKA Beamte realisierte schnell, dass sich im Kofferraum etwas Schreckliches befinden musste. Dementsprechend vorsichtig wagte er einen Blick. Augenblicklich änderte sich seine Gesichtsfarbe in ein fahles Weiß und er ging vorsichtig zwei Schritte zur Seite. Krampfend beugte er sich nach vorne und übergab sich.

Das war so ziemlich das Letzte, was ich sah, bevor ich das Bewusstsein verlor. Zu schlimm war der Anblick gewesen.

Yusuf Zahid hatte den Leichnam meiner Frau in mehrere Teile zerhackt und in den Kofferraum gepackt. Simones Kopf war mit weit aufgerissenen Augen so positioniert, dass es den Eindruck machte, als würde sie mich anstarren. Arme und Beine waren vom Torso getrennt, der wiederrum unterhalb der Rippen zweigeteilt worden war, was zwangsläufig dazu geführt hatte, das sich sämtliche Innereien im Kofferraum verteilt hatten.

+++

Als ich wieder zu mir kam, lag ich in einem Krankenwagen der US-Streitkräfte. Ein dunkelhäutiger Sanitäter hielt eine Infusion in die Luft, während sich der Wagen ruckelnd voran bewegte.

Ich spürte einen stechenden Schmerz an meinem rechten Arm und bemerkte erst jetzt den zweiten Sanitäter, der mir eine Spritze in den Arm setzte. Augenblicklich wurde mir wieder schwarz vor Augen und ich gleitete in einen dieser finsteren Albträume, die sich in letzter Zeit beängstigend oft einstellten.

Ich stand mitten in einem blühenden Rapsfeld. Meine Kleidung war mit Blut besudelt. In meiner rechten Hand hielt ich Yusufs Samurai Schwert. Pechschwarze Raben kreisten über meinem Kopf und schienen auf irgendetwas zu warten. Wenige Meter vor mir, bemerkte ich eine Bewegung im Raps. Ich ging vorsichtig einige Schritte voran, um nachzusehen was dort war und erstarrte. Yusufs Kopf rollte, wie von einem Motor getrieben, durch das Rapsfeld. Dabei schrie er immer wieder die Worte: „Fang mich doch. Ich bin infiziert. Fang mich doch. Ich bin infiziert."

Wie von Geisterhand entglitt das Schwert meiner Hand und raste durch die Luft hinter Yusufs Kopf her, der daraufhin seine Rollgeschwindigkeit erhöhte. Vergeblich! Mit einem Surren zerschmetterte das Schwert Yusufs Schädel und teilte ihn in zwei Hälften. Trotzdem hörten seine Gesichtshälften nicht auf, zu sprechen. Sie schienen unabhängig voneinander ein Eigenleben zu entwickeln.

Die rechte Kopfhälfte schrie mich an: „Schuuulz, du wirst dafür bezahlen. Ich infiziere dich, deine Familie und Freunde, das ganze Land, einfach alle.

Der linke Teil redete in sachlichem Ton und äußerst freundlich auf mich ein: „Herr Schulz, Emir Ab Shabal hat mein Vertrauen missbraucht. Ich hatte keine andere Wahl. Ich musste ihn töten."

Plötzlich raste ein gewaltiger Mähdrescher, der aus dem Nichts aufgetaucht war, auf uns zu. Im Führerhaus glaubte ich den Teufel höchstpersönlich zu erkennen. Qualm und Schwefel drangen aus der Kabine und der Boden unter unseren Füßen tat sich auf und gab seine Toten heraus. Mohamed Abdull, Emir Ab Shabal und Abu Shabal quälten sich als zombieartige Wesen, übersät mit dicken eitrigen Pusteln aus dem Boden, rannten auf mich zu und versuchten, mich in den Abgrund zu ziehen, während der Mähdrescher des Teufels immer näher kam.

Dann hörte ich eine laute Stimme vom Himmel rufen: „Lauf, Dieter, lauf!"

Es war Chippy. Mein Freund versuchte, mich vor den Schergen des Satans zu retten. Ich entriss mich den Armen der Zombies und rannte so schnell ich konnte. Aus den Augenwinkeln erkannte ich, wie die Messer des Mähdreschers die Terroristen zerfetzten und Yusufs Kopfhälften in Stücke rissen.

Der Teufel brüllte mit tiefer Stimme, die sogar das Motorengeräusch des Mähdrescher übertönte: „Ungeziefer, ihr Menschen seid nur Ungeziefer auf dieser Welt. Dieter, es gibt kein Entkommen für dich. Ich werde dich zu meinem Diener machen."

Dann stolperte ich, stürzte und schlug mit dem Kopf auf einem Stein auf.

Blut spritzte mir in die Augen und legte sich wie ein Schleier vor mein Sichtfeld. Hastig wischte ich mir das Blut aus den Augen und sah mich um.

Überraschenderweise fand ich mich in einem komfortabel eingerichteten Büro wieder. Ich lag auf einer dunkelroten Couch, die sich, obwohl sie in der Ecke des Raumes stand, nahtlos ins Gesamtgefüge integrierte.

Ein großer mahagonifarbener Schreibtisch stand vor einem doppel-flügeligen Fenster, durch das ich aufs Rollfeld des Militärflughafens schauen konnte. An der Wand neben dem Fenster hingen eine Flagge der Vereinigten Staaten von Amerika und ein Bild von Barack Oba-ma.

Hinter dem Schreibtisch saß Erik Mathis und blätterte in irgendwel-chen Unterlagen. Als er bemerkte, dass ich wach war, erhob er sich und kam auf mich zu.

„Herr Schulz! Wie fühlen Sie sich? Sie standen unter Schock. Die Sanitäter mussten Ihnen ein Beruhigungsmittel geben."

„Ich habe höllische Kopfschmerzen, ansonsten geht's.", antwortete ich.

„Möchten Sie einen Kaffee? General Murdock hat mir freundlicher-weise sein Büro zur Verfügung gestellt. Ich hoffe, ich komme mit seiner Kaffeemaschine zurecht.", meinte Mathis und deutete auf einen futuristisch designten Vollautomaten, der auf einer Kommode neben dem Fenster stand.

Ich richtete mich langsam auf und stöhnte: „Nein, danke. Ich glaube, Koffein ist nichts für meinen Schädel. Ein Aspirin würde ich neh-men."

Mathis griff nach dem Telefonhörer auf dem Schreibtisch und drück-te eine Taste.

„Bringen Sie mir bitte ein Aspirin.", sagte er und legte auf.

„Wissen Sie, was ein Cleaner ist?" fragte der CIA Beamte.

„Ein Tatortreiniger?", antwortete ich, obwohl ich mir nicht sicher war, dass Mathis diese Art von Cleaner meinte.

„Ja, das auch! Ich spreche aber von einer anderen Gruppe von Clea-nern. Dabei handelt es sich um speziell ausgebildete Profikiller und Vernehmungsspezialisten, die freischaffend agieren und ihre Dienste gegen entsprechendes Entgelt jedermann oder jeder Organisation anbieten."

„Ich weiß nicht, worauf Sie hinauswollen. Erzählen Sie mir lieber, was mit diesem Yusuf ist?"

„Oh, darauf werde ich gleich zu sprechen kommen. Zuerst möchte ich klarstellen, dass alles, was ich Ihnen jetzt erzähle, der absoluten

Geheimhaltung unterliegt. Sollte auch nur ein Wort an die Öffentlichkeit gelangen, droht Ihnen eine lebenslange Haftstrafe."
Die Drohungen des CIA-Beamten konnten mich nicht wirklich einschüchtern. Trocken antwortete ich: „Wenn das REX-Virus freigesetzt wird, ist der Knast vielleicht der einzig sichere Ort."
„Sparen Sie sich bitte den Zynismus. Die Lage ist sehr ernst. Nachdem Wielwers mich darüber informiert hatte, dass Zahid mit dem REX-Virus in die Base eingedrungen war, ließ ich das gesamte Militärgelände abriegeln. Ich musste unter allen Umständen verhindern, dass eventuell infizierte Personen die Air Base verlassen können.
Zum Glück konnten wir Zahid recht schnell aufspüren. Irgendwie hatte ich den Eindruck, als wollte er festgenommen werden. Als wir Ihn fanden kniete er fünfzig Meter vor der Kindertagesstätte. Er hielt seine Armbrust in der Hand und lachte wie von Sinnen. Wie sich herausstellte, hatte er einen Pfeil mit aufgesetzter Virenkapsel durch die Scheibe in die Kindergruppe geschossen. Das kranke Arschloch hatte es tatsächlich auf unschuldige Kinder abgesehen. Mir blieb leider keine andere Wahl, als die Kindertagesstätte unter Quarantäne zu setzten, auch wenn das für die Kinder und Betreuer das sichere Todesurteil bedeutete."
„Oh mein Gott!", stammelte ich.
„Es kommt noch schlimmer. Wielwers fand in Zahids Wagen den Virenkoffer. Er war leer."
„Ach du heilige Scheiße! Hat er die Viren alle freigesetzt?", fragte ich fassungslos. Ich stand auf und lief wie ein Löwe im Käfig nervös im Büro auf und ab.
„Unser Seuchenteam konnte bisher keine Erreger feststellen. Scheinbar hat er die anderen Virenstämme nicht in der Air Base freigesetzt, sondern zivile Ziele ausgewählt. Herr Wielwers lässt alle relevanten Orte durchsuchen, die Zahid auf seinem Weg von Luxembourg nach Spangdahlem aufgesucht haben könnte. Allerdings ist das vergleichbar mit der Suche nach der Nadel im Heuhaufen."
„Was ist mit den Kindern? Wielwers sagte, dass eine BIOTECH Firma aus Köln an der Herstellung eines Impfstoffes arbeite."
„Die ersten Impfdosen werden frühestens in zwei Tagen zur Verfügung stehen. Für die Kinder ist das zu spät."
„Ich bring das verdammte Schwein um", fluchte ich.

„Brockmann hatte Recht!", murmelte Mathis.

„Was haben Sie gesagt?", fragte ich nach.

„Zahid erzählte bei seiner Festnahme, dass er die anderen Virenkapseln mit Zeitzündern ausgestattet habe und diese in den nächsten Stunden explodieren würden. Das REX-V würde sich von Exportweltmeister Deutschland aus in Kürze über die gesamte Welt ausbreiten."

„Ich nehme an, er hat nicht verraten, wo er die Virenkapseln versteckt hat.", fragte ich nach.

„Nein. Wir gehen davon aus, dass wir Zahid mit üblichen Vernehmungsmethoden nicht zum Reden bringen. Deshalb hat die CIA sich für die Hinzuziehung eines Vernehmungsspezialisten entschlossen."

„Ah, verstehe! Sie haben einen der erwähnten Cleaner mit Zahids Vernehmung beauftragt."

„Nicht irgendeinen! Wir haben den Besten! Er ist Deutscher und lebt zeitweise hier in der Eifel. Mehr möchte und kann ich Ihnen zu seiner Identität aber nicht verraten. Jedenfalls hat er uns folgende Strategie vorgeschlagen."

Mathis reichte mir ein Blatt Papier mit handschriftlichen Aufzeichnungen, die eindeutig nicht von dem CIA-Beamten stammen konnten, sondern in fehlerfreiem Deutsch verfasst waren. Ich überflog das geschriebene. Mathis schien meine immer größer werdenden Augen zu bemerken und fragte: „Was denken Sie?"

„Das ist nicht Ihr ernst? Ich soll die Drecksarbeit für Sie machen?"

„Nicht für mich! Für Ihren Sohn, für Ihre Freude, für Ihr Land."

Das war wirklich starker Tobak. Der sogenannte Cleaner verlangte in seiner Handlungsempfehlung, dass ich Yusuf folterte, seine Lebensgefährtin tötete und, wenn nötig, auch noch seine Kinder umbrachte.

„Warum ich?"

„Yusuf weiß, dass sie wegen Folter eines Unschuldigen aus dem Polizeidienst entlassen wurden. Er hat Ihre Frau auf bestialische Weise ermordet und darüber hinaus weiß er nicht, welche Ziele Sie tatsächlich verfolgen. Wer könnte also einen durchgeknallten Charakter glaubhafter darstellen als Sie?"

„Ich brauche Bedenkzeit!"

„Das ist leider nicht möglich! Wir haben Zahid betäubt, um entsprechende Vorbereitungen zu treffen. Er wird gleich aufwachen. Dann müssen wir loslegen."

Ich sah Mathis an. „Welche Vorbereitungen?"

„Das werden Sie gleich erfahren. Brockm..äh..ich meine der Cleaner hat den Vernehmungsraum vorbereitet. Es gibt dort keine Fenster. Lediglich einen alten Fernseher und eine Uhr. Wir haben die Uhr um drei Stunden vorgestellt. Yusuf wird irgendwann davon ausgehen, dass die Viren bereits freigesetzt sind, obwohl es faktisch noch drei Stunden dauert."

„Verstehe! Und wozu der Fernseher?"

„Wir werden verschiedene Nachrichtensendungen und Berichte einspielen, die ihm den Eindruck vermitteln, als habe sich das Virus bereits über die gesamte Air Base ausgebreitet."

Langsam verstand ich den ausgeklügelten Plan des Cleaners und meinte:

„Also gut! Ich mach es. Allerdings werde ich keine Unschuldigen töten. Ich habe eine bessere Idee"

+++

„Im Namen Allahs des Barmherzigen und seinem Propheten Mohammed. Friede sei mit ihm. Mein Name ist Yusuf Zahid und ich werde die Vereinigten Staaten von Amerika und ihre Verbündeten im Namen Allahs ihrer gerechten Strafe zuführen. Sie müssen begreifen, dass sie das größte Ungeziefer sind, das diesen Planeten jemals bevölkert hat. Sollten die USA und Europa meine Forderungen nicht erfüllen, werden weitere Virenstämme des REX-V in den großen Metropolen freigesetzt. Im Namen Allahs des barmherzigen und seines Propheten Mohammed. Friede sei mit ihm."

Fassungslos sah ich den jungen Araber an. Yusuf war gerade aus einer tiefen Bewusstlosigkeit zurückgekehrt. Er saß mir gegenüber und war genau wie ich, nackt auf einem massiven Holzsitz fixiert. Unsere Arme waren mit Lederriemen an den Armlehnen der Stühle und die Fußknöchel an die Stuhlbeine angebunden. Ein etwas breiteres Lederband führte quer über den Bauch und verhinderte ein Aufrichten der Oberkörper.

„Was haben Sie mit uns vor?", fragte ich den CIA-Agenten und sah zu einer Uhr, die in der Ecke des Raumes hing.

Zehn nach zehn.

„Ich möchte von Ihnen die Antworten auf zwei kleine Fragen. Das ist alles", antwortete Mathis, ging zu einem Fernsehgerät, das sich ebenfalls in dem Vernehmungsraum befand, und schaltete das Gerät ein.

„Sehen Sie sich das hier an.", sagte der Agent und drehte unsere Stühle zum Fernseher.

Auf Yusuf Zahids Gesicht legte sich ein zufriedenes Lächeln.

Ein bekannter deutscher Nachrichtensender berichtete über eine Quarantäne-Situation in der US-Air Base in Spangdahlem. Mit besorgtem Gesichtsausdruck befragte die Moderatorin einen Reporter vor Ort.

„Ich befinde mich hier vor dem sogenannten Main Gate, dem Haupteingang zur US-Air Base im Eifelörtchen Spangdahlem. Das gesamte Gelände steht seit mehreren Stunden unter Quarantäne. Niemand kommt rein oder raus. Bisher ist noch völlig unklar, weshalb die US-Streitkräfte zu solch drastischen Maßnahmen gezwungen wurden. Unbestätigten Gerüchten zufolge soll innerhalb der Air Base ein tödlicher Killervirus freigesetzt worden sein. Von den Maßnahmen sind auch hunderte Deutsche betroffen, die in der Air Base arbeiten. Vor wenigen Minuten sind vier Sonderwagen der deutschen Polizei an unserem Kamerateam vorbeigefahren. Die Fahrzeuge gelten als ABC-sicher, was für mich ein Indiz dafür ist, dass womöglich tatsächlich ein Virus in der Air Base ausgebrochen sein könnte. Neueste Spekulationen gehen sogar von einem gezielten Terroranschlag mit einer biologischen Waffe gegen die US-Militärs aus."

Die Nachrichtensprecherin stellte dem Reporter eine weitere Frage: „Wie geht die Zivilbevölkerung, insbesondere die Einwohner der Eifelortes Spangdahlem mit der Situation um?"

„Nun, ich denke, man ist noch relativ gelassen. Viele haben bereits mittels Handy Kontakt zu Freunden oder Bekannten aufgenommen, die in der Air Base arbeiten. Dadurch wissen wir, dass seitens der Air Force eine strikte Ausgangssperre verhängt wurde und keiner seinen Arbeitsplatz oder das Gebäude, in dem er sich gerade befin-

det, verlassen darf. Es scheint aber bisher keine bekannten Krankheitsfälle zu geben, die ein Horrorszenario bestätigen würden."
„Konnten Sie bereits mit den US-Behörden oder der deutschen Polizei sprechen?"
„Die Air Force-Leitung hat für zweiundzwanzig Uhr dreißig eine Pressekonferenz angekündigt. Daran sollen auch namhafte Führungskräfte der rheinland-pfälzischen Polizei und der Innenminister teilnehmen."
„Was erwarten Sie sich von der Pressekonferenz…"
Eric Mathis schaltete den Ton ab und sagte: „In zwanzig Minuten wird die Öffentlichkeit über die Freisetzung des REX-V informiert. Die bisherigen Todesfälle konnten wir geheim halten. Das wird uns nach der Pressekonferenz vermutlich nicht mehr gelingen. Die folgende Aufnahme unseres Militärs wird Ihnen hoffentlich deutlich machen, was Sie angerichtet haben. Durch den Virus sterben nicht nur Soldaten. Nein! Vor allem Frauen, Kinder, alte und kranke Menschen."
Mathis schaltete auf einen internen Sender und gab irgendeinen Code in die Fernbedienung ein. Augenblicklich startete ein mit verwackelter Kamera aufgenommener Film.
Gezeigt wurde eine Turnhalle in der hunderte Notliegen standen, auf denen vor Schmerzen schreiende Menschen lagen. Die Kamera schwenkte auf einige der Erkrankten. Es waren Männer, Frauen und Kinder. Viele hatten dicke Pusteln auf der Haut. Manche bluteten aus Ohren und Nase. Militärangehörige standen in Atemschutzmaske und Kampfmontur, verteilt an den Ausgängen der Sporthalle. Man sah einen infizierten Mann mit deutlicher Pustel Bildung im Gesicht, der mit einem der Soldaten diskutierte. Wild gestikulierend redete der Mann auf den Soldaten ein. Dieser schüttelte den Kopf und schob den Mann zur Seite.
Die Kamera schwenkte zu einem kleinen Mädchen. Ein Arzt oder Pfleger im Seuchenschutzanzug reichte dem Kind einen Becher mit milchiger Flüssigkeit. Bevor das Mädchen den Becher greifen konnte, begann sie zu zucken, beugte sich krampfend nach vorne und erbrach ein Gemisch aus Blut und Fleischbrocken. Alles in allem war der Film ein wahrer Schocker.

„Das gefällt dir, du perverse Sau. Sterbende Menschen machen dich geil. Kriegst wohl sonst keinen hoch, du beschissener Kameltreiber!", schrie ich Yusuf daraufhin an und zerrte wie ein wilder Stier an den Lederriemen. Der Mörder meiner Frau zeigte sich von meinen Beschimpfungen unbeeindruckt. Stattdessen begann er laut zu lachen und sah zu mir rüber.

„Herr Schulz, Ihre Frau war eine ungläubige Hure. Sie wollte sich von Ihnen trennen. Seien Sie doch froh, dass ich Ihnen diese Last genommen habe."

„Ich werde dich gleich von deiner Last befreien", fauchte ich.

„Mathis, machen Sie mich los. Ich bringe das Schwein liebend gerne für Sie um", flehte ich den Agenten an. Mathis hingegen schüttelte den Kopf. „Zuerst muss ich sicher sein, dass Sie kein Komplize sind."

„Wenn Sie mich losmachen, beweise ich es. Ich schneide dem Mistkerl die Eier ab."

„Das genügt nicht. Einer von Ihnen wird mir verraten, wo sich der Impfstoff für dieses Virus befindet", forderte Mathis.

„Ich weiß es nicht. Glauben Sie mir, ich habe keine Schimmer, wo der beschissene Impfstoff ist", machte ich den Anfang.

„Dieser nutzlose Versager weiß es wirklich nicht. Herr Schulz ist mit Sicherheit kein Komplize von mir. Ganz im Gegenteil. Er hat versucht, mich an der Freisetzung des Virus zu hindern. Wie Sie sehen aber ohne Erfolg.", erklärte der Araber.

Mathis schaltete das Fernsehgerät aus und beugte sich über den Araber.

„Wie Sie gesehen haben, ist die Ausbreitung des Virus eingedämmt. Die US-Air Base wurde unter Quarantäne gestellt. Niemand kommt rein bzw. raus. Seuchenschutz und Air Force haben die Lage im Griff. Machen Sie sich nicht unglücklich und retten Sie den Infizierten, insbesondere den Frauen und Kindern, das Leben und verraten Sie mir, wo Sie den Impfstoff versteckt haben. Ihr Plan, den amerikanischen und europäischen Kontinent mit einer Viruspandemie zu überrollen, ist fehlgeschlagen. Sie sollten die Sache jetzt beenden."

Yusuf sieht zu dem Agenten auf und grinst: „Im Namen Allahs des Barmherzigen und seines Propheten Mohammed. Das war erst der Anfang."

„Er hat noch weitere Virenkapseln", sagte ich.

„Was? Sie wissen also doch Bescheid?", fragte Mathis und kam zu mir an den Stuhl.

Ich nickte. „Yusuf Zahid besitzt sechs Kapseln des waffenfähigen REX-Virus. Nur eine Kapsel wurde hier auf dem Gelände der Air Base geöffnet. Die anderen fünf muss er irgendwo versteckt haben."

Yusuf Zahid sah erneut auf die Wanduhr und schrie auf: „Ihr Ungläubigen. Was wisst ihr schon? Das Virus wird schon in wenigen Stunden das Ende der uns bekannten Welt einläuten. Es liegt in der Allmacht Allahs zu entscheiden, wer weiter leben darf und wer an dem REX-Virus stirbt."

Im Laufe der Vernehmung trat Mathis an mich heran und sagte: „Die wollen, dass Sie Zahid zum Sprechen bringen. Mit allen Mitteln. Er hat ihre Frau ermordet. Vergessen Sie das nicht. Offiziell wurde er niemals festgenommen. Verstehen Sie, was ich damit meine?"

„Er soll diesen Raum nicht mehr lebend verlassen."

Mathis durchtrennte meine Fesseln, gab mir meine Kleidung zurück und reichte mir sein Messer.

+++

Mein Hass auf den Simones Mörder war groß und doch fiel es mir schwer, ihn zu foltern. Aber ich hatte keine andere Wahl. Zu groß war die Bedrohung durch das Virus.

Yusuf blieb trotz unerträglicher Schmerzen und grausamster Foltermethoden standhaft. Er verriet nichts.

Ich sah auf die Uhr an der Wand. „Noch eine Stunde. Letzte Chance du verschissenes Schwein. Wo hast du die restlichen Kapseln deponiert?"

Yusuf blickte mich mit einem hämischen Grinsen an und fauchte: „Fuck you, Schulz!"

Weil aller Schmerz und alle Folter zu nichts geführt hatten, blieb mir letztlich nur die Anwendung eines Tricks, den ich bereits vorher mit Erik Mathis so abgesprochen hatte.

Angelehnt an die Scheinermordung von Karin Dringen auf dem Prümer Sommer-Platz wollte ich die Illusion ein zweites Mal versuchen. Diesmal allerdings mit Yusufs Lebensgefährtin. Die junge Frau wusste nichts von Yusufs terroristischen Aktivitäten und war deshalb leicht für die Mithilfe an meinem Schauspiel zu gewinnen. Als sie allerdings Yusufs verstümmelte Hand sah, wäre mein Plan fast geplatzt.

Sie sah mich mit fassungslos an.

„Oh, Yusuf. Was haben sie dir angetan?", fragte sie ihren Freund entsetzt.

„Allah wird die Ungläubigen dafür bestrafen."

„Dann stimmt, was dieser Mann sagt?"

Yusuf schwieg.

Ich drückte daraufhin das Messer an Yusufs Kehle.

„Nein. Tun Sie ihm nichts!", flehte Susanne mich an.

„Halt die Fresse!", schrie ich wie vorher besprochen und zischte mit gefletschten Zähnen: „Letzte Chance du Drecksack! Wo sind die Kapseln?"

Yusuf sah mich an und grinste.

„Sie werden mich nicht töten." Dann spuckte er mir ins Gesicht.

Wortlos wischte ich den Speichel ab und ging zu Susanne. Ich packte die junge Frau am Schopf, zog sie zu mir heran und drückte das Messer so fest ich konnte gegen ihre Brust. Die Klinge drückte sich in den Messerschaft und das Kunstblut verteilte sich auf ihrer Bluse. Mit weit aufgerissen Augen sah sie zu Yusuf hinüber und stammelte irgendwelche arabischen Worte, bevor sie langsam auf ihre Knie sackte.

„Du Schwein! Schulz, dafür wirst du büßen", brüllte Yusuf.

Susanne zuckte einige Sekunden hektisch hin und her, dann fiel sie zu Boden und blieb regungslos liegen. Eine schauspielerisch einwandfreie Leistung.

Ich wischte mir das Filmblut von den Händen und lächelte Yusuf an: „Du nahmst mir meine Frau, jetzt habe ich dir Deine genommen."

„Schon bald wirst auch du an dem REX-V verrecken. Ihr werdet alle sterben", faucht Yusuf heulend.

Ich grinse nur und meine: „Du wirst mir jetzt endlich verraten, wo du die Viren freisetzen wirst."

„Niemals!"

„Oh, das glaube ich doch", antwortete ich, blickte zur Kamera und schrie:

„Bringt mir seine Kinder!"

Yusuf glaubte, dass ich zu allem fähig sei. Die scheinbar eiskalte Ermordung seiner Lebensgefährtin hatte seine letzten Zweifel beseitigt und er war sich sicher, dass ich auch vor der Tötung seiner Kinder nicht zurückschrecken würde. Mein Plan war aufgegangen. Er hielt mich für total durchgeknallt.

Scheinbar widerwillig führte Mathis kurz darauf die beiden Kinder von Yusuf in den Raum. Yusuf sah seine Kinder mit tränenden Augen an, dann schweifte sein Blick auf die Uhr. Sie zeigte fünf vor zwei in der Nacht. Er begann zu grinsen. Ich packte seinen Sohn am Schopf und drückte ihm das Messer an die Kehle.

Der Junge schrie und schlug wild mit den Armen um sich. Das Mädchen lief unterdessen zu ihrem Vater.

„Noch fünf Minuten. Du hast noch fünf Minuten um das Leben deines Sohnes zu retten", schrie ich Yusuf an.

„Nein, Schulz. Die Menschheit hat noch fünf Minuten, dann wird Allah über unser aller Schicksal entscheiden, auch über das meiner Kinder."

„Ich werde Allah bei dieser Entscheidung zuvorkommen und deinen hübschen Sohn die Haut vom Gesicht schälen."

„Nein, bitte nicht!", flehte Yusuf

„Dann rede!"

Yusuf sah erneut auf die Uhr und nickte im Wissen, dass die verbleibenden Minuten nicht mehr ausreichen würden, um die Freisetzung der Viren noch zu verhindern.

„Also gut. Air Port Luxembourg, Terminal 1 Mülltonne vor Schalter 12. Innenstadt Trier, Fußgängerzone, Mülltonne vor Porta Nigra. Hauptbahnhof Trier, Mülltonne vor dem Eingangsbereich, Bitburg Fußgängerzone, Mülltonne an der Ampel."

„Das sind erst vier. Zwei fehlen noch!", brüllte ich.

„Nummer fünf habe ich hier in der Air Base freigesetzt! Das wissen Sie doch."

„Und Nummer sechs?"

„Damit habe ich mich selbst infiziert."

Yusuf streckte die Zunge heraus. Erst jetzt sah ich die Blaufärbung darauf.

Wieso hatte ich das übersehen? In Yusufs Achseln hatten sich bereits die typischen Anfangsmerkmale der REX-V-Infektion gebildet, dicke eitrige Pusteln.

+++

Mathis hatte keinen Moment gezögert und sofort alle Personen, die mit Yusuf in Kontakt gekommen waren, unter Quarantäne stellen lassen. Das betraf natürlich auch mich und ihn selbst. Der CIA Beamte hatte dazu eine Quarantänestation im Air Base Hospital einrichten lassen und das seit dem Angriff auf die Kindertagesstätte bestehende Ausgehverbot verschärft.

Personen, die sich nicht an die Aufforderung hielten, sich in geschlossenen Gebäuden aufzuhalten, mussten mit Festnahme oder im schlimmsten Fall sogar mit Beschuss durch den Seuchenabwehrtrupp rechnen. Die Ausbreitung der Seuche zu verhindern, hatte absolute Priorität und dazu wurden alle möglichen Mittel eingesetzt.

„Die Air Base ist abgeriegelt. Hier kommt keiner mehr raus. Wir sollten uns nun ins Krankenquartier begeben", sagte Mathis, nachdem er alle notwendigen Telefonate getätigt hatte.

Ich hatte mich auf dem freien Stuhl im Vernehmungsraum niedergelassen und blickte Mathis in die Augen. Vergeblich versuchte er seine Angst zu verbergen. In seinem Gesicht hatten sich bereits mehrere der virustypischen Pusteln ausgebreitet. Zähflüssiger Schleim tropfte aus seinem Mundwinkel und sein Gang wirkte schwankend und schwach.

„Gehen Sie ruhig. Die Ärzte werden Ihnen etwas gegen die Schmerzen geben. Ich will kein Morphium. Nein. Ich will dem Tod bei vollem Bewusstsein gegenübertreten. Vorher will ich dem Dreckschwein aber noch beim Verrecken zusehen", sagte ich voller Hass. Auch ich war von den Symptomen des REX-Virus gezeichnet, was mich aber nicht davon abhalten konnte, dem Terroristen beim Krepieren zuzusehen.

Yusufs Zustand hatte sich in der letzten Stunde erheblich verschlechtert. Die dicken eitrigen Pusteln hatten sich mittlerweile auch bei ihm großflächig über den gesamten Körper ausgebreitet. Fast im Minutentakt spukte er Blut und gelben Schleim. Aus seinen Nasenlöchern tropfte mittlerweile durchgehend dunkelrotes Blut und auch in Ohren und Augen schienen sich die Gefäße aufzulösen und erste Blutungen zu entstehen.

„Bitte beenden Sie es.", flehte er mich an. Er blickte dabei auf das Messer, das ich auf dem Fernsehgerät abgelegt hatte.

Ich grinste. „Das kannst du knicken! Ich will, dass du die Schmerzen spürst, die du den Kindern angetan hast."

In diesem Moment klingelte Mathis Telefon.

„Bitte entschuldigen Sie mich einen Moment.", sagte er und verließ den Raum.

„Töte mich! Ich bin der Mörder deiner Frau.", schrie Yusuf.

„Leide, du Schwein!", schrie ich zurück.

Plötzlich bäumte sich sein Oberkörper auf. Yusuf öffnete den Mund und erbrach ein Gemisch aus Blut und Fleischbrocken. Dann sackte er bewusstlos zusammen.

Kurze Zeit später kam Mathis zurück. Der CIA-Beamte wirkte irgendwie erleichtert.

„Herr Schulz, es gibt endlich einmal gute Nachrichten. Wielwers konnte alle fehlenden Virenbehälter unbeschadet sicherstellen."

„Gott sei Dank! Dann können wir jetzt nur hoffen, dass Yusuf nur uns beide angesteckt hat."

„Seine Lebensgefährtin und Kinder zeigen bisher keine Symptome, allerdings steht es um Sandy Wildbrett nicht gut. Sie liegt im Sterben."

„Ach du Scheiße! Ihr hättet sie nie zu ihm schicken sollen“, hielt ich Mathis vor. Indirekt gab ich ihm dadurch die Mitschuld an ihrem Tod.

„Dessen bin ich mir bewusst. Ich hätte mich an die Vorgaben des Cleaners halten sollen, dann wäre es nicht so weit gekommen.“

„Warum liegt sie im Sterben und wir leben noch?“, fragte ich.

„Die Ärzte meinen, dass durch den Biss in ihre Brust eine hohe Anzahl REX-Viren aus Yusufs Speichel in ihr Blut gelangten. Dies hätte zu einer extrem verkürzten Inkubationszeit geführt.“

„Was ist mir den armen Mäusen im Kinderhort?“, wollte ich wissen.

Mathis hustete. Dabei hielt er ein Papiertaschentuch vor den Mund, trotzdem erkannte ich einen rot-gelben Schleim, den er ins Tempo spuckte.

Nachdenklich steckte er das Taschentuch in seine Hosentasche und erklärte: „Es ist merkwürdig. Die Kinder und ihre Betreuer zeigen keinerlei Anzeichen einer Infektion. Der Virenbehälter war aber definitiv zerbrochen.“

„Ich glaube, das kann ich Ihnen erklären.“

Mathis sah mich überrascht an.

„Erinnern Sie sich! Ich hatte doch berichtet, dass es sich lediglich um vier Virenbehälter mit der REX Beta Variante gehandelt hatte. Die zwei anderen Behälter enthielten den Impfstoff für die Alpha Variante. Karin Dringen hatte Virus und Impfstoff zur Tarnung in sechs als Grippevirus deklarierte Behälter umgefüllt. Yusuf konnte nicht wissen in welchem der Behälter sich nun tatsächlich die vier Beta Varianten befinden. Ich schätze in der Kita ist nur der harmlose Impfstoffbehälter zerbrochen. Deshalb ist keines der Kinder infiziert.“

Mathis rieb sich das Gesicht. Versehentlich streifte er dabei über eine der Eiterpusteln, die dabei aufplatzte.

„Zu schade, dass der Impfstoff nur bei der Alpha-Variante wirkt.“

„Sie sollten sich auf die Krankenstation begeben!“, schlug ich vor.

„Nein. Ich habe es mir überlegt. Ich werde seinen Tod mit Ihnen zusammen abwarten.“

„Gibt es niemanden, von dem Sie sich verabschieden möchten?“, fragte ich.

„Meine beiden Ex-Frauen sind froh, wenn ich ins Gras beiße. Ansonsten habe ich niemanden mehr. Ist besser in meinem Job.", antwortete der CIA-Beamte mit Galgenhumor.

„Könnte ich mir Ihr Handy borgen? Ich möchte mit meinem Sohn sprechen"

„Natürlich!", antwortete Mathis und reichte mir sein Smartphone.

Ich wollte gerade den Ferienhof in Fleringen anwählen, als das Handy plötzlich klingelte.

„Upps. Das ist für Sie", sagte ich und gab Mathis sein Handy zurück.

„Ja!", meldete er sich.

„Was? Wann kann er hier sein? Natürlich kann der Hubschrauber landen…Er erhält unbeschränkten Zugang zu allen Bereichen…Nein. Das ist ein Befehl."

Mit einem Lächeln auf den Lippen reichte Mathis mir das Handy.

„Was ist los?", wollte ich wissen.

„Die BIOTECH Firma JC Enterprises hat es schneller als erwartet geschafft einen Impfstoff, oder besser gesagt, ein Heilmittel gegen den REX-Virus herzustellen. Allerdings konnte es nicht getestet werden."

„Besitzt nicht der Milliardär Heinrich Brockmann die Aktienmehrheit an dem Unternehmen?", fragte ich.

„Ja. Und? Was spielt das für eine Rolle?"

„Ach egal. Wird das Medikament früh genug hier sein?"

Mathis zuckte mit den Schultern. Wenn ich bedenke, wie schnell die Erkrankung voranschreitet, sind dreißig Minuten verdammt lange und wir wissen ja nicht einmal, ob es tatsächlich wirkt."

„Haben wir eine Wahl?"

+++

Yusuf kam nicht wieder zu sich. Sein Kreislauf war komplett zusammengebrochen und, bereits Minuten nachdem wir die Nachricht von JC BIOTECH erhalten hatten, war er an den Folgen der REX-V-Infektion gestorben. Viel zu unspektakulär, wie ich fand. Zu gerne hätte ich ihm beim Übergang in den Tod in seine dunklen Ölaugen geschaut.

„Bleiben Sie wach! Bitte Erik! Sie müssen durchhalten."

Ich versuchte Mathis, der mittlerweile kaum noch bei Kräften war, zum Durchhalten zu ermutigen. Ich saß auf dem Boden neben dem Fernseher und hatte den Kopf des CIA-Agentens in meinen Schoß gelegt. Vor meinen Augen rotierte der Vernehmungsraum wie eine riesige Zentrifuge. Mein Blut schien zu kochen und unerträgliche Bauchkrämpfe ließen mich aufschreien. Über diesen Punkt war Mathis bereits hinweg. Er lag ruhig, mit ausdruckslosem Gesicht in meinem Schoß und seine Atmung bestand nur noch aus einem leichten Hecheln.

In diesem Moment wurde die Tür des Vernehmungsraumes geöffnet und ich glaubte, einen Dämon aus meinen Albträumen zu erkennen.

Ein feuerrotes Wesen, stampfte mit schweren Schritten auf mich zu und entriss Mathis meinem Schoss. Dann packte der Dämon mein Hemd und riss es auseinander. Erst jetzt lichteten sich die Bilder vor meinem Auge und ich realisierte, dass es sich keineswegs um ein feuerrotes Monster handelte, sondern um einen Mann in einem orangen ABC-Schutzanzug. Er hatte Mathis bereits eine Spritze in den Hals gesetzt. Jetzt stand er vor mir und sah mich an. „Irgendwoher kenne ich diese himmelblauen Augen.", dachte ich, war aber zu schwach, mir darüber den Kopf zu zerbrechen. Stattdessen streckte ich den Kopf zur Seite und sagte: „Machen Sie schon!"

Der Mann beugte sich zu mir nach unten und fragte mich, während er mir die Nadel in den Hals stach: „Wollen Sie, dass alle, die hierfür verantwortlich sind, zur Rechenschaft gezogen werden?"

Ich antwortete mit einem leichten Kopfnicken, obwohl ich nicht wusste, was der Arzt mit dieser Frage bezwecken wollte.

„Geben Sie mir bitte sein Handy. Ich möchte meinen Sohn anrufen.", bat ich den Arzt, während ich auf Mathis zeigte.

„Vergessen Sie es. Das Medikament wird Sie…"

Dann schwanden meine Sinne und ich fiel in eine tiefe Bewusstlosigkeit.

+++

„Du lagst drei Wochen im Koma.", sagt Frank.

„Was? Das ist nicht dein Ernst!", antwortete ich erstaunt.

„Doch! Glaube mir. Draußen warten bereits viele, die es nicht erwarten können, mit dir zu sprechen."

„Ich will keinen sehen! Außer Maximilian natürlich."

„Ich habe das BKA, die Polizei und die amerikanischen Behörden auf morgen vertröstet."

„Danke. Du bist ein wahrer Freund! Wer hat sich die letzten drei Wochen um Maximilian gekümmert? Du?"

„Nein. Karin hat sich mit Max auf dem Ferienhof Feinen eingemietet. Meine Suspendierung wurde zwischenzeitlich nämlich aufgehoben und man hat mich zum Polizeipräsidium nach Ludwigshafen strafversetzt"

„Oh! Das tut mir leid. Schichtdienst?"

„Nein. Zum Glück nicht. Ich bin dort Sachbearbeiter bei der Mordkommission."

„Dann hattest du nochmal Glück im Unglück", lache ich.

Auch Frank beginnt zu lachen. „Genau wie du."

+++

Kapitel 13:

Die Ereignisse lagen bereits drei Monate hinter mir. Ich saß im Büro meiner kleinen Detektei in Prüm und las den Brief, den ich nach meiner Genesung von Tobias Wielwers bekommen hatte, zum bestimmt hundertsten Mal.

Sehr geehrter Herr Schulz,

viele Ihrer Freunde und Lieben mussten in den vergangen Tagen ihr Leben lassen. Trotz der schweren Verluste haben Sie sich nicht beirren lassen und den Kampf gegen den Terror unter Einsatz Ihres Lebens fortgeführt.
Eine gewonnene Schlacht ist aber noch kein gewonnener Krieg. Der Kampf gegen den Terror geht weiter.
Die NSA überwacht täglich bis zu 60 Millionen Verbindungen allein in Deutschland. Nur aufgrund dieser komplexen Überwachung des E-Mail und Telefonverkehrs gelang es mindestens fünf in Europa und weitere drei in den Vereinigten Staaten geplante Terroranschläge zu verhindern. Nicht ohne Grund hat die NSA Deutschland als Hauptziel für die Spähangriffe ausgewählt. Die zentrale Lage und lasche Gesetzgebung machen unser Land zu einem idealen Rückzugsort für Terrorzellen aus aller Welt. Die von den Shabal-Brüdern gegründete Zelle war sicherlich in dieser Art einzigartig. Trotzdem formieren sich im Untergrund weitere nicht zu unterschätzende Terrororganisationen, die es zu bekämpfen gilt. Gerne möchte ich Ihnen die Möglichkeit bieten, wieder in den Polizeidienst zurückzukehren, als Mitglied in meiner Anti-Terroreinheit des BKA.
Aber ganz egal, wie Sie sich entscheiden. Ich möchte mich auf diesem Wege ganz herzlich für Ihr Engagement und Ihre Hilfe im Kampf gegen die Terroristen bedanken. Mohamed Abdull, Yusuf Zahid, Abu Shabal und Emir Ab Shabal haben unser Land in einem Maße bedroht, wie es uns nie zuvor begegnet ist. Durch Ihren aufopferungsvollen Einsatz haben sie hunderttausenden von Menschen das Leben gerettet. Sie sind ein wahrer Held.

„Es lässt dir keine Ruhe!", sagte Holger. Ich hatte nicht bemerkt, dass mein Freund die Detektei betreten hatte.

„Ich wäre schon gerne wieder Polizist."

„Beamter! Das bedeutet Pflichten, Pflichten, Arschkriechen. Tu dir das doch nicht noch einmal an."

Ich schnaufte nachdenklich. „Mal sehen!"

„Kann ich dich in einer anderen Sache sprechen?", fragte Holger.

„Klar setz dich. Was kann ich für dich tun?"

Er nahm am Schreibtisch Platz und sagte:

„Wie du weißt, arbeite ich gelegentlich für den Milliardär Heinrich Brockmann."

„Ja. Ich weiß, dass du für ihn das Kloster in Schönecken restaurierst und auch andere, wie ich vermute, nicht ganz legale Aufträge erledigst. Ich habe diesen Brockmann überprüft. Obwohl er zu den wohlhabendsten Menschen auf diesem Planten gehört und er weltweit ein kleines Imperium an Forschungsunternehmen, Industrieanlagen und Rüstungsfirmen besitzt, gibt es kaum Fotos von ihm. Trotzdem verdanke ich diesem Brockmann und seiner BIOTECH-Forschungseinrichtung mein Leben."

Der Hüne beugte sich zu mir nach vorne und flüsterte: „Heinrich Brockmann ist ein sogenannter Cleaner, eine Art Privatdetektiv, Vernehmungsspezialist und Auftragsmörder in einer Person. Er beseitigt bestehende Probleme aller Art für zahlende Klienten. In vielen Fällen ist ihm bei Auftragsannahme noch keine Zielperson bekannt. Nicht selten erhält er deshalb den Auftrag, parallel zu den Ermittlungsbehörden, nach Verbrechern zu suchen und diese noch vor der Gerichtsverhandlung zu vernehmen und gegebenenfalls zu eliminieren.

Der Terroristenführer Osama Bin Laden wurde, nicht wie berichtet vom Militär, sondern von Heinrich aufgespürt und getötet. Mein Freund ist zurzeit das Maß der Dinge. Er ist der beste Cleaner auf dem Markt. Er ist es auch gewesen, der dir das Heilmittel für das REX-Virus verabreicht hat."

„Das habe ich mir schon fast gedacht. Mathis hat sich ein paar Mal verquatscht. Aber du bist doch sicher nicht gekommen, um mir die Brockmann-Lobeshymnen vorzutragen?", knurrte ich.

„Nein, natürlich nicht. Er möchte dich um einen Gefallen bitten."

„Kommt nicht in Frage."

„Es ist wirklich nur ein kleiner Gefallen. Immerhin hat er dein Leben gerettet und Wolfgang Klein für dich getötet."

„Klein starb bei einem Autounfall!"

„Dieter, ich bitte dich. Das glaubst du doch nicht wirklich. Brockmann hat es wie einen Unfall aussehen lassen. Du wolltest, dass er alle die an Simones Tod eine Mitschuld tragen zur Rechenschaft zieht."

Ich schluckte. „So hatte ich das nicht gemeint."

Holger rückte noch ein Stück näher.

„Nun, Dieter. Eine Hand wäscht die andere. Heinrich fordert nun einen Gefallen ein und du tust gut daran, ihm diesen zu tun."

„Willst du mir etwa drohen?", fragte ich zornig.

„Nein. Ich will dich warnen. Heinrich ist ein eiskalter Killer. Er hat keine Skrupel, dich umzulegen."

Ich dachte kurz über meine Optionen nach. Weil es keine gab, fragte ich schließlich: „Was soll ich tun?"

„Erinnerst du dich an Harald Stubinsky?"

„Klar! Wie könnte ich den vergessen? Schließlich habe ich das Schwein lebenslang in den Knast gebracht. Er hat vor fast fünfzehn Jahren seine minderjährige Freundin missbraucht und anschließend umgebracht."

„Genau das ist der Knackpunkt. Er hat seine Haftstrafe verbüßt. Stubinsky wird in wenigen Tagen aus dem Gefängnis entlassen."

„Ja und? Was habe ich noch damit zu tun?", fragte ich ungeduldig.

„Der Cleaner hat den Auftrag erhalten, ihn zu töten. Kein schwieriger Auftrag und trotzdem hat Brockmann Ungereimtheiten in den damaligen Ermittlungsakten entdeckt."

„Bullshit! Ich habe sauber gearbeitet. Der damals zweiundzwanzigjährige hat seine fünfzehnjährige Freundin zum Geschlechtsverkehr gezwungen und anschließend mit einem Küchenmesser erstochen. Wir fanden sein Sperma in Mias Vagina und konnten seine Fingerabdrücke an der Tatwaffe sichern."

„Das mag sein. Trotzdem möchte Brockmann, dass du dir den Fall noch einmal ansiehst und mit Stubinsky sprichst."

„Was soll das bringen? Ich war schon damals von Stubinskys Schuld überzeugt."

„Vielleicht warst du zu stur auf ihn eingeschossen. Brockmann hat den Auftrag, Mias Mörder zu töten. Er muss sich ganz sicher sein, dass es sich dabei tatsächlich um Stubinsky handelt."

„Kann ich denn auf deine Hilfe zählen?"

Holger verschränkte die Arme, so dass seine gewaltigen Bizepsmuskeln noch deutlicher zur Geltung kamen und antwortete: „Ich kann es kaum erwarten."

„Kann ich den Cleaner treffen? Mich interessiert, welche Ungereimtheiten er gefunden hat", fragte ich.

Holger sah mich mit einem Gesichtsausdruck an, den ich bei ihm noch nie zuvor gesehen hatte.

„Was war das denn für ein Blick?" fragte ich?

„Die Fotos und Bilder, die du in diversen Medien von Heinrich Brockmann gesehen hast, zeigen nicht ihn, sondern einen seiner Vertrauten. Auch ich kenne vermutlich nicht den wahren Cleaner. Es ist durchaus möglich, dass die Person, zu der ich in Kontakt stehe, nur ein von Brockmann beauftragter Söldner ist."

„Das verstehe ich nicht."

„Das ist doch ganz einfach. Der Cleaner erledigt illegale Aufträge für verschiedene Regierungen und Organisationen, die ihn danach lieber tot als lebendig sehen. Allein schon aus Selbstschutz muss er seine Identität unter allen Umständen geheim halten. Brockmann macht sich dabei seine unzähligen Kontakte und finanziellen Möglichkeiten in vollem Umfang zu Nutze."

„Dann war die Person, die mir das Medikament spritzte nicht der Cleaner?"

„Ich weiß es nicht. Es kann auch ein vom Cleaner beauftragter Söldner gewesen sein, oder jemand wie du, der ihm einen Gefallen schuldig war."

„Lass mich nochmal zusammenfassen. Der Milliardär Heinrich Brockmann ist eine Art Phantom. Keiner weiß, wie er aussieht und was er tut. Bei öffentlichen Auftritten lässt er sich von einen Double vertreten und auch seine Morde und Attentate lässt er zumindest teilweise von Söldnern durchführen?"

Holger nickte. „Jeder könnte der Cleaner sein. Du. Ich oder auch der nette Nachbar von nebenan."

„Verrückt!", kommentierte ich und stand auf. Ich ging zum Kühlschrank und fragte: „Trinkst du ein Bier?"

„Gerne. Das lass ich mir nicht zweimal sagen."

ENDE